Franziska Gerstenberg

So lange her, schon gar nicht mehr wahr

Erzählungen

Schöffling & Co.

Erste Auflage 2016

Satz: Reinhard Amann, Memmingen
Druck & Bindung: Pustet, Regensburg
ISBN 978-3-89561-343-2

www.schoeffling.de

Inhalt

Heim
7

Gute Nacht, mein Kind
45

Der Sohn
77

Schließ auf, Stoll
102

Du kommst drüber weg
125

So lange her, schon gar nicht mehr wahr
151

Willst du immer bei mir bleiben?
178

Sie soll brennen
204

Heim

Mick hat oft gedacht, dass er einfach zu dumm ist. Es muss seine Schuld sein, dass die Sachen nicht so laufen, wie sie laufen sollen. Diesmal will er unbedingt durchhalten, das mit dem Job hinkriegen, auch das mit Inga. Den Job hat ihm der Bekannte eines Bekannten besorgt, Mick findet das richtige Grundstück, obwohl es in dieser Straße keine Hausnummern gibt, nur Gebrauchtwagenhändler, eine Disco namens Techno-Park und eine Firma, die Europaletten vermietet. Das Sicherheitsunternehmen, bei dem er anfangen wird, heißt Kerr, und dieser Name steht auf dem Schild neben einem breiten, verrosteten Tor. An der Seite ein kleiner Eingang für Fußgänger, im Sand davor eine platt getretene Bierdose, Mick drückt auf den roten Knopf der Gegensprechanlage, hustet, bevor er seinen Namen sagt. Drinnen sieht er als Erstes die Kastenwagen, in Reih und Glied geparkt, danach die Männer, die seine Kollegen sein werden, einer neben dem anderen lehnen sie an der Mauer und schauen ihm ausdruckslos entgegen, und schließlich sieht er den Hund. Offenbar der Wachhund, aber sie haben ihn von der Kette genommen, deren Ende mitten im Hof liegt. Der Hund ist ein rosafarbener Schweinshund, ein Bullterrier, der sich in diesem Moment plump in den Staub wirft, um sich am Bauch kraulen zu lassen. »Jaaa«, ein älterer Mann beugt sich hinunter, greift zu, rubbelt, als ginge es hier um etwas ganz anderes. »Jaaa«, sagt er, »zeig mir alles, was du hast, altes Mädchen.« Die rosa Hündin, fast ist kein Fell erkennbar, ekelt Mick – und als hätte sie das gemerkt, springt sie auf und knurrt ihn quer über das Gelände an.

Halb fünf. Am Morgen. Die Sonne geht gerade erst auf, trotzdem liegt schon etwas Erstickendes in der Luft. Einer von den Männern an der Mauer, ein kleiner Dicker, weist Mick mit dem Kinn den Weg zur Verwaltung, zwinkert ihm zu. Mick spürt die Blicke im Rücken. Er hat das Gefühl, nicht bloß durch die Hitze dieses einen Sommers waten zu müssen, er spürt an diesem Ort auch die abgestandene Hitze aller vergangenen Sommer.

Im letzten Jahr um diese Zeit, da war alles gut. Da wäre er nie um vier Uhr morgens aufgestanden, da war er um diese Zeit oft nicht einmal im Bett. Damals gab es auch gar kein richtiges Bett. Es war der Sommer, den er mit Inga in der verlassenen Schrebergartenlaube an den Bahngleisen verbrachte. Nach zwei Wochen sahen Ingas Beine aus wie ein einziger großer Mückenstich, sie trug trotzdem jeden Tag denselben Minirock. »Von den Mücken«, sagte sie und lachte leise ihr schüchternes Lachen, als wollte sie einen solchen Satz nur ausprobieren, »von den Mücken lasse ich mir noch lange keine Jeans anziehen.« Und das hielt sie durch, knallhart – und Mick, verliebt wie nie zuvor in seinem Leben, er war achtzehn, wollte Inga immer nur ausziehen: Ihre Haut war ganz heiß von der Sonne, seinetwegen hätte sie in der Laube und hinter den Hecken nackt herumlaufen können. Niemand sah sie hier, sie waren ganz für sich. Klar, am Ende kam die Polizei und sie mussten gehen und sogar die Sachen zurücklassen, die sie selbst mitgebracht hatten, auch die Wolldecke, die Ingas Mutter gehörte. Aber bis dahin hatten sie unendlich Spaß gehabt, sie hatten einander um die Büsche gejagt und sich absichtlich von den Dornen stechen lassen, weil alles in dieses große Gefühl gehörte, selbst so ein kleiner, vernachlässigbarer Schmerz.

»Okay«, sagt die Frau in der Verwaltung und möchte nichts sehen außer seinem Führerschein, sogar auf den wirft sie nur einen flüchtigen Blick. »Hauptsache, du kannst fahren. Festen Wohnsitz hast du? Ohne festen Wohnsitz geht gar nichts.«

Die Firma will nichts Schriftliches, im Gegenzug bekommt auch er keinen Vertrag. Das Gehalt ist ein schlechter Witz, aber man nimmt eben, was man kriegen kann.

»Harald wird dich einweisen.«

»Welcher ist denn Harald?«

»Das siehst du dann schon.«

Und wirklich, als Mick das schmale Backsteingebäude an der Stirnseite des Hofs verlässt, wartet dort der kleine Dicke auf ihn. Begrüßt ihn mit einem weichen Händedruck, fängt sofort an zu reden, zu erklären, wie hier alles funktioniert, wie Micks Route abläuft, wie man gut durch den Tag kommt, nämlich nur auf die Weise, die Harald ihm, Mick, beibringen wird. »In der Filiale 637, wenn du auf der Vormittagstour allein unterwegs bist, da musst du nett zu den Damen sein.« Harald schnalzt mit der Zunge. »Dann haben die dir schon alles bereitgelegt, das spart Zeit, da kommst du später noch vor der Rushhour über die Ringstraße. Und wenn du vor der zweiten Tour hier auf dem Hof bist, gibt es Kaffee kostenlos – und zwar nur, weil ich dafür gekämpft habe – man muss kämpfen für die wichtigen Dinge im Leben – Kaffee, sage ich immer, muss drin sein für die Männer. Du sprichst wohl nicht viel? Bist du Student, oder was?«

»Nein!« Mick schüttelt erschrocken den Kopf.

Harald lacht: »Wird schon. Da, der Renault, das ist deiner, setz dich mal rein.« Harald, ein Bauch so dick wie eine Trommel, Harald, der während dieses kurzen Gesprächs dreimal versucht hat, sein Uniformhemd in die Hose zu stecken, erst vorn, dann hinten, wodurch es vorn wieder herausrutscht, Harald mit einem Schnurrbart, durch den er blitzschnell mit der Zunge leckt. Seine Haare haben dieselbe Farbe wie der Schnurrbart, ein rötliches Grau. Er trägt sie länger als die übrigen Männer, die jetzt einer nach dem anderen in die Wagen steigen.

An den Tag, an dem er Inga kennengelernt hat, erinnert sich Mick besser als an irgendetwas anderes aus seinem Leben. Die Kindheit ein Nebel aus Fußballkämpfen und kaputtgegangenen Fensterscheiben, später die endlose Reihe der Lehrer, die es von Anfang an auf ihn abgesehen hatten. Aber Inga … sie hat ihm die Haare geschnitten. Damals steckte sie noch in der Ausbildung, und er sah sie zuerst gar nicht, weil sie von hinten herankam, als sein Hals schon auf dem Waschbeckenrand lag und er bloß darauf wartete, dass das Wasser angestellt wurde. »Macht es was aus«, fragte die ältere Friseurin, »wenn Ihnen unsere Auszubildende die Haare wäscht?« Und im nächsten Moment, bevor er sich umdrehen konnte, spürte er vorsichtig tastende Finger an seinem Hinterkopf, das Wasser fing an zu rauschen. Dann eine leise, fast flüsternde Stimme: »Ist es zu heiß?« Er räusperte sich. »Nein, eher zu kalt.« »Oh.«

Wie ihm Inga das Shampoo in die Haare massierte, mit

kreisenden Bewegungen, wie sie sich dabei bemühte, keinen Zentimeter Kopfhaut auszulassen. Einmal geriet ihr kleiner Finger in sein Ohr. »Entschuldigung«, sagte sie. Und beim Auswaschen setzte sie ebendieses Ohr unter Wasser, bis er nichts mehr hören konnte. Nachdem sie ein Handtuch um seinen Kopf geknotet hatte, drehte er sich endlich um. Ingas rundes Gesicht, über und über rot, die Sommersprossen auf ihrer Nase dadurch kaum zu erkennen. Kurze, braune Locken, wie unter die Gartenschere geraten, das sah man beim Friseur selten. »Und jetzt«, fragte Mick, »schneidest du mir das Ohr noch ab?« Das brachte sie zum Lachen. »Schneiden darf ich noch nicht«, sagte sie, »die lassen mich hier nur kehren und waschen.«

Und es war Mick, der die ältere Friseurin dazu brachte, Inga seine Haare schneiden zu lassen. Zuerst wollte die Friseurin das nicht riskieren, bis sie endlich sagte: »Na schön, aber nicht beschweren hinterher, und ich geb's Ihnen billiger.« Es war Mick, der Inga sorgfältig erklärte, was er wo wie haben wollte, dort ein bisschen mehr, hinten auf jeden Fall kurz – und sie machte das gut, schüchtern und gut. Sie hantierte fast eine Stunde an seinen paar Strähnen herum. Die abgeschnittenen Spitzen fielen, längst getrocknet, in Micks Nacken, kitzelten ihn, weil Inga in der Aufregung vergessen hatte, ihm ein Handtuch umzulegen. Langsam verschwand die Röte aus ihrem Gesicht. Am Ende wollte die ältere Friseurin nur fünf Euro von Mick, und Inga war bereit, ihm ihre Telefonnummer aufzuschreiben.

Das nächste Mal hat sie ihm die Haare schon privat geschnitten. Da hatte ihre Liebesgeschichte bereits begonnen.

Er lernt seine Runde auswendig, so wie Harald es verlangt, die Uhrzeiten, die Namen der zuständigen Mitarbeiterinnen und Mitarbeiter. Harald fragt ihn ab, bis Mick alles drauf hat, jede Abkürzung, jede Ampel, jeden Trick. »Du musst das auf meine Art machen, oder du packst es nicht.« Erst dann lässt er ihn die erste Tour des Tages allein fahren.

Mick beginnt um fünf mit einer Bank im Norden der Stadt und arbeitet sich von Filiale zu Filiale nach Süden vor. Auf dem Weg zu seiner ersten Bank bremst er an Ampeln, fährt wieder neu an, achtet auf die anderen Autos, die ihm um diese Uhrzeit schon vereinzelt entgegenkommen. An den Straßenbahnhaltestellen Männer und Frauen, die so früh mit der Arbeit anfangen wie er. Leute mit käsigen Gesichtern trinken am Kiosk eine Dose Bier zum Frühstück. Mick parkt den Renault im Halteverbot direkt vor der Filiale, holt den Koffer mit der passenden Nummer aus dem Wagen, geht zum Eingang, schließt die Tür auf, entsichert den Alarm, läuft durch den Schalterraum zu der immer gleichen Stelle, an der ein identisch aussehender Koffer mit neuen Scheckmappen, Verträgen und Briefen für ihn bereitsteht. »Kein Geld«, hat Harald gesagt, »es lohnt sich also nicht, durchzudrehen, mit dem Zeug abzuhauen. Da drin ist nichts, womit wir was anfangen könnten.« Mick tauscht den leeren Koffer gegen den vollen und geht zurück zum Wagen, dann macht er sich auf den Weg zur nächsten Filiale. Wenn er Glück hat, begegnet er dort einem lebenden Menschen, nämlich der Putzfrau, die aber kein Deutsch spricht, nur grüßend den Wischmopp hebt.

Die erste Route des Tages besteht aus den Filialen 631 bis 656. Mick lässt das Fenster herunter, zündet sich eine Zigarette an und konzentriert sich darauf, nicht einzuschlafen, es ist immer noch früh, erst kurz vor sieben. Manchmal spürt er die Bewegung nicht mehr, mit der er die Zigarette zum Mund führt, schmeckt den Rauch nicht, den er einatmet. Automatisierte Abläufe, Schalten, Lenken, Kuppeln, Gas. Coladosen im Fußraum. Wenn er diesen Job behält, kann er vielleicht auch sein Leben so lenken, die Füße auf den Pedalen, Inga neben sich. Sie könnten sogar ein Baby haben, denkt er. Oder erst mal ein Sofa.

Sie hat verstanden, dass er seine Ausbildung abgebrochen hat. Obwohl es schon die zweite abgebrochene Ausbildung war. Aber Inga erlebte ja jeden Abend, wie es ihm ging, er hatte ständig Streit mit dem Meister. Musste mit ihm in der Werkstatt zusammenarbeiten, während der andere Lehrling mit dem Gesellen zur Baustelle rausfahren durfte. Wie der Meister an Mick herumkritisierte, das war reine Schikane: Hier hatte Mick nicht sauber gefeilt, dort die falsche Metalllänge zugeschnitten. Dabei hatte er vorher dreimal nachgefragt, der Meister log ihm frech ins Gesicht – und in dieser Situation rastete Mick aus und warf ein schweres Formteil quer durch die Werkstatt.

Er hat nicht darauf gewartet, dass man ihm kündigt, er ist selbst gegangen. Nein, dass er diese Lehre abgebrochen hat, geht in Ordnung. Bei der ersten Ausbildung, damals Holz, nicht Metall, lag die Sache anders. Da ist ihm im Nachhinein klar geworden, wie gut alles hätte passen können – er hätte sich nur durchbeißen müssen, jeden Morgen pünktlich aufstehen. Aber so weit ist er zu der Zeit einfach noch nicht gewesen.

Inga und er zogen zusammen, und als er die zweite Lehre abbrach, gab es plötzlich nur noch ihr kleines Gehalt. Es war klar, dass er sich einen Job suchen musste. Als sie zusammenzogen, haben sie auch geheiratet. *Bis dass der Tod euch scheidet*, nur dass diesen Satz auf dem Standesamt niemand zu ihnen gesagt hat. Ganz im Gegenteil klang die zuständige Beamtin skeptisch, ihre Rede frustriert, nach *Schauen-wir-mal* und *Ihr-könnt-es-ja-versuchen. In eurem Alter.* Sie selbst war nicht mehr jung, schon ganz schön faltig. Hinterher sagte Inga: »Also das nächste Mal heirate ich aber woanders.« Es war nur ein Witz, sie lächelte – aber Mick konnte darüber nicht lachen, nie hatte er etwas so ernst gemeint. Vor der Wohnungstür schob er Ingas weißen Rock hoch und trug sie, obwohl sie kreischte und mit den Beinen zappelte, über die Schwelle.

Hier, in der gemeinsamen Wohnung, sollte und soll es stattfinden, das gute Leben. Und sie lassen es stattfinden, nicht mehr so zuverlässig wie im vergangenen Sommer, aber so oft es geht. Sie teilen sich die letzte Zigarette aus der Packung. Sie haben kein Geld für Pizza, aber Tatort ohne Pizza, das geht nicht, also versuchen sie aus Mehl, Wasser, Ketchup selbst welche herzustellen. Inga mit Mehl auf der Wange und in den Haaren. Sie gehen in die Kneipe an der Ecke, um das Spiel zu sehen, Inga schreit an den völlig falschen Stellen *Abseits* oder *Mach ihn rein*, danach lacht sie so laut, dass niemand über sie den Kopf zu schütteln wagt. Ein überraschend tiefes Lachen, tiefer als ihre Stimme, wenn sie spricht, ein Lachen, das immer weniger schüchtern klingt, je länger Inga mit Mick zusammen ist.

Wenn Mick von der ersten Tour zurückkommt, steht Harald mit seinem dicken Bauch schon zufrieden auf dem Hof. Das Tor öffnet sich, und Mick sieht, wie sich Harald erst vorn, dann hinten das Hemd in die Hose stopft.

Die zweite Hälfte der Schicht arbeiten sie zusammen, für diese Tour werden aus Sicherheitsgründen immer zwei Männer eingeteilt, und Harald hat dafür gesorgt, dass Mick mit ihm fährt. Wieder tauschen sie in verschiedenen Banken Koffer aus, danach kontrollieren sie am Opernplatz ein riesiges Gebäude, das seit Jahren leer steht, die letzte große unsanierte Immobilie. Zumindest sind die oberen Stockwerke leer, unten halten sich noch eine Pizzeria und ein Fabrikverkauf mit Keksbruch und Waffeln aus der Region, daneben das Bürgerbüro der Polizei. Harald und Mick gehen durch den Hintereingang rein, eine rostige Stahltür; auf der Treppe dahinter stapeln sich Müllsäcke, prall gefüllt mit Teigresten und anderem Abfall aus der Pizzeria.

Sie ziehen ihre Ausweise durch den Scanner, damit später nachprüfbar ist, dass sie hier waren. Einmal haben sich Studenten durch die Pizzeria geschlichen und kiffend auf dem Balkon gesessen, aber seitdem ist nie wieder etwas vorgekommen. Mick drückt sich die Hand vor den Mund, die vergorene Hefe stinkt, einer der Säcke ist auf die Seite gekippt und aufgeplatzt, weißlicher Brei quillt heraus. Die Luft wird noch stickiger, je weiter sie im Treppenhaus nach oben steigen. Harald schnauft, als sie auf dem brüchigen Balkon angekommen sind, der im letzten Stockwerk um das gesamte Gebäude herumläuft, mit Blick auf den Opernplatz. Er hält Mick wortlos seine Zigaretten hin – er weiß, dass Mick fast immer pleite ist, selten eine eigene Schachtel dabeihat. Haralds Mädchenlippen unter seinem Schnurrbart. Noch während sich Mick, gierig, endlich, die Zigarette anzündet, sagt Harald: »Erzähl. Erzähl was von dir.« Er will alles wissen, am liebsten hört er Sachen über Inga. Er schnauft noch vom Treppensteigen, hat einen knallroten Kopf, kommt nur langsam zur Ruhe. Manchmal beugt er sich, um kein Wort zu verpassen, so weit zu Mick hinüber, dass der seinen Schweiß riechen kann. Mick muss reden, bis sie beide aufgeraucht haben, bis Harald seine Zigarette in einer der Fugen zwischen den Waschbetonplatten ausdrückt. Das ist der Deal. Nie erzählt Harald etwas von sich, er will bloß hören.

Die Stadt ist ein aufgewärmter Eintopf, farblose Kartoffelstückchen, zerkochtes Gemüse. Verschiedene Viertel ohne Bezug zueinander; was hier ist, könnte überall sein. Jetzt im Sommer gibt es überhaupt keine Farben mehr, nur eine Menge zu helles Grau, die mageren Büschel am Straßenrand haben mit Gras nichts zu tun. Mick ist hier aufgewachsen. Immerhin kennt er sich dadurch aus, das hilft ihm während der Fahrten für Kerr.

Alles steht und fällt mit Inga. An einem Donnerstag treibt er sich nach der Arbeit herum, weil sie noch bis sieben im Salon ist, mittlerweile darf sie auch Haare schneiden, hat den ganzen Tag einen Kopf nach dem anderen vor sich. Er geht ihr ein Stück entgegen: Jedes Stück, das er ihr entgegengeht, können sie später noch einmal zusammen gehen. Sie treffen sich an der Ecke, neben dem Discounter, kaufen gleich Brot, Bierschinken, saure Gurken. An den Kassen klingelt die Luft, ununterbrochen ziehen die Verkäuferinnen Barcodes über die Scanner. »So ein staubiger Sommer«, sagt Inga. Abends lässt die Erschöpfung sie um Jahre älter aussehen, dann scheint auch Inga staubig zu sein, ihre Haut trocken, und sie redet über die Arbeit, die fast unsichtbaren Härchen, die sich in ihrer Nase festsetzen, bis sie niesen muss. »Besonders«, sagt sie, »wenn ich die Nacken ausrasiere.«

Zu Hause liegt ein Brief vom Finanzamt im Kasten, und Inga fällt ein, dass Mick ihre Schuhe vom Schuster abholen sollte, aber er hat es vergessen. Sofort ist sie enttäuscht. Sie essen schweigend, immerhin am offenen Fenster, durch das endlich kühlere Luft zu ihnen hineinweht, irgendwo rufen Tauben, dreckige Stadtvögel. Schließlich gibt sich Inga Mühe und lächelt Mick an, streckt die Hand aus, legt sie vorsichtig an seine Schläfe, sagt: »Du hast heute aber auch nicht die beste Laune.« Und er versteht, dass sie sich entschuldigen will, dass sie mit dem *auch* die eigene schlechte Laune zugibt. Er hat gerade an Kerr, an Harald und die anderen Männer gedacht, Inga könnte schon recht haben, was seine Laune angeht. Auf dem Hof gibt es einen, der immer ausspuckt, wenn Mick seinen Weg kreuzt. Ronny. Ronny trägt auch in dieser Hitze die schwarze Fliegerjacke, die eigentlich nur im Winter zur Uniform gehört, und an seinem Handgelenk hängt eine riesige Quarzuhr, die er ständig unter dem Jackenbündchen vorzieht.

Schließlich wird der Abend noch, wie er sein soll. Sie sitzen auf der Fensterbank, beugen sich weit vor, lassen die Beine baumeln, rauchen und trinken Bier. Eine Nachbarin entdeckt sie von unten, erschrickt, will offenbar etwas rufen, verschwindet dann aber schnell im Hauseingang. Mick und Inga müssen lachen. »Wir fallen schon nicht runter, Frau Grabowski«, ruft Inga. Sie reden über alles und nichts. Inga erzählt etwas, das ihr vor langer Zeit passiert ist, als Kind, und Mick stellt sich vor, er wäre schon damals an ihrer Seite gewesen, oder besser noch: ein Teil von ihr. Ein Arm, ein

Bein. »Mir war immer viel peinlich«, sagt sie, »einmal war ich bei meinem Onkel zu Besuch, der hatte das Klo im Hausflur, und als mein Onkel einkaufen war, habe ich die Klotür nicht aufgeschlossen gekriegt, und ich musste so schlimm, dass ich mich schließlich in die Hauseinfahrt gehockt habe, und genau in dem Moment, in dem es losging, kam mein Onkel vom Einkaufen und starrte mich an – Mann, war das peinlich.«

»Aber jetzt muss dir nichts mehr peinlich sein.«

»Nein, jetzt nicht mehr. Zumindest nicht, wenn ich mit dir zusammen bin.«

Als Mick mit Harald von der Tour zurückkehrt, sind schon fast alle anderen Kastenwagen da, zwei Jungs mit nackten Oberkörpern laufen an ihnen entlang, der eine mit einem Schlauch, der andere mit einem Schwamm in der Hand. Unter den Wagen, die sie bereits gewaschen haben, ist der Betonboden dunkel und nass. Die Kollegen sitzen im Schatten an der Mauer und rauchen, tragen noch ihre Uniformen, teilweise sogar das Namensschild. Schlecht sitzende Hosen und Hemden mit kurzen Ärmeln, alles in Dunkelblau. Nur Harald trägt sein verschossenes Hemd mit so viel Stolz, als hätte er es privat gekauft. Er kratzt sich auch nie wie die anderen im Schritt und am Arsch, fluchend, weil der billige Stoff die verschwitzte Haut aufreibt.

Sie schreiben die Kilometer ins Fahrtenbuch, bevor sie aussteigen. Als sie bei den Kollegen ankommen, wird Harald begrüßt, Mick nicht. Er ist kein Student, ist alles andere als ein Student, trotzdem zeigt man ihm, dass er nicht reinpasst. Er kennt das schon, hat nie irgendwo richtig gepasst – außer zu Inga. Ronny mit der Fliegerjacke ist in ein Gespräch vertieft, sodass er ausnahmsweise vergisst, vor Mick auszuspucken. Gerade sagt er: »Frauen, die rauchen, ficken auch.« Die anderen grölen. Harald legt Mick den Arm um die Schulter, greift richtig zu, drückt die Finger tief in Micks Oberarm. Als wollte er ihn schütteln oder einen Kampf beginnen, als wollte er sagen, dass Mick nun zu ihm gehört. Mick will sich aus der Umarmung herauswinden, aber Harald lacht nur. Schließlich hält sich Mick den Schritt und zeigt Richtung Toiletten, bis Harald zustimmend nickt, ihn endlich freigibt.

Vielleicht hat Harald von Kerr einen Vertrag bekommen, das Gerücht hält sich hartnäckig. Von den anderen hat keiner einen, zumindest keiner, mit dem Mick gesprochen hat. So ist es eben. Es gibt sowieso eine Menge Gerüchte über Harald. Auch, dass er eine Frau hat, sogar zwei Kinder soll es geben, angeblich Zwillinge, was Mick fasziniert, er kennt keine Zwillinge. Und offenbar wohnen noch alle zusammen, Harald ist kein Alimentezahler, wie ein paar von den anderen Männern, die sagen, sie wären reingelegt worden. Es heißt, er habe sogar schon mal eine Gehaltserhöhung bekommen. Und früher ein eigenes Unternehmen geleitet, aber Pech gehabt. Einer der Männer behauptet, dass Harald im Lotto gewonnen habe und seitdem in einer Eigentumswohnung lebe. Auf jeden Fall hat er sich immer für die Kollegen eingesetzt und schon die ein oder andere Entlassung verhindert, er muss einen direkten Draht zu Kerr haben.

Alles steht und fällt mit Inga, und alles steht und fällt mit der Wohnung. Am nächsten Vormittag verzichtet Mick auf die Pause, auch auf Haralds Umsonst-Kaffee im Plastikbecher. Es ist Ingas freier Tag, und er hat beschlossen, sie zu überraschen. Aber dann, als er klingelt, ist sie nicht da, sodass er sich selbst aufschließen muss. Allein in der Küche stehend, weiß er nicht, was er mit sich anfangen soll. Er denkt daran zurück, wie sie hier eingezogen sind. Anderthalb Zimmer, so stand es im Mietvertrag – sie haben gelacht, denn wo sollte das halbe Zimmer sein? War die Abstellkammer ohne Fenster gemeint? Oder galt die Küche als halbes Zimmer?

Zugegeben: Die Küche ist groß genug, dass sich Inga und er den ganzen Tag darin aufhalten können. Dafür passen ins Schlafzimmer gerade mal das Bett, der billige Schrank, dessen eine Tür regelmäßig aus den Angeln bricht, und das Sideboard mit dem Fernseher. Mick und Inga haben nur den Fernseher gekauft, alles andere gab es schon bei ihrem Einzug.

Erst jetzt, als er allein hier ist, fällt ihm die Schäbigkeit der Wohnung auf. Die Wände müssten gestrichen werden, über dem Tisch hängt ein loses Tapetenstück, von der Decke Spinnweben. Die Ecken der Spüle sind abgestoßen, der Boden wurde lange nicht gewischt, klebrige Flecken, mehrere Aschenbecher quellen über, neben der Tür leere Flaschen, sich ansammelnde Pizzakartons und Werbezeitschriften. Mick muss die Augen schließen und sich Inga vorstellen, damit die Räume für ihn wieder funktionieren. Inga, wie sie in dieser Sekunde hereinkommt, wie sie sich freut, ihn hier zu finden, wie sie spielerisch vor ihm wegläuft, er ihr hinterherjagt, sie im Schlafzimmer in die Ecke treibt. Wie sie dann lacht, wenn er ihr das T-Shirt über den Kopf zieht. Sie trägt nur T-Shirts in knalligen Farben, seit sie mit Mick zusammen ist, am liebsten Gelb, manchmal Rot. Vielleicht ist das der Trick, mit dem Inga die Wohnung lebendig wirken lässt. Zum ersten Mal in seinem Leben hat Mick ein Zuhause.

Ihm fällt ein, dass sich Inga ein Sofa wünscht, ein riesiges Ecksofa mit Polstern, in denen man tief versinkt. Eigentlich haben sie keinen Platz für so etwas, höchstens in der Küche, ein Sofa in der Küche muss merkwürdig aussehen. Inga hat Mick mal in den Möbelmarkt geschleift, und er ist rückwärts wieder rausgelaufen, als er gesehen hat, was so ein Monstersofa kostet: mehr als er im Monat bei Kerr verdient.

Er muss los, er kann nicht länger warten. Aber bevor er die Wohnung verlässt, beschließt er, Inga ihren Wunsch zu erfüllen. Er wird das Geld zusammenbringen, bestimmt kann man in Raten zahlen. Wenn es das ist, was sie glücklich macht … Auch der Platz wird sich finden, sie können die Stühle rauswerfen, sie sitzen dann ja sowieso auf dem Sofa. Ja, vielleicht läuft es zwischen ihnen nicht mehr so gut wie im vergangenen Sommer – aber sie werden sich vom Alltag nicht kleinkriegen lassen, sie nicht.

Aus Hannover hat sich hoher Besuch angesagt. Die ganze Schicht muss dableiben, anderthalb Stunden über die Arbeitszeit hinaus, aber keiner murrt. Die Männer sind nervös, Harald kontrolliert die Uniformen. Dann rollt der silberne Mercedes auf den Hof, Kerr persönlich, und automatisch stellt sich die Mannschaft in einer Reihe auf. Die Hände übereinandergelegt, nur Harald, der neben Mick steht, lässt seine entspannt herabhängen. Kerr steigt mühsam aus, er wiegt mindestens hundertfünfzig Kilo und trägt den mächtigsten Nadelstreifenanzug, den Mick je gesehen hat. Die Männer senken die Köpfe, als der Chef die Reihe abschreitet, der rosa Schweinshund verkriecht sich hinter einem Mauervorsprung. Und ausgerechnet vor Mick bleibt Kerr stehen, sein Atem riecht nach Wiener Schnitzel, nach Panade und Fleisch, Autobahnraststätte. Von Hannover sind es dreihundert Kilometer.

»Neu hier?«, fragt Kerr. Mick nickt.

»Hm.« Kerrs Stimme klingt, als würde er die Stirn runzeln, aber das dicke Gesicht bleibt ganz glatt. »Besonders stabil siehst du ja nicht aus, Kleiner.«

Mick ist seit Jahren nicht mehr Kleiner genannt worden, und es gefällt ihm nicht. Ihm gefällt auch nicht, dass die Kollegen zu grinsen beginnen, Ronny lacht laut heraus. Mick möchte etwas sagen, weiß aber nicht, was, und dann kommt ihm Harald zuvor: »Lernt schnell, ist ein guter Mann.«

»Na ja.« Kerr schnaubt.

»Es kommt nicht immer auf die Muskeln an.« Harald sieht sich um, und jetzt lacht keiner mehr.

Endlich zuckt Kerr die Achseln, was wohl bedeutet: Okay, wenn du meinst, du musst es ja wissen. Er geht weiter, verschwindet im Backsteinhaus. Dort wird er, murmeln die Männer, stundenlang die Abrechnung kontrollieren. Harald leckt sich blitzschnell durch den Schnurrbart, haut Mick vor die Brust: »Na, Kleiner, da hab ich jetzt mal was gut bei dir. Kommst wohl mehr nach der Mutter, von der Statur her. Und der Vater? Gibt's den eigentlich noch? Und deine Mutter, lebt die hier in der Stadt?«

Der Streit entsteht aus dem Nichts. Wie Streit ja oft aus dem Nichts entsteht, oder zumindest aus etwas sehr Kleinem. Mick weiß, dass er manchmal ein Bier zu viel trinkt, und wenn ihm dann in der Kneipe irgendein Arsch ins Gesicht lacht, ihn provoziert … Er besteht vielleicht nicht komplett aus Muskeln, aber Fäuste hat er trotzdem.

Nur mit Inga hat er sich noch nie gestritten, oder zumindest nicht so. Es fängt damit an, dass sie kochen wollen, das Gefrierfach ist leer, aber Kartoffeln gibt es noch, Eier auch, und Inga liebt Kartoffelpüree mit Spiegelei. Sie sagt nicht *Kartoffelpüree*, sie sagt nur *Pü*. »Ich mache uns Pü.« Sie schälen die Kartoffeln, schneiden sie klein und kochen sie in Salzwasser – das dauert ewig, dabei knurrt Micks Magen schon seit zwei Stunden –, und dann, am Ende, wollen sie Milch hinzufügen. Doch die Milch ist sauer. Die eine Packung ist leer, und die zweite, die dahinterstand, voll, aber nicht mehr zu verwenden. Einer von ihnen muss sie geöffnet, dann kaum etwas getrunken und die Packung ohne Schraubdeckel zurück in den Kühlschrank gestellt haben. Vor Tagen, sonst wäre die Milch jetzt nicht sauer. »Mann«, sagt Inga.

»Ich war das nicht.« Mick fühlt sich ungerecht behandelt, will sich verteidigen, aber Inga sagt nur – und es klingt herablassend, als wäre klar, dass einer wie er das Zusammenwohnen, den Haushalt nicht auf die Reihe kriegt –, Inga sagt: »Wer denn sonst. Ist schon gut.«

Was in den folgenden zwanzig Minuten geschieht, kann er später nicht mehr rekonstruieren. Er weiß noch, dass Inga das missratene Essen in den Müll gekippt hat. Sie waren beide wütend. Aber er erinnert sich nicht mehr daran, wer welche Sätze gesagt hat. Plötzlich ging es nicht mehr ums Kartoffelpüree, sondern ums Finanzamt, von dem schon wieder eine Mahnung gekommen war, und um die Schuhe, die immer noch beim Schuster waren – es ging um eine Kleinigkeit nach der anderen. Und sie gerieten in Panik, weil, wenn es um eine Kleinigkeit nach der anderen geht, schnell das große Ganze im Raum steht. »Du bist eben, wie du bist«, sagte Inga, und Mick dachte, dass es der hoffnungsloseste und gemeinste Satz war, den sie hatte auspacken können. Du wirst es nicht hinkriegen. Wirst auch den Job nicht behalten. Du kannst es nicht, Mick.

Die letzten Minuten, bevor es passiert ist: nur Nebel. Bevor seine Hand, bevor alle Finger seiner rechten Hand in Ingas Gesicht gelandet sind. Auf ihrer Haut, viel nachgiebiger als erwartet, Ingas Körper ist ihm vorher immer so fest, fast unverrückbar vorgekommen. Vielleicht ist es auch nicht die Haut gewesen, die nachgegeben hat, ihr ganzer Kopf hat unter dem Schwung seiner Hand die Richtung gewechselt, Inga ist mit der Schläfe gegen die Kante vom Küchenregal geknallt. Da hatte Mick schon die linke Faust gegen ihre Schulter gestoßen und sogar noch einmal die Rechte gehoben, bis er sich endlich unter Kontrolle bekam, sich umdrehte und aus dem Zimmer stürzte.

Die Wand im Schlafzimmer, er starrt die alte, speckig geriebene Raufaser an, kratzt mit den Fingernägeln einzelne Knubbel ab. Von draußen kein Geräusch, Inga ist nicht zu hören, die Zeit steht still – er wünscht sich, er könnte sie zurückdrehen. Im Hals noch ein heißes Brennen, sonst ist die Wut verschwunden.

Eigentlich, denkt er, bin ich nicht auf Inga wütend gewesen.

»Und seitdem?«, fragt Harald. Er sieht gierig aus, zum ersten Mal fällt Mick auf, dass seine Mädchenlippen unter dem Schnurrbart fast dieselbe Farbe haben wie der rosa Schweinshund im Hof. »Mir kannst du's doch sagen.« Die Zigarettenpackung zwischen ihnen, und was immer Mick sagen kann, *Nein* ist es nicht. »Ich höre gern zu, und ich helfe gern«, sagt Harald.

Der Kerl mit der Fliegerjacke, Ronny, hat Mick Scheiße vom Schweinshund in den Spind gelegt. Und vor zwei Tagen hat er die Klotür aufgerissen, obwohl Mick den kleinen

Haken eingehängt hatte, aber dieser kleine Haken, der hielt nichts, gab sofort nach, plötzlich stand Ronny in der winzigen Zelle, sagte: »Raus hier, das ist mein Klo.« Harald kam dazu und regelte alles – wie immer. Er wartete nicht ab, was Mick tun würde. Längst hat er dafür gesorgt, dass für seinen Schützling auf dem Hof nichts mehr ohne ihn geht.

Aber das ist nicht Micks größtes Problem. »Seitdem?«, wiederholt er leise, die Asche türmt sich auf der Zigarette. »Seitdem sind Inga und ich höflich zueinander. Das ist schlimm. Früher ist sie nicht höflich gewesen. Aber ich darf jetzt nichts mehr falsch machen.«

Harald tritt an die marode Balkonbrüstung, wirft die Kippe auf den Marktplatz hinunter, sieht dabei genauso vorsichtig aus, wie sich Mick gerade Inga gegenüber fühlt. Aber als sie sich auf den Weg nach unten machen, hat er zu Ende nachgedacht, seine Meinung ist fertig. »Schick ausführen«, erklärt er knapp. »Frauen muss man verwöhnen. Geh mit ihr essen, mit allem Drum und Dran, Kerzen, Sekt.«

Mick hebt die Schultern. »Wie denn, ich hab kein Geld.«

»Leih ich dir.« Harald bleibt neben den Pizzaabfällen stehen. »Hier.« Er zieht tatsächlich sein Portemonnaie aus der Hosentasche. »Fuffi reicht, ja? Gib es mir wieder, wenn es gerade passt.«

Inga lacht, als sie spät an diesem Abend nebeneinander die Treppe hochjagen. Dieses eine Mal ist es Mick egal, wann er ins Bett kommt und wie viele Stunden Schlaf ihm bleiben, bis um vier der Wecker klingelt. Eine einzige kurze Nacht darf er ja wohl mal einschieben. Inga, die Glückliche, hat am nächsten Tag frei. Auf dem letzten Absatz fällt sie stolpernd in Micks Arme. »Huch«, sagt sie, »zu viel Sekt.« Ohne sie loszulassen, angelt er nach dem Schlüssel, drinnen umarmen sie sich, er spürt, was Inga will, dasselbe wie er. Sie schieben sich durch den Flur voran und sind schon nackt, bevor sie das Schlafzimmer erreichen.

Später, als sie zum zweiten Mal miteinander schlafen, unterbricht Inga kurz jede Bewegung. Ganz still liegt sie unter ihm. Plötzlich nimmt sie sein Gesicht in beide Hände. Sie haben die Nachttischlampe brennen lassen, Mick schaut Inga in die Augen. Sie sieht aus, als wäre sie über etwas erschrocken, oder als wäre sie verzweifelt. Aber der Moment geht vorbei, gleich darauf küsst sie ihn, und sie machen weiter.

Kaum zwei Stunden, nachdem sie das Licht gelöscht haben, klingelt der Wecker. Mick schaltet ihn hastig aus, flucht. Inga hat sich nur einmal umgedreht – um sie nicht doch noch zu wecken, greift er im Dunkeln nach der Uniform, schleicht hinaus.

Als er von der Arbeit kommt. Sie trennt sich von ihm, als er von der Arbeit zurückkommt. Er kann es nicht glauben, steht in der Küche vor ihr, blinzelt, als würde dadurch das Bild verschwinden. »Aber wieso?«, fragt er. »Gestern war doch …« Das Gefühl, etwas verpasst zu haben. »Hast du mit jemandem gesprochen? Wer hat dir das eingeredet?«

Sie schüttelt den Kopf. Inga wiederholt sich ungern, aber jetzt sagt sie noch einmal, was er vor Minuten bereits gehört hat: »Ich habe bloß nachgedacht. Die ganze Nacht wach gelegen und nachgedacht.«

»Du hast geschlafen, ich war doch dabei!« Als würde es darum gehen. Er muss sich zusammenreißen und das Richtige sagen. Er stellt alle dämlichen Fragen, die in Situationen wie dieser gestellt werden, vor allem in Filmen, so etwas sollte nur im Film passieren. »Bist du dir sicher? Vielleicht brauchst du bloß Zeit für dich? Gestern war doch noch …« Endlich stellt er die Frage, die alle weiteren überflüssig machen könnte: »Gibt es einen anderen?« Inga reißt die Augen auf, sieht ihn entrüstet an. »Nein«, ruft sie, »natürlich nicht.«

Aber auf einmal wird ihm klar: So gut er sie kennt, er könnte nicht sagen, ob sie jetzt lügt. In dem Moment, in dem sie erklärt hat, dass es vorbei ist, ist sie ihm völlig fremd geworden. Micks Schultern verkrampfen sich. Er muss sich davon überzeugen, dass all das hier real ist, und dazu muss er Inga anfassen.

Doch das macht es, obwohl er sie nur ganz leicht am Arm berührt, nicht besser. Vielleicht hat er sich zu schnell bewegt, die Finger zu überraschend ausgestreckt – jedenfalls weicht Inga zurück, duckt sich sogar. Erschrocken zieht er die Hand zurück. In Ingas Augen kann er zwei Sachen lesen: Angst, sie hat Angst vor ihm. Und außerdem ist da etwas Kaltes, das es bisher nicht gegeben hat.

Das Einzige, was Mick jetzt tun kann, ist, ihr Platz zu lassen und Zeit zu geben. Damit sie selbst merken kann, dass sie zusammengehören.

Es klingt erstaunlich gelassen, als er sagt: Ich packe meine Sachen. Und Inga fragt auch nicht nach, wo er hinwill, obwohl sie wissen müsste, dass es da niemanden gibt. Trotzig legt er seinen Schlüssel auf den Küchentisch, bevor er geht. Dann steht er auf der Straße, am späten Nachmittag, geht die Straße hinunter, mit entschiedenen Schritten, als hätte er ein Ziel – falls ihm Inga vom Fenster aus nachsieht. Erst hinter der Kreuzung bleibt er stehen. Aber plötzlich weiß er, was er tun wird, tun muss, und er lacht. Zuerst das eine Problem lösen, dann das andere. Zuerst das eine Problem lösen, was dafür sorgen wird, dass sich das andere Problem von selbst erledigt.

Mit dem Rucksack auf dem Rücken und der Tasche in der Hand, den Schlafsack unter den Arm geklemmt, fährt Mick zum Möbelmarkt. Er wird Inga zeigen, wie sehr er weiß, was sie will. Am EC-Automaten neben dem Eingang hebt er alles Geld ab, das er bekommen kann. Drinnen läuft er lange herum, sitzt Probe – doch das entscheidende Kriterium lautet: Das Sofa muss im Lager vorrätig sein, damit es sofort an Inga geliefert werden kann. Das Geld, das Mick abgehoben hat, reicht knapp für die Anzahlung. Für den Rest vereinbart er monatliche Raten, die ihm gerade noch machbar scheinen.

Aber für den Moment, für den heutigen Abend: keine Lösung. Kurz vor elf gibt Mick auf. Er hat zwei Schulfreunde angerufen, deren Nummern noch in seinem Handy steckten, aber bei keinem der Anschlüsse ist jemand rangegangen, einer war gar nicht mehr vergeben. Mick lebt sein Leben lang in dieser Stadt und kennt trotzdem niemanden so gut, dass er bei ihm klingeln könnte. Mit manchem hat er es sich verdorben, während eines wütenden Streits nach einem Abend mit zu viel Bier. Er hat sich dabei immer im Recht gefühlt und nie jemandem nachgetrauert – nur diesmal darf das nicht so sein, um Inga wird er kämpfen. Sie sind verheiratet, da kann man nicht einfach sagen: *So, Schluss, aus*. Das ist fürs Leben, und eben auch fürs Zusammenleben, Inga und die Wohnung sind sein Heim.

Er denkt an seine Mutter. Aber selbst wenn das ginge … sie wohnt nicht mehr hier. Die neue, die Darmstädter Adresse liegt in der Schublade der kleinen Flurkommode, neben

Ingas Schal und den Handschuhen, die sie den ganzen Winter über getragen hat. Die Mutter ist im vergangenen Jahr zu ihrer älteren Schwester in den Westen gezogen, dann hat man bei der älteren Schwester Krebs diagnostiziert und die Schwester ist unerhört schnell gestorben – eine von diesen beschissenen Entwicklungen, die für die Mutter typisch sind. Allerdings, das hat sie früher oft betont, passieren ihr diese schlimmen und sinnlosen Sachen erst seit Micks Geburt.

Sie haben so wenig Kontakt, dass die Mutter Inga noch nicht einmal kennengelernt hat. Wo sein Vater ist, das weiß Mick gar nicht, und die Mutter weiß es wahrscheinlich genauso wenig, er hat sich vor langer Zeit abgesetzt, noch vor Micks Geburt. Das hat Mick auch Harald gesagt, als der immer weitergebohrt hat und alles über Micks Familie wissen wollte – dabei hat er doch selbst eine. Ist er nicht schließlich der Vater von Zwillingen?

Diese Nacht ist das Schlimmste und Sinnloseste, was *Mick* je passiert ist. Als er kurz vor Mitternacht den Schlafsack auf einer Parkbank ausrollt, ist es schon der zweite Versuch. Beim ersten Mal hat ihn ein Penner vertrieben, der stur vor ihm stehen blieb, seine Tüten in der Hand, und immer wieder sagte: »Meine Bank. Ist meine Bank.« Der Penner stank. Mick hat die Faust gejuckt. Aber er wollte keinen Ärger, wollte auf keinen Fall etwas tun, das Inga recht geben würde. Er kann es schaffen, er kann sein Leben auf die Reihe kriegen, den Job behalten, das wird er Inga beweisen.

Jetzt drücken sich ihm die Holzlatten der Bank durch den Schlafsack hindurch in den Rücken. In den Büschen, und mehrmals sogar direkt neben ihm im Gras, rascheln Tiere –

zumindest hofft Mick, dass es Tiere sind. Die Uniform von Kerr steckt ganz oben im Rucksack und darf nicht gestohlen werden. Hat man sich einmal an die Dunkelheit gewöhnt, scheint der Mond viel zu hell. Und wieso gibt es Mücken in diesem Park, weit und breit kein Wasser, das Gras ist verdorrt, aber vielleicht brauchen Mücken auch gar kein Wasser, wenn sie von Blut leben.

Nein. Er kann das nicht. Er kann so nicht schlafen. Allein, ohne Inga. Er kann nicht die Augen schließen, ohne zu wissen, was hinter den geschlossenen Augen passiert. Es ist schon halb zwei, er muss bald zu Kerr, er muss sich ausruhen – aber er kann hier nicht mehr herumliegen. Lieber mit dem Gepäck durch die Straßen laufen, die ganze Nacht, und von dem Geschleppe irgendwann doch so müde werden, dass die Bank an einer Bushaltestelle funktioniert oder die zwei Stufen vor einem Hauseingang. Oder einfach komplett wach bleiben, bei Kerr in den Renault steigen, ohne zu grüßen, ohne mit jemandem zu reden, beim Fahren auf keinen Fall die Augen zumachen, es wird schon gut gehen.

Was es natürlich nicht tut. Der erste Mensch, dem Mick auf dem Hof begegnet, ist eine der Frauen aus der Verwaltung. Sie sieht ihn – übernächtigt, mit zerdrückten Haaren, beladen mit dem Schlafsack und allem anderen –, und sie begreift sofort, was los ist, bleibt stehen, zieht die Augenbrauen hoch. Mick geht an der Frau vorbei, murmelt einen Gruß, läuft zu den Mannschaftsräumen, wo er die Sachen in seinen Spind stopft. An der Mauer trinken die Kollegen ihren Kaffee, dazu die üblichen zotigen Scherze, Mick stapft, ohne nach links und rechts zu sehen, direkt zum Auto. Er hört noch, dass Harald hinter ihm herruft, dreht sich aber nicht um.

Sie reden während der Tour am Nachmittag. Zum ersten Mal stört sich Mick nicht daran, wie Harald jedes Detail aus ihm hervorzerrt. Die Sätze kommen ganz von allein, er muss alles, was passiert ist, noch einmal sagen, noch einmal durchleben, in der Hoffnung, dass es dadurch fassbarer wird. Harald lässt Mick nicht aus den Augen, legt den Arm um seine Schulter, drückt mit der Hand tröstend zu. Er lässt Mick, obwohl der stockt und stottert, ganz ausreden, bevor er selbst den Mund aufmacht. Und erklärt, was nun zu tun ist.

»Und das ist wirklich in Ordnung? Da störe ich niemanden?«

Sie stehen bereits vor der Wohnungstür, Harald schließt auf und antwortet dabei: »Wen sollst du denn stören?«

Ein Flur, so eng, dass man sich in ihm kaum drehen kann, erst recht nicht mit dem Rucksack auf dem Rücken, ein Flur, von dem vier weit geöffnete Türen abgehen. In der Küche weiße Möbel, beschichtete Spanplatte, alles aufgeräumt, sauber, auf dem kleinen quadratischen Tisch eine Kaffeemaschine, die aussieht wie neu, das Kabel mehrmals um die Maschine herumgelegt, der Stecker steckt in keiner Steckdose. Im Wohnzimmer, nächste Tür, eine fast leere Schrankwand, nur in der Vitrine einige Gläser und Flaschen, weiter unten hockt in einem Fach eine hölzerne Matrjoschka, das russische Spielzeug, bei dem immer eine Puppe in der anderen steckt. Der Fernseher steht auf einem Deckchen mit Spitze an den Rändern.

»Ja«, sagt Harald, »dann komm mal rein.« Er geht in die Küche und gießt sich ein Glas Wasser ein, gießt auch Mick, ungefragt, ein Glas Wasser ein und hält es ihm hin. Mick stellt endlich den Rucksack ab, bevor er sich noch einmal umsieht – im Schlafzimmer ein riesiges dunkles Doppelbett und ein Schrank, sonst nichts, nicht einmal ein Nachttisch. »Und wo«, fragt Mick, »sind die Zwillinge?«

»Was denn für Zwillinge?«

Es gibt keine Kinder. Es gibt auch keine Frau, Harald lebt allein. Mick erzählt ihm erst gar nicht, was für Geschichten auf dem Hof über ihn kursieren. Ganz sicher ist das hier keine Eigentumswohnung.

»Okay«, sagt Harald schließlich, »ich geh mal duschen und hau mich kurz hin, das ist, was ich um diese Uhrzeit mache. Du fühlst dich ganz zu Hause, ja? Nachher kann ich uns ein paar Eier braten. Und dann reden wir.«

Nein, er will nicht bei Harald sein. Auf eine unbestimmte Art ist er wütend auf ihn, auf eine unbestimmte Art hat die schlechte Laune der letzten Zeit, haben der farblose Sommer und Ingas unerwarteter Rückzug mit Harald zu tun. Aber Mick hat keine Wahl. Wie wenig Wahl er hat, das wird ihm erst am Abend klar, nach den Spiegeleiern, auch nach dem Bier, das Harald vom Kiosk geholt hat. »Wo«, fragt Mick, »soll ich eigentlich schlafen?«

Dass er nicht eher darüber nachgedacht hat, ist absurd. Schließlich steht und sitzt er seit Stunden in diesem Zimmer herum, diesem Wohnzimmer, in dem es außer der Schrankwand nur einen Tisch gibt, zwei Stühle und eine hölzerne Eckbank mit Polstern. »Ach so, ja«, sagt Harald. Seine Wangen sind rot vom Bier, die Nase auch, und privat trägt er kein Hemd, sondern ein T-Shirt, ist aber immer noch ununterbrochen damit beschäftigt, es über seinen dicken Bauch zu ziehen und in die Hose zu stopfen. Er deutet auf die Eckbank. »Im Ernst?«, fragt Mick. »Doch doch«, sagt Harald,

»die ist lang genug.« »Aber schmal und hart!« Mick schluckt, dann fügt er schnell hinzu: »Nee, ist in Ordnung, wird schon gehen.«

Es ist ja, denkt er, nicht für lange. Für zwei Nächte oder drei. Spätestens wenn das Sofa geliefert wird, werden Inga und er sich versöhnen.

Ein Dach überm Kopf, aber keine Matratze unterm Hintern. Die Polster sind zu dünn. Und Mick kann sich nicht umdrehen auf der Bank, nur steif wie eine Leiche auf dem Rücken liegen. Er stöhnt. Der Schlafsack klebt schwitzig und heiß am Körper, er taugt nicht einmal als Unterlage.

Nach einer Nacht, die nur aus kurzem Wegnicken bestand, kommt der Morgen gleichermaßen zu früh und zu spät. Harald ist schon seit einer halben Stunde auf den Beinen, nicht zu überhören. Mick tut jeder Knochen weh. Er zerrt seine zerknitterte, ungewaschene Uniform aus dem Rucksack, steigt zittrig hinein. Im Flur bleibt er in der Tür zur Küche stehen, Harald hat ihn noch nicht bemerkt. Gerade verteilt er Kaffee auf zwei Tassen, wäscht sofort danach die Kanne aus, trocknet sie ab, zieht den Stecker und legt das Kabel erneut eng um die Maschine herum. Dabei pfeift er, irgendeine Melodie. Endlich stößt sich Mick vom Türrahmen ab, hört selbst, dass seine Stimme gereizt klingt, als er fragt: »Wieso lässt du das Kabel nicht einfach stecken?«

»Oh, guten Morgen.« Wie gestern streckt ihm Harald ungefragt eine Tasse hin. Aber Kaffee ist jetzt genau das Richtige, Mick trinkt ihn gierig in großen Schlucken. »Was willst du frühstücken«, fragt Harald, »und hast du gut geschlafen?«

Mick zeigt auf die Kaffeemaschine mit dem nicht eingesteckten Stecker. »Warum?«, fragt er noch einmal.

Aber Harald bleibt friedlich. »Hab ich mal im Radio gehört, dann zerhaut es dir nicht die Geräte, wenn ein Blitz einschlägt. Also, Frühstück?« Haralds Ruhe zerrt an Micks Nerven.

Der Tag geht weiter, wie er begonnen hat. Anita, die Frau aus der Verwaltung, tritt ans Fenster des Backsteingebäudes und ruft Mick zu sich herein. Drinnen mustert sie ihn von oben bis unten. »So geht das nicht«, sagt sie, fügt etwas über einen Ruf hinzu, den man verteidigen müsse – und Mick, müde, bekommt nicht mit, ob sie über ihn spricht oder über die Firma. Seine Uniform riecht. »Also was!«, sagt Anita, »redest du jetzt nicht mehr mit uns? Wo du momentan wohnst, habe ich gefragt.«

»Bei mir.« Plötzlich steht Harald hinter Mick, legt ihm mal wieder die Hand auf die Schulter. »Er wohnt bei mir, es ist alles geregelt. Ich kümmere mich.«

Anita wirft ihnen beiden einen langen Blick zu, aber endlich nickt sie. »Ich verlass mich drauf«, ruft sie ihnen nach, während Harald Mick hinausführt – zumindest fühlt es sich nach Geführtwerden an, weil Harald noch immer seine Hand auf Micks Schulter drückt. Draußen fragt er: »Zur Pause dann hier?« Mick zögert, er hat überlegt, bei Inga im Salon vorbeizuschauen. Doch als er davon erzählt, schüttelt Harald entschieden den Kopf: »Das ist nicht gut, sogar vollkommen falsch. Hast du mir gestern überhaupt nicht zugehört?«

Und nein, natürlich fährt Mick nicht zu Inga, weil ihn Harald, der sich jetzt endgültig in alles einmischende Harald, verunsichert hat. Auch am Vorabend schon, da hat er nämlich versucht, Mick haarklein zu erklären, wie Frauen funktionieren – als wäre Inga ein Gerät, das man vor einem technischen Defekt schützen könnte, als wäre sie eine Route, deren Zeitablauf zu optimieren ist. Mick hat widersprochen. Doch ganz überzeugt ist er selbst nicht von seiner Idee, Inga im Laden zur Rede zu stellen. Noch ist das Sofa nicht geliefert worden, und das Sofa ist schließlich der wichtigste Teil seines Plans.

Er macht sich Sorgen ums Geld. Sein Gehalt wird erst in zehn Tagen kommen, und dann werden sofort die Miete abgehen und die erste Rate für ebendieses Sofa. Mick ist so abgebrannt, dass er nicht einmal Essen und Bier kaufen kann, tatsächlich ist er nun völlig von Harald abhängig. Dem er auch noch fünfzig Euro schuldet, wie ihm bei dieser Gelegenheit einfällt.

Er fährt wie auf Autopilot und könnte am Ende der Schicht nicht sagen, wie er die Stunden hinter sich gebracht hat. Einmal hat er einen Koffer verwechselt, aber das ist Harald rechtzeitig aufgefallen, sodass es keinen Ärger gegeben hat.

Nach der Arbeit, am Nachmittag, will Mick nur noch schlafen. Harald geht aus dem Haus, um, wie er sagt, einem Freund beim Umzug zu helfen. »So was macht man doch«, sagt er, »unter Freunden.« Nachdem die Tür ins Schloss gefallen ist, muss Mick ständig an das Bett im Schlafzimmer denken, das jetzt leer ist. Er könnte sich einfach hineinlegen, wenigstens eine Stunde lang ... Aber er schüttelt den Gedanken ab. Was gibt es sonst zu tun? Die Uniform muss er waschen, genau. Er wird Inga nicht zurückbekommen, wenn er den Job nicht behält – und er wird den Job nicht behalten, wenn ihn Inga nicht wieder in der Wohnung wohnen lässt.

Er geht ins Bad, stopft die blaue Hose, das blaue Hemd,

stopft auch gleich noch zwei Unterhosen in die Maschine, gießt Waschmittel dazu, drückt ein paar Knöpfe. Aber danach gibt es wieder nichts zu tun. Und auf der harten Bank kann er sowieso nicht schlafen. In dieser Wohnung, in Haralds Umgebung, fällt Mick die Decke auf den Kopf, die sowieso niedrige Decke über der Schrankwand. Die Lampe im Wohnzimmer ist eine hässliche Blume aus braunem Glas. Mick greift nach dem Schlüssel, den ihm Harald gegeben hat, er verlässt die Wohnung, wobei er die Treppe hinunterstürmt, als wäre er auf der Flucht.

Und der Tag, der so weitergeht, nimmt kein Ende. Drei Stunden später, als Mick zurückkommt, steht die Wohnungstür offen, drinnen hört man Harald im Gespräch mit einem anderen Mann, beide fluchen.

Sie sind im Bad. Auf dem Boden Lachen, obwohl zu sehen ist, dass schon gewischt wurde. Nasse, dunkle Flusen in den Ecken des Raumes, Harald, der aufblickt, Mick entdeckt und sagt: »Da ist er ja.« Der andere, jüngere Mann ist barfuß, trägt hochgekrempelte Jeans, sein Hemd hat Schweißflecken unter den Achseln. »Ja, gut«, sagt er, »dann klärt das unter euch. Ich will nur, dass es geklärt wird, sonst muss ich den Vermieter einschalten.« Im nächsten Moment ist er aus der Tür.

Was passiert ist, ist klar, die Waschmaschine ist ausgelaufen. »Nein«, sagt Harald, »nein, du hast den Krümmer nicht eingehängt.« Mick starrt ihn mit offenem Mund an – den was? Und Harald hält einen Schlauch hoch, der in einem gebogenen Stück Plastik endet. Offenbar muss man diesen Schlauch ins Klo einhängen oder auch ins Waschbecken, aber ehrlich, wer soll denn das wissen? »Bei mir zu Hause«, verteidigt sich Mick, »ist der ans Abwasser angeschlossen, so wie's sein soll!« Er kommt sich bloßgestellt vor und wieder einmal dumm, viel zu dumm für alles, was sich ihm Tag für Tag in den Weg stellt.

Das eigentliche Problem aber ist nicht das nasse und schmutzige Bad, in dem sie stehen – sondern dass auch Harald gerade erst heimgekommen ist. »Da war's schon zu spät. Der Dittmar, der unten wohnt, hat einen großen Wasserfleck an der Decke. Das muss professionell gemacht werden, da können wir nicht einfach drüberstreichen, dann kommt das wieder durch. Das wird teuer.« Geld, hört Mick, er hört immer nur: Geld. Alle wollen sie sein Geld. Jetzt noch so ein Stress wegen dem bisschen Wasser. Harald fragt: »Oder hast du eine Haftpflichtversicherung?« Das Wort klingt für Mick genauso fremd wie *Krümmer*. In ihm zieht sich etwas zusammen, denn eigentlich ist doch auch die Decke des Nachbarn nicht das Problem: Das eigentliche Problem ist, wie leicht Inga von ihm weggehen konnte, so leicht nämlich, wie Wasser durch eine Wand dringt.

Sie meldet sich nicht. Er hat beim Möbelmarkt angerufen und sich bestätigen lassen, dass das Sofa geliefert worden ist. Trotzdem meldet sie sich nicht. Mick stellt die Alarmtöne am Handy auf die höchste Lautstärke, doch das ändert nichts, er verpasst nichts. Endlich hält er die Stille nicht mehr aus und ruft selbst an, obwohl es laut Harald das Letzte ist, was er tun sollte. Aber Mick macht sich Sorgen, er muss wenigstens wissen, wie es Inga geht. Und ... er will nach Hause. Wenn sie wieder zusammen in der Wohnung sind, wenn er Inga aufs Bett werfen und in den Arm nehmen kann, wird alles in Ordnung kommen, das weiß er.

Er klingelt ins Leere. Später, als er es wieder versucht, drückt sie ihn weg. Das kann er nicht glauben, starrt das Display an – aber was sonst bedeutet es, wenn man nach zweimal Klingeln das Besetztzeichen hört? Ab da ruft Mick alle zehn Minuten an. Inga hat ihn, seit er sie kennt, nie weggedrückt, das passt überhaupt nicht zu ihr, vielleicht ist sie nicht allein. Er versucht es wieder und wieder, doch jetzt ist das Handy ausgeschaltet, nicht einmal die Mailbox springt an.

Er schleicht herum wie ein vom Hof gejagter Hund. Harald bringt jeden Abend vier kleine Flaschen Bier vom Kiosk mit, genau vier, zwei für jeden von ihnen. Das reicht Mick nicht, er bräuchte mehr, schon allein, um endlich mal schlafen zu können – aber er kann nichts sagen, es ist Haralds Geld. Natürlich ist Harald großzügig, natürlich muss man Harald dankbar sein, ohne ihn gäbe es gar kein Bier. Aber ehrlich, kleine Flaschen, Mick kann sich nicht daran erinnern, wann er so was zuletzt in der Hand hatte. Er setzt die Flasche an den Mund, und schon ist sie leer.

»Ich will dir helfen«, sagt Harald, »nur, so viel Geld habe ich auch nicht.« Dittmar, der Mieter unter ihnen, hat den Kostenvoranschlag gebracht. Mick merkt, wie sprunghaft seine Gedanken sind, es fällt ihm schwer, sich auf eine Sache zu konzentrieren. Auch die zweite kleine Flasche Bier ist schon fast leer. Da gibt es doch das Gerücht, dass Harald mehr verdient als alle anderen bei Kerr ... Vielleicht sind Packen mit Scheinen unter der Matratze in Haralds Bett versteckt, dem verfluchten, bequemen Bett ... Harald seufzt und legt die Stirn in Falten. »Du könntest das beim Dittmar abstottern.«

»Nein.« Mick schüttelt den Kopf. »Geht nicht, ich muss

schon das Sofa abstottern.« Er denkt an die riesigen weichen Polster, dieses Sofa könnte er gerade selbst gut gebrauchen, in den unerträglichen Nächten hier in Haralds Wohnung.

»Also das mit dem Sofa«, sagt Harald, und Mick hat schon vorher gewusst, dass er das jetzt sagen würde, »also das mit dem Sofa war aber auch eine bescheuerte Idee. Du musst diese Inga gehen lassen, man muss Frauen gehen lassen. Wir finden einen Weg mit dem Dittmar, ich lass dich bestimmt nicht hängen, ich sage immer: Ein Freund ist besser als eine Frau.«

Er fährt zu Ingas und seiner Wohnung. Aber sie ist nicht da, oder zumindest öffnet sie auf sein Klingeln hin nicht. Er stellt sich auf die Straße, auf die andere Straßenseite, ruft zu den vertrauten Fenstern hoch, sie sind geschlossen und man kann nicht erkennen, ob sich in den Räumen dahinter etwas bewegt. Dabei wünscht sich Mick nichts mehr als Bewegung, das Warten macht ihn verrückt. Er denkt nicht nach, bevor er alle Klingelknöpfe gleichzeitig drückt – es funktioniert, jemand lässt ihn ins Haus –, und oben schlägt Mick mit der flachen Hand gegen die Wohnungstür. »Inga«, schreit er immer wieder, »Inga!« Nach einer Weile erregt er Aufsehen, ein Mann ruft durchs Treppenhaus, ob's noch lauter gehe. »Hau ab, ich zeig dir gleich Inga«, ruft der Mann.

Im Nachhinein, als er sich so weit beruhigt hat, wie er sich noch beruhigen kann, hofft Mick, dass Inga wirklich unterwegs gewesen ist. Sie soll ihn so nicht sehen. Wahrscheinlich prüft sie gerade, ob er ruhig bleibt, und er will vor ihren Augen bestehen. Er sieht auch gar keine andere Möglichkeit, es gibt keine. Er muss von Harald weg, aber nicht zurück in den Park, an die Bushaltestelle, nicht auf die Straße.

»Auf keinen Fall«, sagt Harald am Abend. Die vier kleinen Bierflaschen stehen ausgetrunken auf dem Tisch im Wohnzimmer. »Geh auf gar keinen Fall zu ihr in den Laden. Das ist ihre Arbeit, da fühlt sie sich sicher, was sollen die Kunden denken, was soll der Chef denken? Da kannst du nichts mit gewinnen.« Die schlimmsten Momente für Mick sind die, in denen Harald recht hat. Denn alles, was er sich wünscht, hängt davon ab, dass sich Harald grundsätzlich irrt, dass Inga keine der Frauen ist, von denen Harald die ganze Zeit spricht. »Und selbst wenn sie dort weg könnte«, sagt Harald, »sie will ja nicht mit dir reden. So sind sie, die Frauen, man darf ihnen nicht hinterherheulen. Ich verspreche dir: Sie hat längst einen Neuen.«

Mick ist aufgesprungen und läuft im Zimmer hin und her. Er denkt an alles, was er Harald gern an den Kopf werfen würde: dass der überhaupt keinen Durchblick haben kann, schließlich hat er selbst keine Frau, er hat keine Zwillinge und keine Familie, er soll die Fresse halten. Aber nichts davon sagt Mick laut, und Harald bleibt einfach nur sitzen, lächelnd auf dieser unmöglichen harten Polsterbank – und als er dann doch aufsteht, holt er aus dem Flur seine Jacke, greift in die Innentasche und zieht zwei Scheine heraus. Hunderter, zweihundert Euro. »Mehr«, sagt Harald und legt das Geld auf den Tisch, »konnte ich nicht lockermachen. Aber das wird Dittmar als erste Rate reichen.« Mick starrt die Scheine an, Harald grinst: »Da staunst du, was? Was hättest du sonst gemacht? Inga gefragt?«

»Es wird aber dauern, bis …«

»Klar«, sagt Harald, »weiß ich!« Seine Hand beschreibt einen großzügigen Bogen. »Du gibst mir das Geld zurück, sobald es geht.« Er strahlt. Mit den zweihundert Euro hat er

Mick umgehauen, das ist mal klar. »Jetzt siehst du aus, als bräuchtest du einen Kurzen.«

Und zwei Stunden später ... da haben sie Schnaps getrunken, mehr als einen, sehr viel mehr als einen. Von den Flaschen aus der Schrankwandvitrine sind zwei, die vorher noch halb gefüllt waren, bis auf den letzten Tropfen ausgetrunken. Mick fühlt sich müde, aber auf eine andere Weise als in den vergangenen Nächten, es ist eine schwitzende, betäubte Müdigkeit, als hätte er sich schon während des Saufens kratzige Wolldecken über den Kopf gezogen. Sie haben über alles Mögliche geredet, laut und immer weniger klar, und irgendwann hat es sich angefühlt, als wären sie wirklich Freunde. Nachdem die zweite Flasche leer ist, Weinbrand, sagt Harald: »Ach, ich Idiot, ich kann dir doch einfach die Matratze geben. Wir legen die ins Wohnzimmer. Dann schläfst du besser.«

»Wie«, fragt Mick, »welche Matratze? Die brauchst du doch selbst.«

»Nee, es sind zwei Matratzen, zwei getrennte, ich schlafe links, die rechte kannst du haben.«

Und Mick denkt: *Am Arsch,* wieso bist du da nicht eher drauf gekommen? Aber dann bedankt er sich – »Danke, Mensch, danke!« –, stolpert hinter Harald her ins Schlafzimmer, sie zerren die schwere Matratze vom Lattenrost, tragen, schieben sie nach nebenan. Es dauert länger als nötig, weil Harald lachen muss und dadurch die Matratze immer wieder loslässt.

Als er endlich allein ist, zieht Mick mit letzter Kraft die Jeans aus und lässt sich ansonsten so, wie er ist, einfach fallen. Auf die weiche Matratze. Während er die Augen schließt, denkt er: Es ist sowieso die letzte Nacht, morgen ... morgen werde ich Inga sehen.

Und dann sieht sie so schön aus wie immer. Sogar schöner, im Gesicht ist sie braun geworden. Inga färbt gerade einer Kundin die Haare, und als er den Salon betritt, wirkt sie nicht überrascht, wahrscheinlich hat sie ihn schon draußen an der Scheibe stehen sehen. Sie bittet eine Kollegin, sich um die Kundin zu kümmern, holt schnell ihre Zigaretten aus der Handtasche und geht mit Mick auf die Straße.

Er hat gedacht, dass er anfangen muss, hat sich vorher im Kopf ein paar Sätze überlegt, aber dann entschuldigt sich Inga sofort. Sie redet zuerst und entschuldigt sich und gibt Mick ungefragt eine Zigarette, sie rauchen, und er ist schon erleichtert, ist schon beinahe glücklich – bis er nach drei Zügen begreift, dass Inga sich nur dafür entschuldigt, nicht ans Telefon gegangen zu sein. Ihn nicht zurückgerufen zu haben. »Ich war feige.« Sie senkt den Kopf und wird rot, das hat er lange nicht mehr erlebt. Der kleine Baum neben ihnen ist staubig, kaum belaubt. »Ich wusste nicht, was ich sagen soll.« Nun flüstert sie fast. »Ich weiß, ich hab dir noch gar nichts erklärt … Aber das kann ich auch nicht. Irgendwie ist es einfach vorbei.« Ihre Lippen schließen sich um die Zigarette, als wäre sie das Einzige, was Inga jetzt noch küssen will. »Mick«, sagt sie dann, »du warst ganz wichtig. Hast an mich geglaubt und so, Selbstbewusstsein, diese Sachen. Aber ich kann doch jetzt nicht lügen. Wenn es vorbei ist, ist es vorbei.« Plötzlich sieht sie richtig unglücklich aus, der nächste Satz steht schon in ihrem Gesicht. »Es tut mir leid.« Es tut ihr leid? Was soll er denn damit anfangen – sie sind *verheiratet*, bedeutet das nichts? »Und wir haben ja auch so schnell geheiratet. Wir sind doch noch viel zu jung. Die Frau im Standesamt hat uns ausgelacht.«

Sie lässt die Kippe auf den Boden fallen und tritt sie aus.

Mick schaut ihr dabei zu, stellt fest, dass ihre Schuhe neu sind, so wie die Bräune im Gesicht. Er hebt den Blick wieder – in diesem Moment weiß er, dass es nichts mehr zu sagen gibt. Er kennt Inga so gut, jeden Zentimeter ihres Körpers, jedes Zucken in ihrem Gesicht. Aber Inga will gar nicht mehr von ihm gekannt werden. Ihre Augen sehen ihn schon anders an.

Einmal versucht er es noch. Überbrückt hektisch den Meter zwischen ihnen, schlingt die Arme um Inga, zieht sie an sich und drückt die Lippen auf ihren Mund. Es passiert nicht viel, sie stößt ihn nicht zurück. Aber sie tut auch nichts. Steht nur da und wartet, bis er aufgibt, sie wieder loslässt. Danach sagt sie erneut, dass es ihr leidtut. Und ihm ist klar, dass sie wieder hineingehen will, sie darf nicht so lange wegbleiben. Klar ist auch, dass er nichts dagegen tun kann. Doch, eine Möglichkeit fällt ihm noch ein. »Was ist«, ruft er, »mit dem Sofa, ich habe doch … Du hast dir immer ein Sofa gewünscht.« »Oh«, sagt Inga, »ja.« Sie wird schon wieder rot, schweigt aber, was ihn zwingt, die Frage konkret zu stellen: »Gefällt es dir nicht?« Und vorsichtig, weil sie ihn nicht verletzen will, gibt sie schließlich zu: »Also … die Farbe …«

Er weiß nicht, ob man ein Sofa zurückgeben kann. Es ist auch egal, darauf kommt es nicht mehr an. Mick beginnt zu heulen. Und er bettelt. »Bitte«, hört er sich sagen, »bitte nicht. Leute wie Harald … die dürfen nicht recht haben … Immer haben Leute wie Harald recht.«

Ingas Gesicht hat die Bräune verloren, sie sieht blass aus, nimmt seine Hände. »Mick«, sagt sie, »Mick, Mick … Ich weiß gar nicht, wer dieser Harald ist … ich kenne den nicht … Bitte, kannst du nicht einfach gehen?«

Er möchte hineinschlagen. Nicht in Inga, er liebt Inga doch. Aber die Wut, die sich in den letzten Wochen angesammelt hat, ist trotzdem da. Steigt in ihm auf und greift nach seinen Armen und Beinen und dem Kopf mit den Gedanken.

Auf dem Weg durch den Sommer, durch die aussichtslose, schmutzige Stadt, wird Mick klar, dass er nun kein Ziel mehr hat. Er kann nicht länger bei Harald wohnen, nicht einen Tag länger. Obwohl es keine andere Möglichkeit gibt, kann er es nicht.

Die zu kurzen T-Shirts, die Haralds Bauch hochrutschen. Die Wurstfinger, die Mick festhalten, freundschaftlich, dabei immer zu grob. Die Schweißflecken, Haralds Rücken hinunter, der rote Kopf, die Haare kleben an den Schläfen. Haralds schnaufendes Atmen, die Mädchenlippen, Haralds blitzschnelle Zunge, die Krümel, Leberwurst, Pudding aus dem Schnurrbart leckt. Haralds zusammengekniffene Augen, lauernd, und wie die Augen dann, wenn Harald *helfen* konnte, vor Selbstzufriedenheit glänzen.

Einmal, jetzt, geht Mick noch zurück. Er wird Haralds Haustür öffnen, die Treppe hinaufsteigen, Haralds Wohnung betreten. Harald ist an allem schuld, Harald, der immer *helfen* will. Mick läuft schneller, jetzt rennt er. Harald, das Schwein, wartet auf ihn. Ins Weiche, ins Harte, tief rein. Nur ein einziges Mal hineinschlagen.

Gute Nacht, mein Kind

Es ist nicht mehr so wie am Anfang. In den ersten Wochen hat Adrian jeden Morgen *Mama* gerufen, wenn ich die Tür geöffnet habe – und dann, sobald er richtig aufgetaucht war aus dem tiefen Wasser seines Schlafs, sobald ihm klar wurde, dass ich nicht Mama war, sondern nur Papa, immer wieder nur Papa, hat er geschrien. Wie am Spieß, manchmal eine halbe Stunde lang. Ich bin mir nicht sicher, wann er begriffen hat, dass Sandra nie wiederkehren wird. Von einem Tag auf den anderen hörte er auf zu weinen, und er sagte auch nicht mehr *Mama*, wenn ich mich über sein Gitterbett beugte.

Papa allerdings sagt er auch nicht. Seit der Beerdigung spricht er kaum, seine Kindergärtnerin hat mich deshalb schon einbestellt. Als könnte es helfen, dass wir gemeinsam darüber reden, dass Adrian eben nicht mehr redet. Ich habe nur wenig gesagt bei dem Gespräch, zu dritt haben wir auf den winzigen Stühlen im Gruppenzimmer gesessen. »Dieses Schweigen ist nicht gut für die kleine Seele.« Die Stimme der Kindergärtnerin klang, als würde sie aus einem Buch zitieren. Ob es der kleinen Seele nun aber guttut, wenn man in der dritten Person über Adrian spricht, obwohl er dabei ist? Doch natürlich hatte die Kindergärtnerin recht; sie fühlte sich lediglich überfordert, wie alle sich überfordert fühlen mit Adrian und mir. Adrian ist in der Gruppe das erste Kind gewesen, mit dem man sich richtig unterhalten konnte. Und nun das. »Machen Sie sich keine Sorgen um ihn?«, hat mich die Kindergärtnerin gefragt. Statt einer Antwort habe ich in den Spätnachmittag hineingeschwiegen, bis irgendwann eine Putzfrau kam und ihren Wischeimer mit einem Knall auf den Boden stellte. Ich muss mir keine Sorgen mehr machen: Adrian ist längst das Schlimmste passiert, das es auf der Welt geben kann.

Er streckt die Arme in die Luft, damit ich ihn aus dem Bett hebe. Ich starre ihn an und weiß plötzlich nicht mehr, wie das geht. Wo ich ihn anfassen muss, um ihm nicht wehzutun, wie viel Kraft ich aufwenden muss. Schon vor langer Zeit haben wir drei Gitterstäbe entfernt, damit Adrian selbst hinein- und heraussteigen kann, aber seit Sandras Tod macht er das nicht mehr.

Irgendwie schaffe ich es, meinen Sohn aus dem Bett zu bekommen. Nun steht er mitten im Zimmer, schwankt schlaftrunken hin und her, und wie weiter? Die Uhr an der Wand sagt, dass zehn Minuten vergangen sind, seit Adrian aufgewacht ist und nicht *Mama* gerufen hat. Ich muss ihm etwas anziehen. In der Kommode finde ich, weit hinten, ein letztes sauberes T-Shirt, darüber kommt der Pullover von gestern, der hat zwar schon Flecken, aber das ist egal. Adrian steht einfach da, lässt mich machen, manchmal hebt er einen Arm oder ein Bein, nicht immer das Bein, bei dem das in dem Moment hilfreich wäre. Er gähnt. Dabei fallen ihm die Augen zu, und er lässt sie geschlossen.

Für mich ist es eine Erleichterung, dass er nicht redet. So muss ich ebenfalls nichts sagen. Erst nachdem endlich jedes Kleidungsstück sitzt, wo es hingehört, fahre ich Adrian an:

»Jetzt mach mal die Augen auf.« Erschrocken gehorcht er. Ich führe ihn in die Küche, drücke ihn auf seinen Kinderstuhl, wo er ruhig sitzen bleibt, nicht zappelt, nichts anfasst – als wäre er schon viel älter, nicht gerade erst vier geworden.

Leider lässt die Kindergärtnerin nicht locker. Als ich Adrian an diesem Tag zum Gruppenraum bringe, springt sie sofort auf und läuft zu mir nach draußen. Nicht zu fassen. Eigentlich ist es egal, ob ich pünktlich ins Büro komme, mich stört nicht, wenn man sich dort über mich beschwert. Es ist einfach nur ein Job. Mein Leben lang bin ich gut darin gewesen, an allen möglichen Orten einfach nur einen Job zu finden. Mittlerweile kann ich so ziemlich alles, was mit Computern zu tun hat, das meiste davon sogar gut.

Ich wäre jetzt gern ein paar Minuten für mich gewesen. Stattdessen schließt die Kindergärtnerin die Hand um meinen Unterarm und zieht mich hinter sich her ins Büro. Sie ist noch jung, und die Situation ist ihr unangenehm, sie schwitzt. »Ich weiß«, sagt sie, »dass Sie nicht darüber reden wollen, aber das muss jetzt sein.« Und dann erklärt sie mir, wann für ein Kind der Weg durch die Trauer gefährlich wird – eben dann, wenn ihm kein vertrauter Erwachsener erklärt, was passiert. »Kinder, die übersehen werden«, sagt die Kindergärtnerin, »geraten in einen schlimmen Sog.«

Ich bleibe vor dem Stuhl stehen, zu dem sie mich geführt hat, weigere mich, darauf Platz zu nehmen. Sie hat offenbar eine Rede vorbereitet, die ich nun sofort zu unterbrechen versuche, ich kann nicht anders.

»Sie wissen nicht, wie es ist«, stoße ich hervor. Die Kindergärtnerin schluckt, sagt dann: »Nein, natürlich nicht. Aber ich weiß, was Sie tun müssten.«

»Dann tun *Sie* es doch! Reden *Sie* mit ihm, geben Sie ihm Halt, retten Sie ihn!«

Jetzt sieht die Kindergärtnerin nicht mehr jung aus, sondern erschöpft und traurig. Sie schüttelt den Kopf, wendet sich ab, sucht etwas auf dem Schreibtisch – und dann wird, begleitet von einem zögerlichen Quietschen, die Tür geöffnet. Adrian steht auf der Schwelle, die Hand noch zur Klinke gereckt, schaut von der Kindergärtnerin zu mir und zurück, als könnte er so herausfinden, worüber wir gesprochen haben. Sein Gesicht mit der geröteten Stupsnase, wie fast immer hat er ein bisschen Schnupfen. Die Haut an den Wangen schuppt sich leicht.

Die Kindergärtnerin lächelt. »Hallo Adrian, machst du dir Sorgen, was ich von deinem Papa will? Darf ich ihm mal dein Bild zeigen?«

Sie nimmt ein Blatt von einem Stapel auf dem Schreibtisch und reicht es mir. Ich sehe mir die Zeichnung an, harte Buntstiftstriche, blaue Kringel, darunter vielleicht eine Wiese, und rechts am Rand dickes schwarzes Gekritzel. »Sagt mir nichts.«

Adrian zieht die Schultern hoch, atmet schnell ein und aus. Er flüstert: »Das ist der Vogel.«

Die Kindergärtnerin hat sich hingehockt, die Zeichnung auf den Knien. »Ah ja …« Sie zeigt auf die schwarzen Striche. »Und was macht der denn, der Vogel?«

»Der will nicht laufen. Der schläft.«

Die Kindergärtnerin scheint zu überlegen. »Woher weißt du das?«

»Weil er nicht aufwacht.«

»Er wacht nicht auf. Aber …«

Und da reicht es mir. Ich will nicht hören, was als Nächstes kommt, ich will keine korrekte Pädagogik, keine Konfrontation, ich halte das nicht aus. »Adrian«, sage ich laut, »du gehst jetzt sofort zurück zu den anderen Kindern. Sofort, hörst du?« Und er tut es. Er würde alles tun, um mich nicht auch noch zu verlieren. Die Tür quietscht.

Es geht schief, wie so oft, wenn ich etwas unter Kontrolle bringen will. Die Kindergärtnerin droht mir tatsächlich mit dem Amt. Sie ruft mich am Abend noch einmal zu Hause an, nimmt die Drohung halb zurück, beharrt aber darauf, dass ich mich kümmern und etwas unternehmen müsse. »Adrian zuliebe«, sagt sie. Am nächsten Tag gibt sie mir einen Flyer aus dünnem Papier mit. Es geht um eine Freundin von ihr – ich soll mir größeren Ärger ersparen, indem ich mich bei der Freundin melde.

Entweder Einzeltermine, so stand es auf dem Flyer, oder Spaziergänge in der Gruppe, an jedem zweiten und vierten Sonnabend im Monat, Treffpunkt da-und-da, dort-und-dort, am See. Als ich zu der verabredeten Wegkreuzung komme, will ich eigentlich sofort umkehren. Ja, so habe ich sie mir vorgestellt, die Menschen, die sich *Trauerbegleitung* oder *Trauerberatung* wünschen – auf dem Flyer wurde mal das eine, mal das andere Wort verwendet. Rüstige Rentnerinnen in Wanderschuhen, die begierig darauf lauern, vom Krebstod des Ehemannes erzählen zu können. Ein Witwer mit Hut, der ein Notizbuch in der Hand trägt, als wollte er unterwegs Gedichte über die Natur verfassen, oder vielleicht will er sich jeden Hinweis zur *Trauerverarbeitung* notieren, den die Freundin der Kindergärtnerin zu bieten hat. Wo ist die überhaupt? Genau in diesem Moment verstummen die halblauten Gespräche und alle Blicke richten sich auf mich.

Nein, nicht auf mich … direkt hinter mir sagt eine Frau: »Guten Morgen.« Dabei betont sie beide Wörter gleich stark, als wollte sie darauf hinweisen, dass das ein guter Morgen sei im Vergleich zu den anderen Morgen der letzten Zeit. Ich drehe mich um. Die Frau versucht, uns, ihre Gruppe, mit einem Blick zu erfassen. Sie lächelt. »Ich bin Ruth. Wollen wir das Sie gleich weglassen?«

Auf dem Weg um den See lässt sie die Rentnerinnen das Tempo vorgeben. Die Gruppe zieht sich trotzdem immer weiter auseinander. Ich beobachte, wie Ruth hier und da auftaucht, sich mit manchen nur kurz, mit anderen länger unterhält. Als sie den Mann mit dem Notizbuch anspricht, müssen beide lachen, so laut, dass am Ufer ein Schwan erschrickt und sich zischend ins Wasser stürzt. Eine der Rentnerinnen lässt sich zurückfallen, bis sie auf meiner Höhe ist, öffnet schon den Mund, aber ich schaue sie möglichst abweisend an, sodass sie wieder verschwindet. Ich starre auf den Boden vor meinen Füßen, bis sich nicht mehr die Füße bewegen, sondern der Boden. Ich passe hier nicht rein, bin so viel jünger als alle anderen, immer noch könnte ich einfach stehen bleiben und zurückgehen.

Ruth kommt mir bekannt vor. Vielleicht sind wir uns schon früher begegnet, auch wenn ich mich nicht daran erinnere. Ich kann mich in der letzten Zeit sowieso schlecht erinnern. Ruth hat dieselben Haare wie Sandra, schwarz und schulterlang. Sie trägt sie offen, ich mag das. Sonst ist sie aber ein anderer Typ, ihr Gesicht ist weniger weich, nicht mehr ganz jung. Sandra ist deutlich jünger gewesen als ich. Wäre Sandra nicht Sandra gewesen, ich hätte kein Kind gewollt, schon gar nicht jetzt noch, jenseits der Vierzig. Adrian ist das Ergebnis einer Fehleinschätzung. Ich war mir sicher, dass Sandra, wenn schon nicht ewig, so doch zumindest deutlich länger leben würde als ich.

Ruth scheint jeden von uns im Auge zu haben. Ich bin der letzte Teilnehmer, den sie anspricht, wir sind schon zu drei Vierteln ums Wasser herum. Sie stellt sich mir noch einmal vor ... und dann sagt sie nichts mehr. Das irritiert mich, normalerweise ist das meine eigene Methode. Ich räuspere mich, um Ruth zum Sprechen zu bringen – aber sie tut so, als würde sie es nicht verstehen, als hätte ich damit ganz im Gegenteil angekündigt, ich wollte jetzt selbst etwas sagen. Sie sieht mich erwartungsvoll an. »Ich möchte«, sage ich, »mit Friedhöfen grundsätzlich nichts zu tun haben.«

Erst antwortet sie nicht, ein Sonnenfleck huscht von ihrem linken Auge die Wange hinunter, wir gehen unter Bäumen entlang. Ich habe ja keine Frage gestellt, Ruth muss mir also nicht antworten, oder zumindest muss sie nicht so schnell antworten, wie ich das im Grunde erwarte. Bei mir soll immer alles schnell gehen seit Sandras Tod, obwohl das unlogisch ist, es nie mehr Zeit gegeben hat als jetzt. Ich muss ein ganzes Leben ohne Sandra füllen, da wäre es eigentlich klug, jede kleine Tätigkeit auszudehnen. Und trotzdem, wenn Adrian trödelt, dann macht mich das aggressiv.

»Das verstehe ich gut.«

»Was?«

»Was du über den Friedhof sagst. Du hast ja mit deiner Frau zu tun, nicht mit dem Friedhof.« Sie sagt *hast*, nicht *hattest*; vermutlich ein Trick, um die Trauernden zu trösten. Aber es funktioniert, ich merke, wie ich mich entspanne, weil jemand erkannt hat, wie sehr sich meine Situation im Hier und Jetzt abspielt.

Ruth trägt ein blaues Tuch um den Hals, nicht schwarz, was mir gleich aufgefallen ist, sondern blau. Sie trägt es so, dass man von ihrem Hals nichts sieht, als wollte sie ihn verstecken, oder schützen. Als sie merkt, dass ich sie betrachte, fährt unwillkürlich ihre Hand hoch, betastet den dünnen Stoff. Ich sage: »Du hast die Beerdigungsfarbe vermieden.«

Sie muss lachen und schüttelt den Kopf. »Die gibt es ja gar nicht. Jeder trauert anders. Aber willst du nicht vielleicht ein bisschen von Anfang an erzählen?«

Von Anfang an? Wie soll das gehen? Ich kann mich bis in mein zweites Lebensjahr zurückerinnern. Ich denke an meine Eltern, zu denen ich Adrian heute Morgen gebracht habe. Mit denen ich sonst nichts zu tun habe, die für mich überhaupt nur im Zusammenhang mit Adrian wieder existieren, als seine Großeltern. *Familie* – erst Sandra hat mich dazu gebracht, mit diesem Wort etwas zu verbinden. Sandra, Adrian und ich, das ist meine Familie gewesen. Ich lasse Adrian ungern mit meinen Eltern allein, obwohl ich den Eindruck habe, dass sie ihre Sache diesmal, fünfundvierzig Jahre später, viel besser machen. Sie sind meine einzige Möglichkeit, einmal ohne Kind zu sein. Ich kann es nicht ertragen, Adrian die ganze Zeit um mich zu haben.

»Ich habe einen Sohn«, sage ich. »Er ist vier.«

Ruth nickt, als hätte sie das erwartet; die Reaktion erstaunt mich, weil ich auch nach vier Jahren noch glaube, dass ich nicht wie ein Vater wirke, sondern eher wie jemand, der zurückgezogen lebt, allein, irgendwo hinter dem Deich – tatsächlich habe ich so die meiste Zeit meines Lebens verbracht. Hinter dem Deich. Ich sage: »Ich wollte eigentlich keine Kinder.«

»Und?«, fragt Ruth. »Hilft es, doch eins zu haben? Oder

wird es dadurch schlimmer? Bist du deshalb so wütend?« Mit einem Ruck hebe ich den Kopf. Es klingt nicht, als würde sie ein Programm abspulen, *Gespräche mit Trauernden Lektion 1*, eher, als wäre sie neugierig. Und sie hat recht, auch wenn es ein Zufallstreffer sein mag. Ich bin wirklich wütend.

»Das ist schon immer so gewesen … Ich bin jemand, den Menschen nach einer Weile wütend machen.«

Sie nickt, und ich sehe sie jetzt nicht mehr an, sehe auch den See nicht mehr und meine Füße, versuche nur, meine Gedanken zu Ende zu bringen. Etwas, womit ich vor Sandras Tod nie Schwierigkeiten hatte. Ich kenne Ruth überhaupt nicht – aber plötzlich rede ich über meine Wut. Mit achtzehn konnte ich endlich zu Hause ausziehen. Und so habe ich es von da an immer gemacht – wenn mir jemand auf die Nerven ging, wenn mir jemand zu nahe kam, bin ich gegangen. Weggegangen, weggezogen, am besten irgendwohin, wo sonst fast niemand war.

Ich sage: »Auf eine Insel, an einen Fluss, zu den Schafen, hinter den Deich. Erst Sandra hat mich da weggeholt.«

Buchstäblich. Das erzähle ich jetzt nicht mehr, aber ich erinnere mich an die Situation: Ein Jahr lang waren Sandra und ich gependelt, dann stand sie da, bei mir in der winzigen Einzimmerwohnung, unangekündigt, mit heißen Wangen, verschwitzten Haaren, glücklichen Augen, und sie sagte: »Ich habe einen Sprinter unten. Ich will für immer mit dir zusammen sein, und wir fangen jetzt damit an.« Wir haben den ganzen Nachmittag gepackt, alles ins Auto geworfen, abends Abschied gefeiert in der Kneipe am Hafen, der einzigen Kneipe, die es dort gab, wir tranken die halbe Nacht mit dem Wirt und den beiden anderen Gästen, und irgendwann, als der Wirt den nächsten Ouzo eingießen wollte, legte Sandra die Hand über unsere Gläser und sagte zu ihm: »Nein. Wir gehen jetzt nämlich nach oben in die Wohnung, wo nur noch die Matratze auf dem Boden liegt, und dort lieben wir uns lange und leidenschaftlich.« Der Wirt lachte. Ich zog die Augenbrauen hoch: »Dort lieben wir uns lange und leidenschaftlich?« Sandra wurde rot. »Na ja«, flüsterte sie heiser, »das habe ich immer schon mal sagen wollen.« Und selbstverständlich haben wir dann genau das getan, auf der Matratze am Boden, es gab kein Laken mehr, das steckte alles schon im Sprinter, es gab keine Decke mehr, nur noch ein winziges Handtuch, und drei Stunden später waren wir auf der Autobahn. Nie hätte ich geglaubt, dass ich jemals wieder mit meinen Eltern in einer Stadt leben würde. Ein Jahr später ist Adrian auf die Welt gekommen.

»Und jetzt«, fragt Ruth, »bist du wütend auf wen?«

»Nicht auf den Unfallfahrer, jedenfalls nicht nur.« Ich schlucke, balle die Fäuste, ich will, dass der See verschwindet, es ist viel zu lieblich hier, Eisbuden, Boote, unerträgliche Postkartenidylle, ich will, dass es stürmt, dass Blitze in die Bäume einschlagen und die Rentnerinnen schreiend davonlaufen. Ich hasse es, wenn das Wetter so zahm ist. »Ich bin wütend«, sage ich, viel lauter als beabsichtigt, »auf Sandra. Weil sie weg ist. Wieso hat sie mich nicht einfach da gelassen, wo ich war? Ich hatte mich damit abgefunden, allein zu sein!«

Als Ruth ihren Schritt verlangsamt, bin ich zuerst verwirrt. Bis ich erkenne, dass wir zurück beim Parkplatz sind, der Rundgang ist vorbei, die Rentnerinnen sehen uns erwartungsvoll entgegen. Ruth bleibt ein paar Meter vor ihnen stehen, außer Hörweite.

»Und nun, wo deine Frau verunglückt ist«, fragt sie, »würdest du eigentlich gern wieder weggehen? Wie war das … zurück hinter den Deich?«

Ich starre sie an. »Also …«, sage ich. Mir fällt keine Antwort ein. Was Ruth da ausspricht, habe ich selbst noch nicht zu Ende gedacht. Weil es Adrian gibt. Mit dem Kind kann ich nicht mehr einfach weggehen. Er ist das, was von Sandra übrig geblieben ist. Er sieht aus wie ich, aber sein Verhalten erinnert an sie.

Ruth legt den Kopf schief. »Wir können«, sagt sie, »am Dienstag darüber sprechen.« Sie fragt, ob das für mich passt, ob ich zu ihr kommen möchte, und dann gehen wir wieder los, Ruths Arm schwingt nah an meinem vorbei – einen absurden Moment lang glaube ich, dass sie nach meiner Hand greifen wird. Aber natürlich tut sie das nicht. Sie wartet einfach darauf, dass ich nicke und den Termin bestätige.

Am Abend fällt es mir schwer, einzuschlafen. Das Schlafzimmer ist ein hoffnungsloser Ort, mit der einzelnen Bettdecke, dem einzelnen Kissen, denen die Entsprechung abhanden gekommen ist. Im Schlafzimmer fehlt Sandra mehr als irgendwo sonst. Wir haben nicht einfach nur aneinander gelegen, Sandra hat mich nachts mit dem ganzen Körper umarmt, ihr Kinn in meinen Rücken gedrückt, die Beine um mich geschlungen, die Füße, sodass ich ihre Hornhaut spüren konnte.

Aber es besteht die Möglichkeit, dass es in der heutigen Nacht anders wird als in den vergangenen. Es gibt etwas, das ich mir wünschen würde: von Sandra zu träumen. So schwer kann das nicht sein, bestimmt träumen die Rentnerinnen jede Nacht von ihren verstorbenen Ehemännern, und ausgerechnet in meinem Kopf findet nichts als Dunkelheit statt? Kein einziger Traum seit Sandras Tod.

Ich drehe mich auf die andere Seite, schließe erneut die Augen. Mein Herz schlägt jetzt schnell und die Schläfen brennen, und plötzlich bin ich mir sicher: Heute wird es passieren. Ich werde Sandra wiedersehen, sie wird da sein. Was ich tagsüber von ihr habe, das sind alles Erinnerungen. Ich will aber etwas Neues sehen ... Ich werde genau hinschauen: Hat sich Sandra verändert? Wie sieht es aus, wenn sie lacht, was sagen ihre Augen, steckt sie sich eine dunkle Haarsträhne hinters Ohr? Hat sie noch Haare? Wo ist sie?

Der Raum, in dem Ruth die Trauernden trifft, ist ein kleines, helles Erkerzimmer in ihrer Privatwohnung. Ich blicke mich um. Auf einem Hocker neben dem Sofa liegt eine Packung Kosmetiktücher, ich zeige mit dem Finger darauf, während ich sage: »Die finde ich eine Zumutung.«

»Wieso?«

»Als sollte man hier unbedingt weinen.«

Ruth hebt die Schultern, nimmt die Pappbox und lässt sie kommentarlos in einer Schublade verschwinden. Auf dem Hocker stehen jetzt noch ein Teller mit Schokoladenkeksen und eine Karaffe Wasser. Ich frage: »Muss ich mich auf die Couch legen?«

Sie muss lachen. »Sitzen würde mir reichen.«

Ich lasse mich auf die mit beigefarbenem, knotigem Stoff bezogenen Polster fallen, Ruth zögert, dann wählt sie einen Holzstuhl am Fenster. Sie sitzt sehr gerade, ohne die hohe Lehne zu berühren. Wir geraten schnell in ein allgemeines Gespräch über den Umgang mit dem Tod in verschiedenen Kulturen. Ruth ist davon überzeugt, dass die Beziehungen zu den Verstorbenen nicht einfach abbrechen, sondern weitergehen. Sie beugt sich vor, gestikuliert: »Sieh dir die alten Kulturen an, die Ägypter, die Indianer. Oder denk an Afrika: Überall wird mit den Toten weitergelebt. Anders als vorher, aber genauso nah.«

»Ich kann ja nicht mal von Sandra träumen.«

Etwas ist diesmal anders an Ruth, etwas ist seltsam. Ich brauche eine Weile, bis ich darauf komme, dass es das Halstuch ist, das fehlt. Ruth trägt ein eng anliegendes T-Shirt, man sieht, wie dünn sie ist – und ihr Hals ist ungewöhnlich lang. Ich weiß nicht, ob ich schon jemals einen so langen Hals gesehen habe.

»Fragst du dich«, will sie wissen, »wo deine Frau – Sandra, ist das richtig? Also: fragst du dich, wo Sandra ist?«

»Wo soll sie denn sein?« Unwirsch stoße ich den Satz hervor. »Das ist doch alles Quatsch.«

Ruth zögert. Dann steht sie auf. Sie holt sich einen Schokoladenkeks und setzt sich wieder hin, isst den Keks gewissenhaft auf, indem sie kleine Stückchen abbeißt und darauf achtet, nicht zu krümeln. »Es gibt da eine Übung«, sagt sie schließlich, reibt die Fingerkuppen an ihrer leichten Hose ab. »Ich weiß nicht, ob ... Vielleicht denkst du ... Egal. Es geht darum, dass du dir für Sandra einen sicheren Ort überlegen sollst. Möchtest du das probieren?«

»Einen was?«

»Es sollte ein Ort sein, an dem du dich auch selbst sicher fühlst.«

Ich verschränke die Arme. Was mache ich hier? Ich will nicht über den Ahnenkult der Indianer nachdenken. Ich könnte Ruth einfach sagen, dass ich nicht zurechtkomme, dass ich mit Adrian überfordert bin, dass das sogar für seine

Kindergärtnerin offensichtlich ist. Dass ich immer noch keine Wäsche gewaschen habe. Aber dann schlägt sie vermutlich bloß vor, dass ich mir eine Putzfrau nehmen soll, und ich müsste alles noch besser und besser erklären.

Sie fragt, ob ich mir vorstellen kann, die Augen zu schließen. Nein, das kann ich nicht. Ich kann mir nämlich überhaupt nichts vorstellen, ich war noch nie gut darin, mir etwas vorzustellen und auszudenken. Und seit Kurzem ist das Abschweifen sogar gefährlich, ich muss meine Gedanken beisammenhalten.

»Ein Ort auf einer Reise, die ihr gemeinsam unternommen habt?« Sie will mir helfen. Und ich möchte sie nicht vor den Kopf stoßen, widerwillig gehe ich ein paar Möglichkeiten durch. Denke an den Bungalow, den Sandra von ihren Eltern geerbt hat und in dem wir viele Wochenenden verbracht haben. Nein, der Bungalow ist kein sicherer Ort; vielleicht kann nichts, was mit den eigenen Eltern zu tun hat, noch sicher sein, sobald man erwachsen ist. Aber im Wald ist Sandra immer gern gewesen.

Ich schaue aus dem Fenster – was sind das da draußen für Bäume? Ich schaue im Zimmer umher, Ruth wartet geduldig. Und da fällt es mir auf. Genau dieser Ort, dieses kleine, helle Erkerzimmer würde Sandra gefallen. Hier könnte sie glücklich sein. Blassgelbes Fischgrätparkett, hohe, weiß gestrichene Wände ohne Tapete, und der Erker, mit schmalen Fenstern an den Seiten und einem sehr breiten Fenster in der Mitte. Die Sonne fällt weit ins Zimmer herein. Sandra, denke ich, hätte den Raum sogar bis ins Detail so eingerichtet, wie Ruth es getan hat, sparsam, hell, mit einem Sofa, zwei Stühlen, einer alten Kommode. Vielleicht ist das der Grund, weshalb auch ich mich in diesem Zimmer sicher fühle: Es ist hier wie bei uns zu Hause. Was nur mit Sandras Gefühl für die Dinge zu tun hat – bei mir, in der winzigen Einzimmerwohnung aus dem Leben vor Sandra, sah es vollkommen anders aus.

Ich schließe die Augen. Wenn ich mich konzentriere, kann ich Ruth atmen hören. Ich konzentriere mich noch mehr ... und dann ist es Sandra, die atmet. Sie sitzt neben mir auf dem Sofa. Plötzlich kann ich sie sogar sehen, seltsamerweise trägt sie Ruths blaues Tuch, aber sonst ist sie ... wie immer, wie früher, auf eine Weise lebendig, die mir jetzt wie ein Betrug vorkommt. »Na?«, fragt Sandra, mit langem *a*. »Na?«, frage ich zurück. Ich kann nicht glauben, wie vertraut sich das anfühlt. Als Sandra noch lebte, waren wir uns zuletzt gar nicht mehr auf diese kompromisslose Art vertraut, Adrian hatte unseren Alltag verändert. »Wer ist das denn?«, fragt Sandra, die sich neugierig umsieht. Ich muss stottern. »Die Frau? Das ist Ruth.« Sandra dehnt die Arme vor und zurück, wie sie es immer gemacht hat, wenn sie verspannt war, wenn ihr der Rücken weh tat. Dabei schließt sie genießerisch die Augen. »Hm«, sagt sie. Noch einmal betrachtet sie Ruth. »Die hat ja meine Haare.« Dann lässt sie wie in Zeitlupe ihren Kopf auf meine Schulter sinken. »Ach«, sagt sie, »ich hätte gern noch ... Das war nun wirklich zu wenig Zeit, oder?« Ich will antworten, will ihr so viel sagen, will sie festhalten, aber in diesem Moment gibt es ein Geräusch, vor den Erkerfenstern fährt ein Auto vorbei, und ich mache die Augen auf. Sandra ist weg. Ich blinzle in die Sonne.

»Hat es funktioniert?«, fragt Ruth vorsichtig.

»Etwas ...« Mir bleibt die Stimme weg, ich muss mich räuspern. »Etwas hat jedenfalls funktioniert.«

Ruth freut sich. Weil ich mich immer noch benommen

fühle, bin ich erleichtert, als sie ein paar Minuten später auf die Uhr sieht. Wir verabreden einen neuen Termin für Donnerstag. »Da müssen wir dann«, sagt Ruth, »endlich über deinen Sohn reden, ja? Der dich davon abhält, zurück auf den Deich zu ziehen.«

»*Hinter* den Deich.«

»Hinter den Deich, ja.«

Wir stehen im Flur von Ruths Wohnung. »Weißt du was«, sage ich, »du hast Sandras Haare. Nur dass Sandra sie immer hochgesteckt hat.«

Und da, zum ersten Mal, fällt ihr nichts mehr ein, und ich sehe, wie sie rot wird.

»Ins Wohnzimmer. Trag mich rüber. Und jetzt ins Bad.«

Wenn Adrian schon mal den Mund aufbekommt und redet, sollte ich es doch schaffen, ihm jeden Wunsch zu erfüllen. Aber er wünscht sich nichts mehr von dem, was er und ich früher zusammen gemacht haben: raufen, toben und vorlesen. Nein, er wünscht sich nur Sachen, die er mit Sandra verbindet. Das sind dann Wettkämpfe, bei denen man rhythmisch klatschen und Tiere nachmachen muss, oder stille Streichelspiele, deren komplizierte Abläufe ich mir nicht merken kann. Mit dem Gute-Nacht-Ritual haben Sandra und Adrian begonnen, als Adrian noch ganz klein war und Schwierigkeiten mit dem Einschlafen hatte. Man muss ihn vor dem Zubettgehen herumtragen und allen Zimmern, allen Möbeln, auch allem möglichen Kleinkram Gute Nacht wünschen. »Gute Nacht, Küche«, hat Sandra immer gesagt und das Licht ausgeschaltet und Adrian auf diese Weise versichern wollen, dass die Küche am Morgen wieder da wäre. Genauso wie das Wohnzimmer, die Kuscheltiere und die

Eltern. Später, als Adrian größer wurde, stand der Spaß an absurden Details im Vordergrund. »Gute Nacht, angeschlagenes Unterteil von der Butterdose, gute Nacht, einziger grüner Legostein in einem Meer von vielen roten.« Sandra musste dann selbst lachen, so sehr, dass sie Adrian beinahe fallen gelassen hätte.

»Papa, jetzt ins Schlafzimmer.«

Nicht ins Schlafzimmer, bitte. Aber wie soll ich ihm das erklären, natürlich trage ich ihn ins Schlafzimmer mit der einzelnen Decke auf dem Bett. Adrian findet auch gleich etwas, wovon er sich verabschieden kann: »Gute Nacht, kleinstes Blatt vom Gummibaum auf dem Fensterbrett.« Danach schaut er erwartungsvoll in mein Gesicht. Aber mir fällt nichts ein. Ich blicke mich um und sehe immer mehr, was fehlt – obwohl ich doch eigentlich etwas finden sollte, das da ist und dazu taugt, meinen Sohn zum Lachen zu bringen. »Gute Nacht, ...« Mein Kopf ist nicht einmal leer. Er ist vollgestopft mit Gedanken, die nicht hineingehören.

Adrian hat Sandra verändert. Ich hatte geglaubt, sie könnte Mutter sein und trotzdem zu hundert Prozent die Frau bleiben, die mich mit dem Sprinter vom Deich weggeholt hat. Sandra hatte mir das sogar versprochen. Wahrscheinlich hat sie es selbst geglaubt.

Dennoch, auch wenn ich manchmal dem Paar nachgetrauert habe, das wir vor Adrians Geburt gewesen sind – wir haben als Familie funktioniert. Erst jetzt wird mir Stück um Stück klar, dass meine Liebe für Adrian vollkommen abhängig war von meiner großen Liebe zu Sandra. Ohne sie ist er mir fremd geworden, ein seltsames Kind.

Ich drücke Adrians Gesicht fest, ein wenig zu fest, an meine Schulter und sage: »Du bist jetzt ganz müde, und deshalb musst du schnell ins Bett.« Dabei gebe ich mir Mühe, die Wut in meiner Stimme zu unterdrücken – Adrian soll nicht denken, ich wäre auf *ihn* wütend. Aber natürlich denkt er es doch, erschrickt und zieht den Kopf ein. Er ist noch so klein. Mit mir stimmt etwas nicht, meine Gefühle sind nicht in Ordnung.

Ruth hat mir für Adrian einen Teddy gegeben. Um ihn zum Reden zu bringen. Sie hat mir erklärt, was ich tun soll. Adrian, hat sie gesagt, könne vielleicht nicht über seine eigenen Empfindungen sprechen – aber er werde sehr wohl Auskunft geben auf die Frage, wie es seinem Teddy geht. Ich solle ihm sagen, dass es ein besonderer Teddy sei, einer, den ihm die Mama geschickt habe.

Ich setze Adrian auf dem Boden ab. Sein Gesicht zeigt die Enttäuschung nur so kurz, dass ich hinterher glauben kann, sie mir eingebildet zu haben. Adrian protestiert nicht, sagt leise: »Okay.« Dreht sich um und geht aus dem Zimmer, wobei er leicht zu schwanken scheint.

Und ich weiß, dass das falsch ist. Dass es besser wäre, wenn er sich hinschmeißen, mit den Fäusten aufs Laminat trommeln würde. Schnell laufe ich hinterher, will retten, was zu retten ist, ich rufe: »Gute Nacht, Teppichkante«, versuche dabei, meine Stimme fröhlich klingen zu lassen, authentisch und optimistisch. Aber es ist zu spät, ich kann Adrian nicht mehr erreichen. Der Teddy immerhin funktioniert – gleich, wenn die beiden im Bett liegen, werde ich fragen, wie es ihm gerade geht. Und der Teddy, wuschelig und braun mit Knopfaugen, wird traurig sein.

Vor zwei Tagen war Adrian bei meiner Mutter, und als ich ihn abgeholt habe, hat sie mir zu verstehen gegeben, dass ich endlich klarkommen soll. »Es ist ja«, hat sie gesagt, »als würdest du Sandra jetzt mehr lieben als zu Lebzeiten.« Nach all den Jahren schafft sie es immer noch, genau das Falsche zu sagen. Sie weiß nichts über Sandras und meine Beziehung – aber *wie man sich verhält*, davon hat sie eine klare Vorstellung. Als ich mit Sandra zusammengezogen bin, als wir ein Kind bekommen haben, das war die einzige Zeit in meinem Leben, in der ich meinen Eltern entsprochen habe.

Ich bin doch auch auf der Suche nach einem sicheren Ort. Ich habe Adrian an die Hand genommen, er hat sich von seiner Oma verabschiedet. Auf dem Heimweg durchs Viertel, zu Fuß an all den Leuten vorbei, die Bescheid wissen – die Bäckerin sah uns mitleidig hinterher, eine Nachbarin blieb mit ihrem Dackel auf der anderen Straßenseite, als wären wir ansteckend – auf diesem langen Weg habe ich im Rhythmus meiner Schritte gedacht: Ich bin kein schlechter Vater. Ich bin kein schlechter Vater. Ich bin … Aber eigentlich weiß ich es längst: Ich bin nur so lange kein schlechter Vater gewesen, wie es Sandra gab. Weil Sandra die beste Mutter gewesen ist, die ein Kind haben kann.

Es bleibt dabei, dass ich Ruth dienstags und donnerstags treffe. Immer am Vormittag, dafür arbeite ich an den Nachmittagen länger und hole Adrian später als sonst von der Kita ab.

Ruth hilft. Obwohl sie allein lebt und kinderlos ist, hat sie eine klare Meinung, wenn ich sie wegen Adrian um Rat frage. Sie weiß, wie man Ohrenschmerzen mit Zwiebeln behandelt, aber auch, wann man besser zum Kinderarzt geht. Sie hilft mir, den Alltag mit Adrian zu organisieren. Und sie hilft bei allem, was immer noch ansteht, Behörden, Post, Kündigungen. Irgendetwas vergisst man immer, dann liegt ein dicker Pappumschlag im Briefkasten, darin ein Buch mit buntem Cover. Sandra ist Mitglied in einem Buchklub gewesen. Ihr Name auf dem Umschlag, das verfolgt mich zwei Tage lang, bis ich es Ruth erzählen kann. Ruth hört zu, und am Ende fragt sie: »Hast du den Umschlag geöffnet? Was ist es für ein Buch? Wirst du es lesen? Liest du gern?«

Nur über das eigentliche Problem, über meine veränderte Beziehung zu Adrian, kann ich nach wie vor nicht offen sprechen. Ruth und ich gehen wieder spazieren, sind wie bei unserer ersten Begegnung am See unterwegs, als sie zu mir sagt, dass sie mich für einen guten Vater hält. »Ich finde es beeindruckend«, sagt sie, »wie du das stemmst mit dem Kind. Du bist so zuverlässig.« Es ist ihre erste Fehleinschätzung, allerdings hat sie Adrian und mich nie zusammen erlebt, kennt ihn nur aus meinen Erzählungen. Und ich halte den Mund, vielleicht, weil mir unangenehm ist, dass ich ein falsches Bild vermittelt habe, vielleicht auch, weil ich wider besseres Wissen hoffe, dass Ruth doch recht hat. Wir laufen, das fällt mir in diesem Moment auf, im Gleichschritt unter den Platanen entlang. Die Bäume müssen von einer Krankheit befallen sein, bei jedem Windstoß wehen trockene, eingerollte Blätter zu Boden, als wäre gerade nicht Frühling, sondern Herbst. »Was ist das denn?«, frage ich, raschle mit den Füßen durchs Laub. Ruth weiß wie so oft die Antwort: »Ein Pilz. Das war sogar in der Zeitung. Aber die Bäume erholen sich wahrscheinlich über den Sommer.« »Es sieht seltsam aus«, sage ich, »es erinnert mich an etwas, wovon man träumt.«

An den Fressbuden neben dem Pier suchen Möwen nach Resten von Eiswaffeln. Ich habe immer noch nicht von Sandra geträumt. Habe sie auch nicht noch einmal gesehen, wie an dem ersten Tag in Ruths Erkerzimmer, obwohl ich es manchmal versucht habe. Ruth denkt nach. Ich kenne diese Art Nachdenken von ihr, ein Zögern, das nur entsteht, wenn sie unbedingt das Richtige sagen will. Endlich bleibt sie stehen, lächelt, als wäre ihr etwas ganz anderes eingefallen, nichts Großes, vielleicht dass sie neue Schuhe trägt, die nicht drücken. Aber dann sagt sie: »Wegen deiner Träume … Es kann ja sein, dass du Sandra nicht im Traum treffen musst? Vielleicht ist sie schon da? Irgendwo ganz in deiner Nähe?«

An einem Donnerstagvormittag im Mai reden wir darüber, wie ein glückliches Leben aussehen könnte. »Arbeit«, sage ich, »Einfachheit und Struktur.« Ruth sagt: »Alltag, Haltung, Spaß.« Ausgerechnet an diesem Tag sieht sie nicht glücklich aus, ich spreche sie darauf an, und sie verzieht das Gesicht zu einer enttäuschten Grimasse. Sie war zum Abendessen verabredet, in einer Pizzeria, sie sagt: »Mit einem Freund.« »Ein Date?«, frage ich. »Ach«, sagt sie, »wir werden es nie erfahren, er hat nämlich abgesagt. Nicht zum ersten Mal.«

Ich überlege nicht lange, sage sofort, was mir durch den Kopf geht – ich frage Ruth, ob sie endlich Adrian kennenlernen möchte. »Heute Nachmittag ist er bei meinen Eltern. Wir könnten ihn später dort abholen und dann zusammen essen.« Sie freut sich, das sehe ich. Aber sie zögert. Deshalb füge ich hinzu: »Es gibt nur Käsebrote, und vielleicht, ich weiß nicht, Gurke. Jedenfalls keine Pizza.«

Ruth muss lachen. »Käsebrote klingen nach dem besten Angebot seit Langem.« Entschlossen steht sie auf. »Gut, das machen wir. Unter einer Bedingung: Du hörst endlich auf, mir die Stunden zu bezahlen. Das hier läuft ab jetzt unter Freundschaft.« Wir schütteln uns die Hand, als hätten wir etwas Ernsthaftes und Wichtiges verabredet.

Am Abend öffnet uns meine Mutter die Tür und ich denke: Vielleicht ist das der schönste Moment dabei. Sie mustert uns, zieht die Augenbrauen hoch. Ihr missbilligender Blick macht, dass ich plötzlich wirklich etwas wie Glück fühle. Mein Vater bleibt unsichtbar in seinem Zimmer, wie er es sein Leben lang getan hat. Ruth sagt: »Guten Tag!«, lächelt genauso offen wie bei jedem anderen Menschen, aber meine Mutter schafft es, sie einfach nur anzustarren und kein Wort zu sagen. »Ist Adrian fertig?«, frage ich schließlich. Mutter nickt, was heißen soll: *längst*, und tatsächlich sind wir zehn Minuten zu spät. Adrian steht schon im Flur, hat seine Windjacke an, die Schleifen an den Schuhen sind gebunden, sogar seinen karierten Rucksack trägt er bereits auf dem Rücken. Meine Mutter ist ein einziger großer Vorwurf.

Aber das Glück hält an. Als wir zu dritt vom Haus meiner Eltern weg in Richtung unseres Viertels gehen, spüre ich die Blicke. Oder eigentlich muss man sagen, dass ich zum ersten Mal seit Sandras Tod keine Blicke spüre, dass gerade darin der Unterschied besteht – denn das Bild, das wir jetzt abgeben, ist ja das erwartete Bild, ein Mann, eine Frau, ein Kind. Ein niedliches Kind sogar, Adrian spielt Nicht-die-Striche-Berühren mit den Gehwegplatten, eine ältere Frau weicht ihm aus und bekommt dabei einen liebevollen Ausdruck im Gesicht. Und obwohl wir drei – Ruth, Adrian, ich – eine Lüge sind, fühle ich mich lebendig. Muss nicht mehr neidisch auf die Paare auf der Straße sein oder die Familien in den Häusern beobachten, wie sie abends unter den Küchenlampen sitzen und lachen.

Zu Hause greift Ruth wie selbstverständlich zu und hilft mir, Käse, Oliven und Brot auf den Tisch zu stellen. Adrian hat unterwegs kaum gesprochen, ist jetzt aber nicht wie sonst gleich in sein Zimmer verschwunden. Stattdessen sitzt er auf seinem Kinderstuhl, als wäre das sein sicherer Ort, und verfolgt mit großen Augen, wie ich eine Gurke in Scheiben schneide und eine Flasche Wein öffne. Während ich Ruth erkläre, welche Gläser sie aus dem Schrank nehmen soll, muss ich daran denken, dass Adrian anfangs, direkt nach dem Unfall, darauf bestanden hat, dass für Sandra mitgedeckt wird. Irgendwann habe ich mich geweigert. Daraufhin ist er noch eine Weile selbst zum Schrank getappt, mit Teller und Tasse zurückgekommen, bis er endlich aufgegeben hat. Ich räuspere mich. Beim Hinsetzen bin ich kurz unentschieden, wähle dann Sandras alten Platz, sodass für Ruth mein Stuhl bleibt.

Und es geht gut. Sogar Adrian verliert seine Scheu. Während wir alles aufessen, bringt Ruth ihn mehr als einmal zum Lachen, und schließlich ist er so müde, dass er fast umfällt. Ich hebe ihn hoch in die Luft, schließe ihn in die Arme. Jetzt spüre ich sie wieder, die Zärtlichkeit für Adrian. Ruth ist ebenfalls aufgestanden und will sich verabschieden. Ich sage: »Du kannst auch noch bleiben, es dauert nur zehn Minuten, er schläft ja schon fast.« Erneut zögert sie, bevor sie schließlich lächelt: »Ja, dann trinke ich gern noch meinen Wein aus.« Und ich gehe mit Adrian auf dem Arm herum. »Gute Nacht, Schrank«, sage ich übermütig. »Gute Nacht, Küche«, sage ich, im Türrahmen stehend, und dann lösche ich das Licht, obwohl Ruth noch am Tisch sitzt, und sie sagt erschrocken *huch.* Wir müssen alle drei lachen.

Im Kinderzimmer beeile ich mich, Adrian in seinen Schlafanzug zu bekommen. »Weißt du was, Großer«, der Wein macht, dass ich schneller rede als sonst, »weißt du, wir müssen dir mal ein neues Bett besorgen. Für das Gitterbett bist du wirklich zu alt.« Doch das macht Adrian wieder wach, er wirft den Kopf hin und her, ruft mit schriller Stimme: »Kein neues Bett! Kein neues Bett!« Ich erschrecke über die Vehemenz, mit der er sich wehrt, und weil ich den guten Abend nicht riskieren will, lasse ich das Thema sofort fallen. Adrian möchte noch einmal in die Küche, um sich zu verabschieden, er flüstert: »Wie heißt die Frau?« »Ruth«, sage ich. Er drückt den Teddy an sich, den sie mir für ihn mitgegeben hat.

»Na, dann mal los.« Ich nehme ihn erneut hoch. Trage ihn auf den Flur, stolpere, weil der Teppich eine Falte schlägt … und dann merke ich, dass Ruth das Licht nicht wieder angemacht hat. »Wieso sitzt du denn hier im Dunkeln?« Mit dem Ellenbogen drücke ich auf den Schalter.

Im aufblitzenden Licht habe ich ihre Hand gesehen, wie sie behutsam über die alte, hölzerne Tischplatte strich. Ruth schaut hoch, als hätte ich sie ertappt. »Nur so«, sagt sie, »es ist doch ganz schön …«, die letzten drei Worte flüstert sie, »… hier im Dunkeln.«

Es lässt sich nicht länger aufschieben. Sandras Schwester drängt. Jetzt, wo der Sommer da ist, wo es von Tag zu Tag heißer wird, möchte sie, dass ich *endlich* den Bungalow ausräume. Der jetzt *endlich* ihr gehört und nicht mehr Sandra – der Satz schwingt mit, wird aber nicht ausgesprochen. Sandra und ich, wir haben uns Mühe gegeben, zusammen mit Adrian eine bessere Familie zu sein, als es meine gewesen ist, als es ihre gewesen ist.

Ich frage Ruth, ob sie mir helfen kann, und sie ist sofort

dazu bereit. »Das soll ja«, sagt sie, »eine schöne Gegend sein. Ich bin noch nie dort gewesen, obwohl es so nah ist.« Wir fahren an einem Sonnabend hin, zu dritt in meinem Auto. Adrian schwitzt, seine Haare kleben in Strähnen an der Stirn, und Ruth, die neben mir sitzt, trägt nur ein dünnes Trägershirt. Ihre Haut wird nicht braun, strahlt etwas angenehm Kühles aus.

Auf dem Zufahrtsweg zu der winzigen Siedlung – nur noch drei der Grundstücke werden überhaupt genutzt – fassen meine Hände das Lenkrad fester. Erinnerungen, Bäume, Sandras Bungalow steht am Rand. Der Garten ist verwildert, die Brennnesseln haben ein Stück vom Rasen übernommen; im Haus riecht es feucht, als ich die Tür aufschließe. Aber sonst … alles ist unverändert. Im Abtropfgitter über der Spüle steht Sandras Tasse, auf dem Hocker vor Sandras niedrigem Sofa wartet ein Stapel von Sandras Büchern darauf, von ihr gelesen zu werden. Auf diesem Sofa, mit dieser Wolldecke unterm Kopf, hat sie Stunden verbracht. Ich halte die Luft an. Entweder die Luft anhalten oder laut schreien. Ich will hier nicht sein.

Doch dann tritt hinter mir Ruth durch die Tür, sieht mich im Raum stehen, kommt zu mir und nimmt mich in den Arm. Drückt noch kurz mit den Händen meine Schultern, bevor sie mich wieder loslässt. Und ich atme aus, lehne die mitgebrachten Umzugskartons an die Wand, lege die Rolle mit den Müllsäcken auf den Tisch. Sekunden später kehrt auch meine Stimme zurück. »Fangen wir an«, sage ich.

Erstaunlich ist Adrian. Der Junge ist aus dem Auto geklettert wie immer. Er liebt diesen Ort, liebt den Bungalow und den Garten, und offenbar hatte er nichts vergessen seit dem vergangenen Herbst. Adrian ist aus dem Auto geklettert und gleich hinterm Haus verschwunden, um nachzusehen, ob seine Hütte noch steht. Während ich Ruth die Sachen gebe, die ich mitnehmen will, während sie sie vorsichtig in den Umzugskartons verstaut, können wir hören, wie Adrian einen Stock am Zaun entlangrattern lässt. Dabei redet er vor sich hin, Reime und Quatsch, plötzlich redet er wieder. Adrian verhält sich, als wäre hier im Wald noch alles beim Alten, als wäre er mit Sandra und mir hergefahren, um zwei, drei Tage zu bleiben. Als wäre Ruth Sandra und würde ihm gleich sein Lieblingsessen kochen, Grießbrei mit Kirschen. Ich nehme die halb leere Grießpackung aus dem Schrank, lasse sie in die Mülltüte fallen, die Ruth mir hinhält.

Und dann, am späten Nachmittag, als wir fertig sind, muss ich eine Zigarette rauchen. Ich rauche sonst nicht vor Adrian, ich habe das Rauchen fast ganz aufgegeben, nur abends, wenn er im Bett liegt, angle ich manchmal nach der Packung im obersten Regalfach. Doch nun lehne ich neben Ruth an der Bungalowwand und ziehe langsam, beinahe mit Genuss, am Filter. Aus alter Gewohnheit forme ich ein paar Rauchringe, die sich in der nahen Hecke verlieren. Ruth war heute schweigsamer als sonst, und ernster, sie sieht sich gründlich um, hebt den Blick in die Kronen der Birken neben dem Grundstück. Sandra hat die Luft hier geliebt. Adrian ist immer noch hinter dem Haus, wir können Äste knacken hören.

»Wäre es eine andere Zeit«, sagt Ruth plötzlich, »und wäre es ein anderer Ort, man hätte glatt Lust, übers Wochenende zu bleiben.« Sie atmet tief ein. Ich sehe zu ihr hinüber, und im selben Moment schließt sie die Augen, drückt den Hinterkopf an die nachlässig verputzte Wand. Ihr Gesicht läuft rot an, die Lider flattern nervös. »Ach, entschuldige«, flüstert sie, »wie blöd, dass ich das gesagt habe.«

Und da denke ich, dass es gehen könnte. Ich könnte sagen: »Klar, lass uns hierbleiben.« Ich könnte die Decken und Schlafsäcke wieder auspacken, eine Dose Bohnen und ein Glas Würstchen aufmachen, wir könnten abends, wenn Adrian eingeschlafen ist, noch lange neben der Feuerschale sitzen. Ich denke daran, wie Ruth gesagt hat, dass Sandra schon da ist, dass sie längst in meiner Nähe ist, dass unsere Beziehung weitergeht.

Ich öffne den Mund, ich werfe die Zigarette weg. Mir ist zum Heulen zumute. Aber dann denke ich auch an Adrian. Und als ich die Hand sinken lasse, streife ich mit den Fingern Ruths Finger. Sie zuckt zurück. Weil sie nicht weiß, was passiert, wenn sie jetzt die Augen öffnet, lässt sie sie lieber zu.

Und ich denke, dass es so gehen könnte. Ich beuge mich hinüber und küsse Ruth.

Es geht sogar gut. Eine Woche nach dem kurzen Kuss an der Bungalowwand geht es immer noch gut, es geht immer besser. Ruth stößt meist am Nachmittag zu uns, nachdem ich Adrian von der Kita abgeholt habe. Sie strahlt, wenn wir ihr zuverlässig, Tag für Tag wieder, die Tür öffnen, sie sagt: »Hallo, ihr zwei.« Vor Adrian halten wir uns mit Zärtlichkeiten zurück, das mussten wir nicht verabreden, es ist selbstverständlich. Wir gehen zu dritt in den Park, laufen zum See, oder wir kaufen noch etwas ein. Wenn es regnet, bleiben wir drinnen und spielen mit Adrians Duplosteinen auf dem dicken Teppich in seinem Zimmer. Abends kochen wir abwechselnd, Ruth und ich. Eine Woche nach dem Kuss an der Bungalowwand bringe ich Adrian ins Bett, später sitzen Ruth und ich auf dem Sofa im Wohnzimmer, wir sehen uns einen Film an, den wir beide noch nicht kennen, und noch später an diesem Abend schlafen wir dort miteinander, zum ersten Mal.

Danach muss ich weinen. Ruth klammert sich an mir fest. Wir haben kein Licht angemacht, ihr Gesicht sieht weicher aus, als ich es je gesehen habe. »Danke«, flüstert sie immer wieder, »danke, danke.« Was auch immer sie damit genau meint. Ich wische mir die verdammten Tränen weg, bis endlich keine mehr nachkommen. Dann ziehe ich Ruth über mich und verschließe mit den Lippen ihren Mund, damit sie aufhört, sich zu bedanken. Aber sie macht sich noch einmal frei, um mir etwas zu sagen. »Ich habe mich«, flüstert sie, »in dich verliebt.«

»Du solltest dich schämen«, sagt meine Mutter, als ich Adrian das nächste Mal bei ihr abhole. Ich frage sie, was sie meint, und wäre in diesem Moment auch bereit, mich mit ihr auseinanderzusetzen. Aber wirklich darüber reden, das will sie dann doch nicht, sie wendet den Blick ab, dreht sich um, zischt nur noch im Weggehen: »Das weißt du schon selbst.« Ich höre, wie sie erst in der Küche, dann im Wohnzimmer nach Adrian ruft.

Natürlich habe ich nicht mit ihr über Ruth gesprochen. Es muss Adrian sein, der ihr etwas erzählt hat. Er redet wieder mehr, und manchmal habe ich das Gefühl, dass ihm etwas gefällt. Zum Beispiel freut er sich jetzt, mich zu sehen, als er an der Hand meiner Mutter den Flur entlangkommt. Er steigt in die Gummistiefel, hält seinen Rucksack hoch, den ich tragen soll.

»Ach, Mist«, sagt Ruth. Ich schrecke hoch. Wir sind, nicht zum ersten Mal, eng aneinandergeschmiegt auf dem Sofa eingeschlafen. Ruth angelt ihr T-Shirt vom Boden, steht auf, zieht es sich über den Kopf. Jetzt geht auch mein Blick zur Uhr an der Wand und ich verstehe: Ruth nimmt sonst immer den letzten Bus, heute hat sie ihn verpasst. Als sie bemerkt, dass ich wach bin, lächelt sie. »Macht nichts«, ihre Stimme ist noch kratzig vom Schlaf, »macht gar nichts, ich rufe mir ein Taxi.« Ich schüttle den Kopf, blinzle mit den Augenlidern, um wach zu werden. »Nein«, sage ich.

Plötzlich gibt es nichts Wichtigeres, als dass sie bleibt. Ich denke: entweder ganz oder gar nicht. »Bitte«, sage ich, strecke mich, stehe vom Sofa auf, ich nehme Ruths Hand und ziehe Ruth hinter mir her, ins Schlafzimmer. Ich halte nicht mehr an. Ruth atmet schneller, und ich ziehe sie mit mir hinunter, wir legen uns aufs Bett, umarmen uns unter der Decke. »Schlaf«, flüstere ich, »schlaf einfach weiter.« Aber ich kann ihren Herzschlag spüren, der mir noch eine ganze Weile sagt, dass sie dafür zu aufgeregt ist.

Am Morgen sind wir zeitig wach. Ich setze Kaffee auf, stelle schon alles fürs Frühstück auf den Tisch, Haferflocken und Zimtcornflakes, Milch, Schalen, Löffel. Ruth kommt frisch geduscht aus dem Bad. Während ich hinübergehe, um Adrian zu wecken und für die Kita fertigzumachen, fängt sie an, Äpfel und Bananen zu schneiden. Ich höre die kleinen Geräusche, die sie dabei macht, wie sie aufsteht, sich einen Kaffee eingießt, wie sie kurz summt, den Anfang eines Liedes, wie der Stuhl über den Küchenboden schabt, als sich Ruth wieder hinsetzt. Ich denke: Es ist gut so.

Adrian gähnt, ist noch halb im Traum, und ich bin ebenfalls müde, die Müdigkeit der vergangenen Wochen und Monate steckt in meinem Körper. Anders kann ich mir nicht erklären, dass ich vergesse, Adrian etwas zu sagen.

Er geht als Erster in die Küche, mir voran, und sieht sie von hinten. Ruth sitzt auf Sandras Stuhl. Nach dem Duschen hat sie die Haare hochgesteckt. Auf dem Tisch steht Sandras Kaffeetasse. Ruth hat das Radio angemacht, so wie es immer an war, am Morgen.

Adrian hält Ruths Teddy in der Hand. Jetzt lässt er ihn fallen. »Mama!«, ruft er, läuft zu ihr hin.

Danach ist alles Chaos. Ruth dreht sich um, Adrian sieht sie an und beginnt zu schreien. Ruths Gesicht, ihre Augen, die überhaupt nicht wie Sandras sind ... Adrian schreit. Und Ruth versteht, springt auf, will ihn in den Arm nehmen, oder vielleicht will sie sich auch nur vor ihm hinknien, jedenfalls ist die Bewegung falsch: Adrian schreit noch lauter und rennt weg. In vollem Lauf prallt er gegen mich, stürzt, und bevor ich ihm helfen kann, hat er sich schon wieder hochgerappelt. Er rennt in sein Zimmer, wirft die Tür zu.

Ruth hat die Hände gehoben. »Scheiße«, flüstert sie, »Scheiße.« Ihr Gesicht ist weiß. Wir hören Adrian wüten, offenbar wirft er Sachen durch den Raum, es klirrt, es kracht. Für einen Moment kann ich spüren, was er spürt, dieselbe Verzweiflung. Ruth schüttelt den Kopf: »Das darf jetzt nicht passiert sein.« Ich mache schnell wenigstens das Radio aus. »Es ist doch nicht deine Schuld«, sage ich. Aber sie richtet sich kerzengerade auf, lässt den langen Hals noch wachsen – als hätte sie einen Entschluss gefasst. Plötzlich sieht sie aus wie bei unserer ersten Begegnung, kühl und selbstbewusst. »Doch«, sagt sie laut, »doch, das ist meine Schuld. Ich weiß schließlich, wie ... Dass ich niemals, unter keinen Umständen ... Es tut mir so leid.« Adrian schreit, im Kinderzimmer fällt etwas Schweres um, vielleicht eins der niedrigen Regale. Ruth zuckt zusammen. Ich sehe, was es sie kostet, als sie erklärt: »Du musst zu ihm gehen. Bitte, jetzt. Ich habe einen Fehler gemacht …« Und mir bleibt nichts anderes übrig, als zu tun, was sie sagt.

Es wird höchste Zeit. Mitten in seinem zerstörten Kinderzimmer nehme ich Adrian hoch. Er wehrt sich mit Händen und Füßen, schlägt nach mir, tritt, spuckt und beißt, ich muss ihn mit aller Kraft festhalten. Das lässt sein Schreien zu dem Kreischen anschwellen, das ich aus den ersten Wochen nach seiner Geburt kenne. Damals hat ihn Sandra geduldig herumgetragen, gestreichelt, an ihrem Körper schlafen lassen. »Er wird schon noch«, hat sie gesagt, »bei uns ankommen.« Und nun ist es also meine Aufgabe, Adrian im Arm zu halten. Ich gehe in die Knie, ohne ihn loszulassen, wir hocken in einem Kriegsgebiet: verstreute Duplosteine, zertretene Holzautos, Fetzen von Bilderbüchern, Kuscheltiere mit halb abgerissenen Armen, Knetreste, umgekippte Fingermalfarben.

Und dann – gerade fängt Adrian an, sich zu beruhigen – höre ich, wie Ruth geht. Ich höre sie kurz im Flur, und dann höre ich, wie sie die Wohnungstür hinter sich ins Schloss zieht. Endgültig, das ist mir klar, sie wird nicht wiederkommen. Ich bin der Fehler gewesen, den sie gemacht hat, und jetzt macht sie den Fehler ungeschehen. Erst Sandra, dann Ruth, sie haben sich davongemacht.

Adrians Schreien ist in ein erschöpftes Weinen übergegangen, mechanisch wiege ich ihn hin und her, bis er endlich in meinen Armen einschläft. Es ist nun ganz still in der Wohnung. Ich betrachte den Jungen wie aus weiter Ferne, er zuckt im Schlaf, hat sich die Wange blutig gekratzt. Ich lasse ihn auf den Teppich gleiten und trete zurück. Ich könnte ihn zudecken, ich denke darüber nach, aber mir fehlt die Energie, aus dem Durcheinander vor dem Bett seine Decke herauszuziehen. Ich möchte ihn nie wieder zudecken müssen. Es interessiert mich nicht. Es gibt keinen sicheren Ort. Nie, nirgends. Vorsichtig, damit das Kind nicht aufwacht, Schritt für Schritt, gehe ich weg.

Der Sohn

Sie bekam den Brief am Tag, an dem der Wind im Garten vom Sommer auf den Herbst drehte. In der Sonne war es noch heiß, am wärmsten direkt vor der Hauswand; sie überlegten seit Jahren, an dieser Stelle eine Bank aufzustellen, aber letztlich hingen sie an ihren uralten Klappstühlen, die sie hierhin und dorthin zerrten, über den Kies, den Weg entlang, durchs Gras. Vom Holz der Sitzflächen und der Lehnen war fast alle Farbe abgeblättert.

Der Wind riss Blätter von den Obstbäumen, die sich am Rand des Plattenwegs sammelten, die Luft roch feucht. Als sie durch den Garten zum Briefkasten ging, blieb Marga mit dem rechten Fuß hängen und verlor beinahe den Hausschuh. Die Baumwurzeln drückten die quadratischen Platten schief nach oben, mehrere von ihnen wackelten; wer hier ging, musste auf seine Schritte achten. Der Briefkasten war riesig, obwohl sie nicht viel Post bekamen. Karl hatte ihn selbst zusammengeschweißt und bemalt, eine grobe Miniatur ihres Hauses, hinter dem Küchenfenster im Erdgeschoss war der Kater zu erkennen, der mittlerweile gestorben war. Marga beugte sich über das Dach des Hauses und klappte es auf, die Zeitung kam schon früher am Tag, jetzt tastete sie nach der Werbung: die Lieferangebote eines Pizzaservice, die Gratiszeitung des Ortsteils, zwischen deren Seiten ein Brief gerutscht war. Sie fuhr mit den Fingern über das feste Papier, darauf handschriftlich ihr Name: Margarete Bech, Weidenweg 35, die Postleitzahl. Marga drehte den Brief herum, die Absenderin war eine Silke, beim Nachnamen hatte die Tinte geschmiert, Müller oder Möller, darunter eine Adresse am anderen Ende der Stadt.

Karl war im Atelier. Sie konnte ihn nicht hören, aber sie wusste, dass er da war. Der Anbau, im Laufe der Jahre fast ganz vom Efeu überwuchert, war sein Reich. Marga hatte nur Zutritt, wenn Karl sie einlud, wenn er ihre Meinung zu einem Bild oder einer Skulptur hören wollte. Aber vorher arbeitete er wochenlang im Stillen.

Sie nahm den Brief mit hinein, legte ihn auf den Küchentisch, steckte die Werbung zum Altpapier neben dem Kamin im großen Zimmer. Nachdem sie auf den Schalter des Wasserkochers gedrückt hatte, begann das Wasser schnell zu brodeln, Marga betrachtete die bunten Tassen, die sie über der Spüle aufgehängt hatte. Sie füllte Fenchelsamen in den Filter, goss Tee auf. Dann erst setzte sie sich an den Tisch.

»Sehr geehrte Frau Bech. Ich habe lange überlegt, ob ich Ihnen schreiben soll, aber es ist wohl das Beste, was ich tun kann. Ich möchte Ihnen nichts Böses, finde jedoch, Sie sollten wissen, dass es mich gibt. Denn mein Leben betrifft auch Ihres. Ich liebe Ihren Mann. Karl ist meine große Liebe, seit ich ihn zum ersten Mal gesehen habe. Das war bei einer Ausstellungseröffnung vor achtzehn Jahren. Sie waren damals nicht dabei, waren gerade zu Besuch bei Ihrer Schwester an der Ostsee. Ich habe das erst später erfahren, wusste anfangs nicht einmal, dass Karl verheiratet ist. An diesem Abend haben Karl und ich lange miteinander gesprochen, und wir haben uns danach mehrmals getroffen. Wir hatten eine Affäre, einige Monate lang. Dann hat sich Karl für Sie entschieden.

Sie sollten wissen, dass er immer sehr respektvoll von Ihnen gesprochen hat. Seine Haltung hat mich beeindruckt, und ich habe die Trennung akzeptiert. Wir haben über all die Jahre lose Kontakt gehalten. Ich habe mir seine Ausstellungen angeschaut, und manchmal habe ich Sie beide zusammen gesehen. Dabei habe ich mir gewünscht, an Ihrer Stelle zu sein, wenn Karl seine große Hand um Ihren Hinterkopf gelegt und Ihr Gesicht an seinen Hals gedrückt hat. Sie sind ein schönes Paar. Ich hoffe, Ihnen ist täglich bewusst, was für einen wunderbaren Mann Sie haben. Vielleicht finden Sie es eigenartig, dass ich Ihnen schreibe, zumal das alles schon lange her ist. Aber ich dachte, Sie müssten wissen, was war – um Karl voll und ganz verstehen zu können. Mit freundlichen Grüßen: Ihre Silke Möller.«

Es war eine Handschrift, die nichts verriet – wobei Marga sich fragte, ob ihr in dieser Situation irgendeine Handschrift irgendetwas verraten hätte. Flüssig liefen die Wörter übers Papier, nach rechts geneigt, das große G und das kleine f weit nach unten ausgreifend. Marga gelang es beim Briefeschreiben nie, die Zeile zu halten, immer verrutschte ihr alles nach oben oder unten. Silke Möller passierte das nicht.

Sie hatte vergessen, den Filter aus der Teetasse zu nehmen, und merkte es erst, als ihr Mund voller Fenchel war. Schwerfällig stand Marga auf und spuckte die Samen in die Spüle. Sie war nicht mehr so beweglich wie früher. »Um den fünfzigsten Geburtstag herum«, hatte ihr mal eine Freundin gesagt, »entscheidet sich, ob man im Alter eine Kuh oder eine Ziege wird.« Marga hatte sofort gewusst, was die Freundin meinte. Jetzt war sie zweiundsechzig und eindeutig eine Kuh. Es störte sie selten, dass sie zugenommen hatte, sie aß einfach gern. Sie trug Wollkleider, großzügig geschnittene Mäntel, und Karl fasste sie immer noch gern an.

Marga versuchte, sich an die Zeit vor achtzehn Jahren zu erinnern. Da wohnten sie schon lange in diesem Haus, Karls Elternhaus. Susanne war damals vier. Nach und nach fiel Marga ein, wie schwierig das fragliche Jahr gewesen war. Auf dem Spielplatz, im Kindergarten, überall war sie die älteste Mutter. Und Susanne machte es ihnen nicht leicht. So unschuldig sie in Gegenwart Dritter die Augen aufreißen konnte, unter den goldenen Locken, die ihr vom Kopf abstanden – zu Hause war sie kaum zu bändigen. Seit sie sprechen konnte, beschimpfte sie Marga mit Wörtern, die sogar Karl erstaunt die Augenbrauen heben ließen. Er sagte dazu nicht viel, schaute nur neugierig zu, was Susanne tat – mit dem gleichen Ausdruck in den Augen beobachtete er auch den Kater –, und wenn Karl Susanne lange genug studiert und lange genug über seine Erkenntnisse nachgedacht hatte, verschwand er im Atelier und fertigte aus dem Gedächtnis Zeichnungen an. Seine wilde Tochter, wie sie oben an der Treppe stand und nach und nach alles aus ihrem Zimmer, Spielzeug, Kleidung, Bücher, hinunterwarf. Susanne, auf dem Herd sitzend, mit beiden Beinen nach ihrer Mutter tretend. Nach dem Streit tat Susanne immer schnell leid, was sie getan hatte, sie konnte nicht aushalten, dass man böse auf sie war. Dann stand sie tränenüberströmt vor Marga, entschuldigte sich und drückte das Gesicht in Margas Schoß, wollte gehalten und umarmt werden.

Und damals hatte Karl den Kontakt zu dieser Silke Möller gesucht? Um der Situation zu Hause zu entfliehen? Ja, ihre Ehe hatte in einer Krise gesteckt. Aber Karl und sie hatten trotzdem jede Nacht im selben Bett geschlafen, und wenn ihr kalt war, hatte sie sich an seinen Rücken gedrückt. Er hatte sie nur in den kleinen Dingen im Stich gelassen, nie hatte sie das Gefühl gehabt, dass ihr Leben insgesamt infrage stand.

Mittlerweile war der Tee kalt und Marga goss ihn weg. Sie ging durchs Haus, an den vollgestopften Regalen im unteren Flur vorbei, Feuerholz, Schuhe, ein Korb mit Wollsocken für Gäste, Karls Regenzeug; auf einem Stapel alter Zeitungen stand das rote Telefon. Mit den Jahren hatten Margas Finger die Zahlen von den Tasten gerieben – aber sie wusste aus dem Kopf, wo die Drei und wo die Acht lagen. Karl telefonierte kaum. Marga dachte darüber nach, Susanne anzurufen. Sie sprachen regelmäßig miteinander, seit Susanne zum Studieren weggegangen war, der Abstand tat ihnen gut, und wenn sie einander sahen, lachten sie jetzt über alles und nichts, als wären sie Freundinnen.

Doch sie ließ das Telefon stehen. Was hätte sie Susanne denn sagen sollen? »Dein Vater …« Nein, sie musste erst selbst entscheiden, wie sie mit dem Brief umgehen wollte. Als sie Karl im Durchgang zum Anbau hörte, seine schweren Schritte vor der Tür, ging sie schnell in die Küche. Sie nahm den Brief vom Tisch, faltete ihn zusammen und schob ihn zurück in den Umschlag, den sie ins Regal steckte, zwischen zwei dicke Backbücher. Karl erschien in der Tür und ließ den Blick durch den Raum schweifen, bevor er fragte: »Was gibt es zu essen?«

»Ist es schon so spät?« Marga erschrak.

Jetzt heftete sich Karls Blick auf sie. Mit seinen Augen, ungewöhnlich groß und beim Eintauchen ins Innere eines Hauses, oder auch draußen beim Aufziehen der Dämmerung, sofort vollständig schwarz, mit Karls fragenden Pupillen hatte Marga ihr Leben verbracht. An Karl war alles groß geraten, nicht nur die Augen. Jetzt, mit siebzig, war er nicht mehr ganz die stattliche Erscheinung von früher. Aber immer noch überragte er Marga, die alles andere als klein war, um einen ganzen Kopf. Immer noch diese Masse dunkler Locken auf Karls Schädel, auch im Bart gab es kaum graue Haare. Die starken Oberarme, und darüber die runden Schultern. Karl trug, wie meist, wenn er im Atelier gearbeitet hatte, eine bequeme Cordhose, einen Wollpullover mit ein paar Mottenlöchern, unter dem Pullover nur ein Unterhemd.

»Das macht doch nichts«, sagte er friedlich, »dann rühre ich uns ein paar Eier zusammen.«

»Ich könnte auch …« Sie fühlte ihr Herz im Hals schlagen, an der rechten Seite.

»Nein, nein«, sagte Karl, »setzt dich mal da hin und ruh dich aus, du musst nicht jeden Tag kochen.«

Sie tat, was er gesagt hatte, schob sich auf die Eckbank, steckte sich eins der karierten Kissen hinter den Rücken – sie hatte die Kissen erst letztes Jahr neu genäht, die alten waren verschlissen und ausgeblichen gewesen. Marga sah Karl dabei zu, wie er die Eier am Rand der Pfanne aufschlug. Er schnitt Schinken und Petersilie klein, und mit jeder Minute, die sie schweigend miteinander verbrachten, wurde Marga ruhiger.

Der zweite Brief kam vier Wochen später. Da hatte Marga Karl immer noch nichts davon gesagt, dass sich Silke Möller bei ihr gemeldet hatte. Es war eher eine körperliche Entscheidung gewesen, als dass ihr der Kopf dazu geraten hätte. Sie hatte einfach nie wieder nach dem Umschlag gegriffen, der nach wie vor zwischen den Backbüchern steckte, sie hatte das Küchenregal gemieden.

Beim zweiten Mal holte Karl die Post herein. Er sortierte sie im Gehen; ohne aufzuschauen, hielt er Marga den Brief hin. Sie hatte die Schrift schon von Weitem erkannt und stand nun erstarrt im unteren Flur. Karl hatte offenbar nicht auf die geschwungenen Buchstaben geachtet, oder vielleicht war ihm Silke Möllers Handschrift auch nicht vertraut genug. Der Absender stand wieder auf der Rückseite, die hatte sich Karl nicht angesehen.

Sie stieg nach oben in das kleine Zimmer, das ihr gehörte. Hier standen ihr Sekretär und der Stoffschrank, an der Wand gegenüber ein Chippendale-Sofa. Marga schaltete kein Licht ein, wartete eine Weile am Fenster, bevor sie den Umschlag öffnete. Diesmal erwähnte Silke Möller mehr Details. Sie wusste, wann Karl seinen Herzinfarkt gehabt hatte, und sie beschrieb ein Konzert im Museum, auf dem Marga und Karl tatsächlich gewesen waren. Sie erinnerte sich sogar daran, welches Kleid Marga beim Konzert getragen hatte. Und sie erklärte, in ihrem letzten Brief nicht ganz aufrichtig gewesen zu sein – was ihr seither keine Ruhe gelassen habe. »Ich habe einen Sohn«, schrieb Silke Möller. »Er ist Karls Sohn. Er ist jetzt siebzehn Jahre alt.« Im Garten landete ein Eichelhäher auf dem ausladenden Ast einer Tanne und flog schnell wieder fort. Dass sie weinte, merkte Marga erst, als ihr die Tränen den Hals hinunterrollten, bis in den Ausschnitt hinein.

Sie brach das Tabu und tastete sich den Durchgang zum Anbau entlang – die Glühbirne in der Lampe war vor Monaten durchgebrannt, und Karl hatte es nicht für nötig befunden, sie zu ersetzen. Marga stieß gegen den Fuß einer alten Druckpresse, dann öffnete sie die Tür zum Atelier. Karl hatte ihr erzählt, dass er wieder mit Holz arbeite, und tatsächlich stand er über eine Figur gebeugt, ein Schnitzmesser in der Hand. Der Block, flach, länglich, war noch roh, aber als Marga näher herankam, erkannte sie, wie sich der Körper des Katers aus dem Holz schälte. Ihr alter Kater, immer noch, immer wieder. Der Buckel war unverwechselbar.

Karl legte das Messer zur Seite und sah Marga entgegen. »Was machst du denn hier?«, fragte er. Wenn sie ihn ohne Aufforderung im Atelier besuchte, musste etwas passiert sein. Statt zu antworten, gab sie ihm die Briefe, begann mit dem ersten, den sie aus der Küche geholt hatte. Karl kniff beim Lesen die Augen zusammen. Er besaß eine Brille, benutzte sie aber selten, meist lag sie in irgendeiner Ecke herum, weil Karl behauptete, dass ihn das Gestell auf der Nase störe. Jetzt runzelte er die Stirn, wollte etwas sagen – aber Marga gab ihm schnell den zweiten Brief. Als Karl auch ihn bis zum Ende durchgegangen war, ließ er die Blätter sinken, lachte kurz auf, ein abgebrochenes, halbes Lachen, das Marga fremd vorkam. »Also«, fragte sie, »was sagst du dazu?«

»Was soll ich dazu sagen?« Er schien sorgfältig nachzudenken. »Ich verstehe das nicht.«

Aber wer war diese Frau denn? Warum wusste sie so viele Details?

Karl hatte in Margas Gesicht gelesen und sagte schnell: »Nein, du hast mich missverstanden. Ich kenne überhaupt keine Silke Möller. Ich weiß beim besten Willen nicht, wer das sein soll.« Danach drehte er sich um, wandte sich wieder dem Holzblock zu, als wäre die Sache für ihn erledigt.

Da spürte Marga, wie die lähmende Traurigkeit in ihrer Brust in Wut umschlug. Seit vier Wochen lebte sie nun mit dem Gespenst dieser Silke Möller – und Karl hatte dazu nichts zu sagen? Irgendetwas musste schließlich gewesen sein, eine vollkommen Unbekannte schrieb doch nicht solche Briefe. Das Blut stieg Marga in die Wangen, und sie sah sich um, als wollte sie etwas zerstören. Etwas, das Karl wichtig war. Ihr Blick fiel auf die halbfertige Skulptur. Aber was konnte der Kater dafür, dass Karl nicht der Mann war, für den sie ihn gehalten hatte, dass er doch nur war wie andere Männer.

Marga erinnerte sich an einen bösen Streit mit Susanne – da war Susanne fünfzehn und pubertierte schwer, aber in gewisser Weise hatte sie das ja immer getan. Nach diesem Streit war Marga in ihrer Hilflosigkeit in Susannes Zimmer gegangen und hatte von einer der Pflanzen, einem großen Ficus neben dem Schreibtisch, einen Zweig abgebrochen. Es knackte, der Zweig wollte sich nicht gleich lösen, hing noch an mehreren Fasern, Marga musste ihn abdrehen. Danach hatte sie sich wirklich besser gefühlt.

Aber Susanne, daran erinnerte sich Marga ebenfalls, war der abgebrochene Zweig gar nicht aufgefallen. Und der Ficus hatte an dieser Stelle nur umso besser ausgetrieben. Susanne hatte ihn beim Auszug nicht mitgenommen, noch immer stand er in ihrem ehemaligen Zimmer, mittlerweile berührten die Blätter die Decke.

Und während Margas Blick im Atelier herumfuhr und sie sich an all diese Dinge erinnerte, war etwas von ihrer Wut bereits wieder verraucht. Jetzt wäre es ihr kindisch vorgekommen, auf eins der Bilder loszugehen oder auch nur die große Kiste mit den Holzdübeln auf dem Boden auszuleeren.

Karl hatte die beiden Briefe auf der Tischkante abgelegt, zwischen den Spänen, Marga nahm sie an sich. Dass er tatsächlich nach dem Schnitzmesser griff, einfach weiterarbeiten wollte, gab ihr die Kraft, etwas zu sagen: »Ich fasse es nicht, wie du dich aus der Affäre ziehst. Dieser Sohn, von dem sie schreibt … hätte der nicht einen Vater verdient? Ist das nicht deine Verantwortung?«

Er machte ein erstauntes Gesicht. Seine Hände lagen auf dem Körper des Katers, als hielten sie ihn. Karl schien hin- und hergerissen zwischen der geliebten Arbeit und Marga. »Sag mal«, fragte er, »glaubst du mir etwa nicht?«

Das Mittagessen fiel aus. Marga versuchte, eine angefangene Gardine zu Ende zu nähen, aber die Maschine hakte – und als sie den Faden neu einführen wollte, bekam sie ihn nicht durchs Nadelöhr, sooft sie es auch versuchte. Zum Abendessen kochte sie Kartoffeln und schnitt frische Kräuter in eine Packung Quark, den sie mit Milch glattgerührt hatte. Sonst gab es dazu noch mindestens einen frischen Salat und hinterher einen Nachtisch, heute nicht. Marga hatte Äpfel hereingeholt und geplant, einen Kuchen zu backen, aber dann waren die Äpfel unbeachtet neben der Spüle liegen geblieben. Normalerweise schüttete Marga die Kartoffeln auch in eine Schüssel, statt einfach den Topf auf den Tisch zu stellen. Sie aßen schweigend. Karl schien tief in Gedanken versunken. Marga beobachtete, wie sich seine breite Brust regelmäßig hob und senkte. Nach dem Essen ging sie nach oben und trug ihr Bettzeug zum Chippendale-Sofa in ihrem Zimmer. Sie konnte sich gar nicht daran erinnern, wann sie zuletzt hier geschlafen hatte. Doch, einmal war sie krank gewesen, da hatte Karls Schnarchen ihre fiebrigen Träume gestört und sie war ebenfalls ausgezogen.

In der Nacht schlief sie wenig, wälzte sich herum. Das

Sofa war erheblich härter als ihre übliche Matratze, am Morgen hatte sie das Gefühl, sich an den widerständigen Polstern die Haut wund gewetzt zu haben. Sie ging nach unten, hörte Karl im Badezimmer. Zuerst begann sie mit den üblichen Frühstücksvorbereitungen – Kaffee in eine Filtertüte füllen, das Brot aus dem Kasten holen –, blieb dann aber erstarrt in der Mitte der Küche stehen. Sie zog die Ärmel des Morgenmantels weit über ihre Hände. Als sie sich wieder rührte, hatte sie es sehr eilig, schüttete die Zutaten für ein kleines Müsli zusammen, vergaß auch den Löffel nicht, und trug das Schälchen nach oben in ihr Zimmer. Noch bevor Karl aus dem Bad kam, hatte Marga die Tür wieder fest hinter sich geschlossen.

Sie verließ das Zimmer erst, als sie sicher sein konnte, dass er im Atelier war und arbeitete. Gegen die Kälte, die in der Nacht aufgezogen war, trug sie über ihrer gewohnten Kleidung ein dickes wollenes Tuch. Sie hatte sogar ihre Handtasche dabei, die sie selten benutzte – wenn sie einkaufen ging, war der Rucksack praktischer, und auch sonst fand sie oft, ein schlichter Beutel passe besser zu ihr. Im unteren Flur stieg Marga leise in ihre Stiefel, dann öffnete sie die Haustür, ging, ohne sich umzudrehen, durchs Gartentor und die Straße entlang zur Bushaltestelle. Die steifen Riemen der Tasche hielt sie fest in der Hand.

Die Adresse würde sie ein Leben lang auswendig aufsagen können, aber sie hatte auf dem Stadtplan nachsehen müssen, wo genau die Straße lag. Aus irgendeinem Grund hatte sie angenommen, dass Silke Möller in einem eigenen Haus lebe. Jetzt stand sie vor einem fünfstöckigen Gebäude, dem man nicht auf den ersten Blick ansah, dass hinter den dunklen

Scheiben Wohnungen lagen, es hätten genauso gut Büros sein können. Das Haus war ein Neubau, wirkte jedoch schon heruntergekommen, mit grauen Wasserspuren unter den Fensterbänken, den Grasstreifen zur Straße hin schien niemand zu pflegen. Marga drückte sich an der Hauswand entlang. Sie hatte, bevor sie herfuhr, keinen Plan gefasst – erst jetzt wurde ihr klar, dass sie nicht gesehen werden wollte. Sorgfältig studierte sie die Klingelschilder, fand das gedruckte *Möller* hinter einer dünnen Schicht aus Plastik. Wenn die Anordnung der Schilder stimmte, wohnte Silke Möller im dritten Stock. Marga ging auf die andere Straßenseite, stellte sich hinter einen Baum und sah nach oben. Links oder rechts? Links helle, halb heruntergelassene Jalousien. Rechts stand auf einem Balkon, der gerade groß genug zum Heraustreten war, ein einzelner, verlassen aussehender Stuhl. Was wollte sie hier? Sie blieb einfach stehen. Nach einer halben Stunde wurde die Tür geöffnet, Marga zuckte zusammen. Das ist sie, dachte sie sofort. Sie erkannte die Frau nicht, die in ihrem Alter war, die Haare kurz trug, zu eigenartigen Löckchen frisiert. Was gefiel Karl daran? Dann bemerkte Marga die Hundeleine, die Frau zog einen Hund über die Türschwelle, der offenbar wenig Lust auf Bewegung hatte. Auf der Straße gingen die beiden dicht an Marga vorbei. Mittlerweile bezweifelte Marga, dass es sich um Silke Möller handelte. Obwohl sie von Karls Geliebter nur die zwei Briefe kannte, hatte sie das Gefühl, dass der Hund nicht ins Bild passte. Als wäre ihr Kater, der so unglaublich alt geworden und am Ende nur noch ein Schatten seiner selbst gewesen war, das einzige Tier gewesen, das Karl je in seiner Nähe geduldet hätte.

Marga wartete. Vom Baum, einer Linde, taumelten kleine

Blätter auf ihren Mantel; wie mit Widerhaken versehen, blieben sie auf den Ärmeln und Schultern liegen. Die Hundebesitzerin, die vielleicht Silke Möller war, kam zurück. Sonst ging niemand hinein und hinaus, keine Frau, der die Liebe zu Karl ins Gesicht geschrieben stand, kein Siebzehnjähriger, der Karls Züge trug – überhaupt niemand. Hinter den Fenstern im dritten Stock bewegte sich nichts, und auch als es bereits dunkel wurde und Marga ihren Posten endlich verließ, flackerte dort kein Licht auf.

Karl fand sie gegen zehn. Da hockte sie, wiederum seit Stunden, wiederum unter einem Baum, im Garten. Marga zitterte vor Kälte. Anfänglich hatte sie noch die raue Rinde des Apfelbaums im Rücken gespürt, eine Struktur durch den Mantel hindurch. Aber nach und nach, mit der fallenden Temperatur, war ihr Körper taub geworden.

»Marga«, sagte Karl. Er stand direkt vor ihr. »Da bist du ja. Wieso kommst du denn nicht rein?« Als sie nicht antwortete, beugte er sich zu ihr hinunter, legte seine großen Arme um sie, zog sie vom Stamm weg und hoch. Marga musste die Knie strecken, sie stöhnte. Sie war zu schwer, als dass Karl sie hätte tragen können, aber er umfasste ihre Taille und hielt und stützte sie, bis sie im Haus waren. Dort führte er sie ins große Zimmer, setzte sie in einen Sessel und machte sich daran, ein Feuer zu entfachen, zum ersten Mal in diesem Herbst. Aus mehreren Scheiten formte er ein spitzes Dach, unter dessen Mitte er das Anmachholz entzündete. Karl kniete vor dem Kamin und blies hinein, bis er sicher sein konnte, dass die Flamme nicht wieder erlöschen würde.

Er hüllte Marga in eine Decke. Erst als die Scheite Feuer gefangen hatten, als das Holz knackte und man es riechen konnte und sich im Zimmer eine brennende Hitze ausbreitete, schob er die Decke wieder zur Seite, zog Marga den Mantel aus, dann die Stiefel. Nacheinander nahm er erst ihre Finger, dann ihre Füße zwischen seine Hände und rieb sie warm. Marga bewegte sich. Sie legte den Kopf seitlich auf die Lehne, schloss die Augen.

Später hielt sie den Becher mit heißem Grog fest umklammert. Karl bereitete ihn immer aus Holundersaft, Honig und Rum zu, er saß ihr gegenüber, trank ebenfalls und sah sie unverwandt an. Sie ertrug seinen Blick nicht, beobachtete stattdessen die Flammen im Kamin. »Marga«, sagte Karl, »kannst du bitte mit mir sprechen?« Eins der Holzscheite glühte bereits. Marga räusperte sich. Dann fragte sie mit heiserer Stimme, ob Silke Möller einen Hund habe.

Sie musste ihm die ganze Geschichte erzählen, schämte sich, weil sie dabei erneut zu weinen begann. Aber egal, was sie tat oder sagte, Karl blieb dabei, keine Silke Möller zu kennen. »Wieso behauptet die Frau das dann?«, fragte Marga. »Ich weiß es nicht«, sagte Karl, »ein Missverständnis, oder sie ist verrückt. Menschen tun Dinge, die wir nicht verstehen.« Marga schüttelte den Kopf. Die Schatten der Flammen tanzten über Karl hinweg. Ja, dachte Marga, ich verstehe dich auch nicht. Sie verlangte: »Gib es doch zu. Ich finde am schlimmsten, wie trotzig du dich verhältst.« Karl wurde laut. »Was soll ich tun«, rief er, »damit du mir glaubst?« Einen Moment lang nahm sie ihm die Verzweiflung ab. Er stellte seinen Becher auf den Boden, beugte sich mühsam vor und streckte die Hand nach Margas Knie aus, aber es genügte, die Beine unauffällig zur Seite sinken zu lassen, schon kam er nicht mehr an sie heran. Entschieden zog Karl die Hand zurück. »Marga«, sagte er, »vielleicht ist das peinlich, aber ich war all die Jahre mit keiner anderen Frau zusammen. Nicht ein einziges Mal, seit wir geheiratet haben.« Marga flüsterte: »Dieses Aktmodell damals, mit den roten Haaren, die fandest du schön …« Karl musste lächeln: »Ja, stimmt.« »Siehst du?« »Nein«, verteidigte er sich, »sie war schön, sonst nichts!«

Sie kamen nicht zusammen. Als das Feuer heruntergebrannt war, schlug Karl vor, am nächsten Tag gemeinsam zu dieser Adresse zu fahren. Dann werde sich ja herausstellen, was Silke Möller wollte. Warum sie ihnen, sagte Karl, ihr Leben kaputtmache. Er hatte lange nicht so viel geredet wie an diesem Abend, er wirkte erschöpft.

Erst dachten sie, es wäre niemand da, aber nachdem sie zum zweiten Mal geklingelt hatten, wurde der Summer gedrückt. Karl ging voran, die Treppe hinauf, und natürlich überlegte Marga unwillkürlich, wie oft er das schon getan hatte, wie vertraut ihm die Stufen vorkamen, der Handlauf, der raue Putz. Oben verstellte er ihr die Sicht, das Treppenhaus war schmal. Erneut musste er klingeln, dann hörten sie Schritte hinter der Tür. Marga reckte sich über Karls Schulter, die Tür wurde geöffnet, und sie dachte: Das ist nicht die Frau mit dem Hund.

Silke Möller war deutlich jünger als Marga, und dünn. Sie trug eine beigefarbene Hose, ein enges Hemd, Gesundheitslatschen, im Nacken hielt eine Spange die blonden Haare zusammen, und das Gesicht war blass, bevor es – innerhalb weniger Sekunden – rot anlief. »Karl«, sagte Silke Möller, und dann sah es aus, als wollte sie ihnen die Tür vor der Nase zuschlagen. Karl stellte einen Fuß in den Rahmen, stützte sich mit der rechten Hand an der Wand ab. »Ich kenne Sie«, sagte er zu Silke Möller, es klang überrascht. Er drehte sich halb nach Marga um und erklärte, diese Frau habe vor längerer Zeit bei Scholz in der Praxis gearbeitet. Aber wahrscheinlich sei ihr Name nie gefallen. Marga bekam keinen klaren Gedanken zu fassen. Scholz, das war der Zahnarzt, zu dem Karl seit dreißig Jahren ging, erst zum alten Scholz, dann, als der sich zur Ruhe setzte, zum jungen. Silke Möller hatte sich mittlerweile gefangen. »Karl«, sagte sie, »wie schön, dass du hergekommen bist. Du hast mir gefehlt.« »Jetzt hören Sie endlich auf damit«, sagte Karl, »ich kenne Sie nicht.« Marga flüsterte, dass er doch aber gerade gesagt habe ... »Ja«, rief Karl, »nein«, rief er, »ich meine, ich kenne ... Dreh mir nicht das Wort im Mund herum!« Wieso war er jetzt wütend auf Marga? Silke Möller hob beschwichtigend die Hände, behielt sie einen seltsam langen Moment in der Luft. Die Situation sei bestimmt nicht einfach, aber sie seien doch alle erwachsen, ob sie nicht hereinkommen wollten, dann könne man in Ruhe reden ... Sie wird uns etwas anbieten, dachte Marga, wir werden auf ihrem beigefarbenen Sofa sitzen und stilles Mineralwasser aus ihrem Kühlschrank trinken, das halte ich nicht aus. Aber Karl schien es ähnlich zu gehen, er sagte grob: »Ich will mich nicht beruhigen, ich will, dass Sie mit Ihren Lügen aufhören. Was sind Sie überhaupt für ein Mensch?« Kurz schien es Silke Möller die Sprache zu verschlagen. Um ihre Augen zitterten feine Falten. Marga sah sich um, wurde in diesem Treppenhaus denn niemand aufmerksam? Nicht einmal der Hund, den sie am Vortag gesehen hatte, begann zu bellen. »Das habe ich nicht verdient«, flüsterte Silke Möller und hatte tatsächlich Tränen in den Augen, »schließlich waren wir uns mal ganz nah ... Wenn du es so siehst, bin ich nur froh, dass Tobias nicht hier ist ...« Sie wandte sich an Marga: »Sie als Frau spüren doch, wie ernst es mir ist. Ich will auch nicht sagen, dass Karl sich überhaupt nicht gekümmert hat, immerhin hat er uns ab und zu Geld zukommen lassen, sonst wäre es manches Jahr schwierig geworden.« Karl rastete aus. »Verdammte Lügenhure«, schrie er, »wirst du endlich dein Maul halten!« Er schrie noch mehr, während er den Arm hob, auf Silke Möller losging, mittlerweile schrie Marga ebenfalls, Karls Hand landete oberhalb von Silke Möllers linker Brust, seine Kraft warf die schmale Frau an die Wand, Karl drängte in die Wohnung ... da rannte Marga bereits die Treppe hinunter und wollte nichts mehr sehen. »Marga! Marga!« Karl rief ihr hinterher. Offenbar war er wieder herausgekommen, aber Marga schaute nicht nach oben, wo er sich möglicherweise übers Geländer beugte – sie hatte Angst, die Stufen zu verfehlen, stolperte in der Kurve auf dem Treppenabsatz im ersten Stock. »Marga«, rief Karl, »es stimmt nicht, du kannst dir die Kontoauszüge ansehen ...« Marga riss die Eingangstür auf und stürzte in die kalte Oktoberluft. Sie lief noch bis zur Straßenecke, zur Hauptstraße, wo sie ein Taxi anhielt, indem sie ihm einfach in den Weg trat. Damit würde Karl nicht rechnen, so war sie auf jeden Fall vor ihm zu Hause. Der Fahrer hupte, öffnete dann aber doch die Beifahrertür. Als Marga einstieg, fragte er: »Wollen Sie dringend sterben?«

Sie hatte die braune Reisetasche genommen, die lange nicht benutzt worden war. Sie hatte sich ihr schönstes Dreieckstuch umgelegt. Sie hatte sich ein Taxi zum Bahnhof gerufen, schon wieder ein Taxi, und dann war sie zu Susanne gefahren. Sie hatte in dem heruntergekommenen Jugendstiltreppenhaus gewartet, bis einer von Susannes Mitbewohnern nach Hause gekommen war. Und sie hatte dem Mitbewohner, den sie nicht kannte, verworren und aufgewühlt zu erklären versucht, wer sie war – bis er endlich die Achseln gezuckt und sie in Susannes Zimmer gelassen hatte.

Hier saß Marga seitdem, auf der Matratze am Boden. Der einzige Stuhl stand vor dem Schreibtisch, über der Lehne hingen Kleidungsstücke und auf der Sitzfläche lag benutzte Unterwäsche. Das Bett war nicht gemacht, aber Marga achtete nicht auf die Unordnung. Sie sah nach oben, zur Stuckrosette in der Zimmermitte, von der Susanne so gut es ging alle Farbschichten abgekratzt hatte. Der Rest der Decke war tapeziert gewesen, Susanne hatte die Tapeten gelöst, dabei Töne von hellgrau bis lindgrün freigelegt – und das schien ihr gefallen zu haben, denn sie hatte die Decke so gelassen, nur die Wände neu weiß gestrichen. Von der Stuckrosette hing ein Stromkabel herab, aber Susanne nutzte den Anschluss nicht, erhellte das Zimmer lediglich durch zwei Stehlampen und eine Nachttischleuchte, die nicht neben der Matratze, sondern auf dem Schreibtisch stand, wo sie von einem Stapel Bücher gefährlich weit an die Kante gedrückt wurde.

Endlich hörte Marga einen Schlüssel in der Wohnungstür, dann Getuschel im Flur, sie hörte Susanne halblaut fragen: »Was?« Schnelle Schritte näherten sich dem Zimmer. Erst jetzt dachte Marga darüber nach, ob es Susanne lieber gewesen wäre, sie hätte in der Küche auf sie gewartet.

»Mama ...« Susanne klang unsicher. Sie kniete sich neben die Matratze. »Stefan sagt, du bist schon seit Stunden hier ... du hast ja nicht mal deinen Mantel ausgezogen.« »Ich würde trotzdem gern bleiben.« »Aber was ...« Dann verstummte Susanne. Sie stand wieder auf, drehte die Heizung an, verschob mit dem rechten Fuß den Dimmer der Stehlampe und sagte: »Natürlich kannst du hierbleiben. Wir reden später. Wir haben ja Zeit.«

Karl war nun vierhundert Kilometer entfernt. Während der Zugfahrt hatte Marga jeden dieser Kilometer gespürt, sie hätte sie abzählen können: dreihunderteinundsiebzig, dreihundertzweiundsiebzig, dreihundertdreiundsiebzig. Noch nie in den vergangenen einunddreißig Jahren war sie so weit von ihm entfernt gewesen.

Der November ging vorbei wie jemand, der nie vorgehabt hatte zu bleiben. Marga und Susanne richteten sich miteinander ein. Wenn Susanne morgens aufstand, um zum Seminar oder zur Vorlesung zu gehen, blieb Marga auf ihrer Seite der Matratze liegen. Sie sah zu, wie Susanne sich anzog, noch schlaftrunken aus den Wäschestapeln eine Jeans, eine Bluse zerrte. Susannes Gesicht war nach der Nacht leicht geschwollen, sah glatt und jung aus. Mein schönes, starkes Kind, dachte Marga. Sie schob sich einen Arm unter den Kopf, verfolgte jede von Susannes Bewegungen. Susanne würde ein anderes Leben führen als sie. Sie würde bestimmt nie mit zweiundsechzig bei ihrer Tochter vor der Tür stehen, mit nichts in der Hand als einer kleinen Reisetasche. Mit nichts an der Hand als einem Ring, von dem keiner wusste, ob er noch eine Ehe bedeutete.

Hatte Susanne die Wohnung verlassen, schlief Marga wieder ein. Es fühlte sich an, als hätte sie den Schlaf von Jahrzehnten nachzuholen, vielleicht den Schlaf aus dem Teil ihres Lebens, den Karl vor ihr verborgen gehalten hatte. Insgeheim hatte Marga noch einen zweiten Verdacht: dass sie sich durch das viele Schlafen der Situation entzog. Was sollte sie in den zahllosen Stunden in Susannes Studentenzimmer auch anderes tun? Nicht ein einziges der Bücher im Regal interessierte Marga. Wahrscheinlich hätte sie sich sowieso kaum auf Buchstaben, Wörter, Sätze konzentrieren können, selbst wenn es sich nicht um Titel wie *Sexuelle Orientierung und Geschlechtsidentität in der internationalen Menschenrechts- und Entwicklungszusammenarbeit* gehandelt hätte. Eine Nähmaschine besaß Susanne nicht.

Marga hatte ihr die ganze Geschichte erzählt. Es hatte einige Abende gedauert, sie hatte mehrere Anläufe gebraucht. Susanne hatte zugehört und wenig gesagt, nur ein paarmal die Stirn gerunzelt, ungeduldig die Kuppen der Finger aufeinandertreffen lassen, als wäre sie nicht Margas Meinung.

Aber an diesem Nachmittag, einem Nachmittag Ende November, kam sie aus der Universität zurück und wollte reden. Sie machte einen aufgekratzten Eindruck. Marga stand am Fenster und sah sich erstaunt um, als Susanne verkündete: »Du musst mal raus und außerdem was Vernünftiges essen.« Der Zusammenhang war durchaus gegeben: Susanne kochte nicht und hatte auch Marga verboten, sich in die Küche zu stellen. »In dieser WG kocht keiner«, hatte sie gesagt, »und wenn du hier wohnen willst, lässt du den Herd kalt.« Sie hatten Brot und Käse gegessen, und sobald sie wieder Hunger bekamen, noch mehr Brot, und vielleicht später zum billigen Wein noch ein wenig Käse. Jetzt zog sich Susanne die Bluse über den Kopf, schlüpfte in eine andere – von der Marga wusste, dass sie ebenfalls nicht frisch war, bereits verschwitzt roch. Susanne sagte: »Gehen wir, ich lade dich ein, zur Feier des Tages. Wo ist dein Mantel?«

In dem türkischen Imbiss, in den Susanne Marga führte, begrüßte sie den Mann hinter der Theke mit Namen. Sie schob ihre Mutter zu einem Tisch in der hintersten Ecke des Lokals, sie saßen vor einem großen Fenster, das auf den Hinterhof mit den Mülltonnen ging, und neben dem Durchgang zu den Toiletten. »Ich weiß, es macht nicht viel her«, sagte Susanne, »aber es schmeckt hier sehr gut.« Auf dem Tisch lag ein Deckchen, darauf ein Salz- und ein Pfefferstreuer, Susanne rückte alles beiseite. Sie bestellte rote Linsensuppe, Salat, Joghurt, Auberginenmus, scharfes Hackfleisch, Pide mit Ei. Als das Essen kam, legte sie sofort los, während Marga erst einmal vorsichtig kostete. Sie betrachtete Susannes Hände, die Stücke vom Brot abrissen, die Gabel erst in den Salat, dann in den Joghurt stießen. Selbstsichere Hände waren das, größer als Margas, die Handrücken auch im Winter gebräunt. Rosige Fingernägel, und oben, wo die Nägel übers Nagelbett hinausragten, leuchtete jeweils ein feiner halbrunder Streifen Weiß. Susanne pflegte ihre Nägel, aber sie lackierte sie nicht, das hatte sie von ihrer Mutter übernommen.

Während Marga zuschaute, wie Susanne aß, musste sie an Silke Möllers Hände denken. Dass sie die Hände dieser Frau überhaupt wahrgenommen hatte, war ihr nicht bewusst gewesen. Jetzt tauchten sie plötzlich vor ihr auf, so scharf gezeichnet, als hätte Margas Unterbewusstsein die Erinnerung bis zur Verfremdung nachbearbeitet. Silke Möller steht in der Tür ihrer Wohnung und gestikuliert. Ihre Hände: roh und rot, wie viel zu oft gewaschen, die Nagelhäute eingerissen. Die trockene Haut schuppt sich. Silke Möllers ganze Erscheinung ist blass und beigefarben, die kaputten Hände verstärken das Bild der Verwahrlosung noch.

Marga kostete erneut, stocherte im Salat. Die Gerichte

schmeckten ihr nicht, waren entweder zu scharf oder zu fade. Susanne hingegen aß mit Heißhunger, als hätte sie seit Wochen nichts in den Magen bekommen. Endlich wischte sie mit den letzten Brotresten die Schüsseln und Schalen aus, lehnte sich seufzend, glücklich lächelnd, im Stuhl zurück. Ihr Kinn glänzte vom Öl. Marga sah, dass Susanne ihren Blick wegrutschen ließ, ins Ungefähre zur Seite hin, bevor sie sagte: »So, ich finde, es ist jetzt genug.« Erst dachte Marga, Susanne spreche noch über das Essen. Aber dann beugte Susanne sich wieder vor, stützte die Ellenbogen auf den Tisch, rieb sich den Mund und auch das Kinn mit der Serviette ab, schaute Marga fest in die Augen und wiederholte: »Es ist genug, Mama. Hör auf, über diese Frau nachzudenken. Menschen tun eben Dinge, die wir nicht verstehen.« Sie machte eine kurze Pause, lauschte den eigenen Worten nach, fügte hinzu: »Ich glaube ihm. Ich glaube Papa.«

Das war es, das war das ganze Gespräch, etwas anderes hatte Susanne nicht zu sagen, und Marga schwieg ebenfalls. Zurück in der Wohnung bemerkte sie an ihrer Tochter erneut diese ungewohnte – sie dachte sogar: unangenehme – Aufgekratztheit. Susannes Wangen glühten, sie schien auf etwas zu warten. Sie nahm ein Buch in die Hand, las aber nicht, stellte es an einer anderen Stelle zurück ins Regal, ging hin und her. Marga hatte sich einen Stuhl vors Fenster geschoben und schaute hinaus in die Dämmerung, wo einsetzende Dunkelheit und aufziehender Nebel alle Tatsachen verwischten. Als es klingelte, lief Susanne sofort in den Flur, um die Tür zu öffnen. Da endlich begriff Marga, was los war.

Sie ging Karl sogar entgegen. Sie sah ihn, dunkel vor dem grellen Flurlicht, im Türrahmen zu Susannes Zimmer stehen – und konnte nicht anders, als auf ihn zuzugehen. Er war so groß, und als er sie in die Arme schloss, sie in seinen Armen einschloss, roch er wie immer. Nach Holz, nach der Arnikasalbe, mit der er abends oft seine schmerzenden Hände einrieb, und nach wie vor, Jahre nach dem Tod des Tieres, roch Karl ein klein wenig nach dem Kater. Oder hatte der Kater nach Karl gerochen? Wie hatte sie diesen Geruch vergessen können?

Susanne kam nicht zurück. Sie musste sich mit ihrem Vater gut abgesprochen haben. Karl griff zu und zog Marga mit einer einzigen Bewegung den Pullover über den Kopf. Sie schliefen gleich hier miteinander, auf der Matratze ihrer Tochter. Draußen wurde es endgültig dunkel, Karl und Marga standen nicht auf, um das Rollo herunterzulassen, obwohl man sie aus dem gegenüberliegenden Haus bestimmt sehen konnte. Die Nachttischlampe beleuchtete vom Schreibtisch aus, wie Karl zwischen Margas breiten Schenkeln kniete. Überall da, wo er ihre Haut zuerst küsste, bis sie nass war, und dann mit der Wange, den kratzenden Barthaaren, über sie hinwegstrich, hatte Marga das Gefühl, zu brennen. Karl küsste ihre schwieligen Füße, an der rechten großen Zehe war wie so oft der Nagel eingewachsen. Karl küsste Margas unrasierte Waden, auf denen blaue Adern leuchteten. Er küsste Margas Schamhügel, seit den Wechseljahren wuchsen die Haare spärlicher. Er küsste den Bauch mit den hellen Rissen, die die Schwangerschaft hinterlassen hatte. Margas Brüste rutschten schwer von ihrem Körper herunter, Karl küsste Margas Hals, ihre Schläfen, er fuhr mit den Lippen in ihre Haare hinein.

Sie sahen beide nicht mehr so aus. Aber das, worauf es ankam, fühlte sich an wie in den längst vergangenen Tagen.

Beim ersten Mal drang Karl so langsam in Marga ein, als wollte er mit jedem Millimeter herausfinden, ob sie auch wirklich bereit war. Marga wurde fast wahnsinnig und zog ihn schließlich mit einem Ruck zu sich heran.

Als sie zum zweiten Mal miteinander schliefen, drehte Karl Marga herum, sie holte tief Luft, legte das Gewicht auf die Hände, ignorierte den Schmerz in den Knien. Karls Finger auf ihren Hüften, er packte sie; Marga spürte, wie er bei jedem Stoß gegen sie prallte – als wollte er sie in eine Ecke treiben – doch als sie sich fallen ließ, war da nur Susannes weiche, mit einem gelben Laken bezogene Matratze. Und Karl ließ Marga los, ließ ihr Raum nach allen Seiten.

Später ging sie zur Toilette, und in die Küche, um für Karl und sich etwas zu trinken zu holen. Als sie zurückkehrte, sagte sie: »Da war dieser Mitbewohner im Bad, Stefan, und er war komplett nackt. Ich werde mich nie daran gewöhnen, dass die hier die Türen nicht abschließen.« Karl hob die Decke an, damit Marga sich wieder zu ihm legen konnte, er lächelte: »Du hast aber auch nicht gerade viel an.« Sie sah an sich hinunter, sie trug nur einen Slip und Karls Hemd, das knapp die Hälfte ihrer Oberschenkel bedeckte. »Oh«, sagte sie, »stimmt.«

Während sie miteinander geschlafen hatten, hatte Marga auch an ihr schönes, heimeliges Haus gedacht. An die Gardine, die sie noch nähen wollte, an Kartoffeln und Quark und den Holzstaub im Atelier, an die Äpfel, die in Stiegen im Keller darauf warteten, eingekocht zu werden.

Marga schlüpfte unter die Decke und ließ ihren Körper spüren, in welcher Haltung Karl hinter ihr lag. Als er flüsterte, verstand sie zuerst nicht, was er sagte. Erst im Nachhören konnte sie die Wörter voneinander trennen. »Selbst wenn«, hatte Karl gesagt, »selbst wenn.« Marga wandte sich um. Karl hatte sich auf den Rücken gedreht und ließ den Blick durch Susannes Zimmer wandern. Er sagte: »Du hättest keinen Grund, dich zu beschweren. Ich wäre ja bei euch geblieben.«

Schließ auf, Stoll

Das erste Mal passierte es nach Feierabend. Als Stoll die Hand ausstreckte, zitterte sie, und je genauer er hinsah, desto mehr. Er musste die zitternde rechte Hand mit der Linken umklammern, um den Schlüssel ins Schloss zu bringen, trotzdem gelang es ihm erst beim dritten Versuch.

In den Stunden zuvor war ihm nichts aufgefallen. Er hatte gewartet, bis der einzige Gast gegangen war, in den Regen hinaus, etliche Minuten nach der Schließzeit, aber Stoll hatte nicht drängen wollen. Er hatte dem Gast noch die Tür aufgehalten, ein paar Worte mit ihm gewechselt, das Aprilwetter, die Kamelien, und die Nachricht des Tages: Johannes Paul II. war gestorben. Danach hatte Stoll den Besuchereingang verschlossen, die Abrechnung beendet, die Bücher auf dem Verkaufstresen gerade gerückt, er hatte einen letzten Blick auf die Pflanzen geworfen, bevor er im Café das Licht ausgeschaltet hatte. Aber dann hatte er die Tür zum Verwaltungstrakt kaum aufschließen können.

Als er endlich draußen stand, auf dem Vorplatz neben seinem Fahrrad, ließ der Regen nach, nur einzelne Tropfen schlugen noch in den Pfützen auf. Doch der Wind blies weiter, Stoll erinnerte sich an die Sturmwarnung. Es war schon dunkel, die nächste Laterne flackerte, er sah auf seine Finger hinunter, die sich nun wieder normal anfühlten. Was war denn das gewesen? Er scheute sich davor, das Fahrrad zu besteigen, auf den sandigen, nassen Parkwegen den Lenker gerade halten zu müssen, er vertraute der Kraft seiner Hände nicht mehr, offenbar konnten sie ihn von einem Moment auf den anderen im Stich lassen. Deshalb beschloss er, ein Stück zu schieben. Nicht nach Hause, sondern bergauf – bergauf fühlte sich besser an als bergab, bergauf brachte ihn ins Schwitzen, ließ ihn gegen den Wind kämpfen, lenkte ihn ab. Er mochte den Blick vom Trümmerberg hinunter auf sein Viertel. Oben angekommen lehnte er das Fahrrad gegen einen Baum, holte den Tabak aus der Tasche seiner gesteppten Jacke und drehte sich eine Zigarette. Er schlug den Kragen hoch, rauchte. Dort unten, ein Stück weiter links, lag das Haus, in dem er wohnte. Der Glutpunkt seiner Zigarette zitterte jetzt nicht.

Seit fast zwanzig Jahren arbeitete Stoll in der Orangerie. In dem großen, etwas heruntergekommenen Raum mit seinen bodentiefen Fenstern bildeten die Kübel ein Rechteck. Der Pflanzenbestand war mehrmals erweitert worden, nun wuchsen hier Lorbeerbäume, Agaven, Palmen, Hibiskusstämme, und natürlich Kamelien. Letztere blühten gerade.

Der Orangerieraum im rechten Flügel, das Café und die Verwaltung befanden sich im linken, der achteckige Eingangsbereich saß wie ein Scharnier in der Mitte. In diesem Eingangsbereich stand Stolls Tresen mit den Eintrittskarten und der Kasse. Auch hier waren die Fenster beinahe so hoch wie das Gebäude, viel Glas, staubiges Licht. Auf einem langen Tisch lagen Bücher, Broschüren, die Stoll verkaufen sollte, außerdem Zitronenseife, teure Orangenkekse, mit zarten Blüten bedrucktes Briefpapier. Das Café wurde nicht separat bewirtschaftet, Stoll hatte ein Auge darauf und kassierte das Geld, wenn jemand etwas essen wollte. Aber es kamen nur wenige Gäste, im Winter manchmal den ganzen Tag lang kein Mensch. Dann stellte sich Stoll in den Eingang, rauchte, sah in den Park hinaus – die halb geöffnete Tür hatte schon oft Spaziergänger auf die Orangerie aufmerksam gemacht. Der Eintrittspreis war symbolisch, auch drei Jahre nach der Euroeinführung dachte Stoll noch: eine Mark. Tatsächlich waren es jetzt fünfzig Cent.

Links das Café, und dahinter die Räume der Stiftung, hier saßen die Direktorin, außerdem die Frau, die für Forschung, Planung, Denkmalpflege zuständig war, der Techniker, die Bibliothekarin, die Sekretärin. Hier saßen sie alle, außer Stoll. Die Tür zwischen dem Café und dem Verwaltungsbereich, das war die Tür, mit der er an diesem Abend Probleme gehabt hatte.

Wie an jedem Tag hielt er auf dem Heimweg am Kiosk an der Straßenecke. »Ach«, sagte Hermann, »unser Dichter.« Und dann fragte er: »Wie immer?«, wobei man das Fragezeichen nicht hören konnte. Wie immer, das bedeutete: zwei. Zwei Bier, eins zum Hiertrinken, eins zum Mitnehmen. Der Unterschied zwischen dem zum Hiertrinken und dem zum Mitnehmen bestand darin, dass das erste Bier bereits geöffnet war. Hermann hatte es sich zur Regel gemacht, selbst keinen Alkohol anzurühren, während er in seinem Kiosk stand. Trotzdem trank er gern etwas mit, an diesem Abend Kaffee, schwarz wie Schlamm aus dem Garten, aus einer winzigen Plastiktasse. »Prost«, sagte er, »windig ist es.« »Hm«, sagte Stoll, stützte die Arme auf die weiße Plastikfläche vor dem Verkaufsfenster. Hermann schaute ihn prüfend an, nickte endlich. So ein Nicken, das war bei ihm ein freundliches Lächeln, auch ohne dass sich die Mundwinkel hoben. Man musste das wissen, dann kam man gut mit Hermann zurecht, und Stoll wusste es schon lange, er kannte ihn, seit er ins Viertel gezogen war. »Ist was?«, fragte Hermann. »Hm«, sagte Stoll. In der Straße wurden Rohre verlegt, er kniff die Augen zusammen, Haufen aus Erde und Asphaltbruch, ein verlassener Bagger. Er trank den nächsten Schluck, Hermann beugte sich aus dem Schiebefenster, von der Hauptstraße lief eine junge Frau auf sie zu, die Hände tief in den Taschen vergraben, blonde Locken wehten ihr in alle Richtungen um den Kopf. »Bei dem Sturm«, sagte sie zu Hermann, als sie den Kiosk erreicht hatte, »gibt's nur mein Sofa und den Fernseher. Ich nehme die Chips da … ach, und zwei von den Roten.« Sie zeigte auf eine der Boxen hinter der Scheibe, in der lange, giftigrote Fruchtgummischlangen lagen. Hermann, breit, kräftige Schultern, angelte die Schlangen heraus, er wirkte in seinem Kiosk immer, als müsste er sich ducken, um genügend Platz zu finden. »Das ist er«, sagte er, verschloss die Tüte, wies auf Stoll, »der Dichter, von dem ich dir erzählt habe.« Die Frau hob den Kopf, lachte Stoll breit an. »Hi, ich bin Anne.« Schnell hatte sie die nötigen Münzen im Portemonnaie zusammengesucht und ihre Chipstüte unter den Arm geklemmt. »Tschüss, Hermann.«

Sie sahen ihr hinterher. Stoll drehte seine Bierflasche um, ließ die letzten Tropfen herauslaufen, reichte die Flasche in den Kiosk zurück. »Die mochte dich«, erklärte Hermann ernsthaft. »Quatsch.« »Doch, doch.« Nein, die Frau war viel zu jung für Stoll, und außerdem … für so etwas hatte er keinen Kopf, heute noch weniger als sonst. Er winkte ab, schob sich das zweite Bier in die Jackentasche, nahm sein Fahrrad, klopfte mit den Fingerknöcheln auf die Fensterbank. »Mach es gut hier.« Hermann verzog keine Miene: »Ich mach es immer gut.«

An einem Vormittag Ende April passierte es ein zweites Mal. Es passierte, als die Bibliothekarin einen Stoß veralteter Broschüren ins Archiv bringen wollte, sie lächelte, sagte: »Bitte, könnten Sie …«, und Stoll griff sich sein großes Schlüsselbund vom Tresen und ging ihr durchs Café voraus. Für die Tür mit dem Knauf, die den öffentlichen Bereich von den Verwaltungsräumen trennte, besaßen nicht alle Stiftungsangestellten einen Schlüssel. Eine von Stolls Aufgaben war es, mehrmals am Tag freundlich, schnell und unauffällig diese Tür aufzuschließen. Doch diesmal, im Rhythmus auf beängstigende Weise mit dem Brummen des Kaffeeautomaten übereinstimmend, begann seine Hand erneut zu zittern. Geistesgegenwärtig tat er so, als könnte er das Schlüsselloch nicht erkennen, er beugte sich vor und verdeckte mit seinem Körper die Sicht. Ihm brach der Schweiß aus. Während die Bibliothekarin plauderte, etwas über die Ausstellung sagte, die sie vorbereitete, musste Stoll wieder die rechte Hand mit der linken stützen. Endlich gelang es ihm, den Schlüssel herumzudrehen. Er spürte die Nässe in den Achselhöhlen; als er sich aufrichtete, wurde ihm leicht übel. Die Bibliothekarin rief: »Herzlichen Dank!«, war schon weg, und danach stand Stoll sekundenlang da. Schließ ab, sagte ihm sein Kopf vor, schließ die Tür wieder ab, schließ sie ab. Schließ ab! Aber er musste ja gar nicht abschließen, die Tür nur zurück ins Schloss drücken. Zuletzt tat er es, zog den Schlüssel heraus, setzte sich rasch auf einen Stuhl im Café.

Stoll starrte die Flyer an, die auf dem Tisch lagen und zu

einer der Lesungen einluden, die hier manchmal stattfanden. Bei diesen Veranstaltungen gab er sich immer Mühe, nicht hinzuhören, nicht darüber nachzudenken, was heutzutage alles gedruckt wurde. Die Direktorin wusste, dass er Ahnung von Literatur hatte, vor Jahren hatte er sogar einen schmalen Band bei einer kleinen Verlagsbuchhandlung veröffentlicht – aber zum Glück fragte ihn niemand nach seiner Meinung.

Stoll starrte die Flyer an, bis sie ihm vor den Augen verschwammen.

In den Stunden danach ging er durch den Orangerieraum und suchte nach abgefallenen Blättern, die er aufsammeln konnte, immer wieder ging er herum, suchte und fand nichts. Es war eben nicht Herbst. Er hatte so sehr gehofft, das Problem mit der Tür würde nie wieder auftreten. Aber nun, an diesem Tag, plötzlich … Er hätte jetzt gern etwas Körperliches getan, alle Pflanzkübel nach draußen geschafft, doch dafür war es zu früh, erst im Juli und August wurde die Orangerie als Ausstellungsraum genutzt. Das Niveau der Ausstellungen entsprach dem des literarischen Programms, Stoll dachte oft: Es gab eben Leute, die Kunst machten – und Leute, die Künstler sein wollten, aber Kunst nur simulierten.

An diesem Nachmittag verkaufte er zwei Bücher, kaum Postkarten, keine einzige Packung Orangenkekse. Er war nervös. Auch seine Gedanken waren nervös. Er wusste, dass er mit seiner Stelle Glück gehabt hatte. Er wusste ebenfalls: Das größte Glück war, dass bisher niemand infrage gestellt hatte, was er tat; man hätte ihn leicht durch ein Drehkreuz mit Münzapparat ersetzen können oder auf die geringen Einnahmen komplett verzichten. Der Haustechniker kam vorbei, holte sich ein Stück Kuchen aus dem Café, aber er besaß ein eigenes vollständiges Schlüsselbund und benutzte es auch. Stoll atmete auf, als die Öffnungszeit fast vorüber war. Die Direktorin steckte den Kopf durch die Tür, winkte, wünschte einen schönen Feierabend und sagte: »Wir sind dann weg, Herr Stoll, Sie schließen bitte scharf, ja?« Stoll nickte und lauschte, bis nichts mehr zu hören war. Er zählte das Wechselgeld dreimal nach, dann konnte er den Heimweg nicht länger aufschieben. Wie an jedem Abend schloss er zuerst den Haupteingang ab, das Gebäude musste seitlich verlassen werden. Der Haupteingang bereitete keine Schwierigkeiten, aber Stoll blieb misstrauisch, nahm die Kasse unter den Arm, ging ins Café, schaltete die Kaffeemaschine aus. Er atmete hektisch, hörte sich keuchen. Es ging nicht. Er stellte die Kasse auf dem Boden ab. Der Schlüssel in seiner Hand schien nach links und rechts auszuschlagen. Obwohl er immer noch vor ihr stand, kam es Stoll vor, als würde er mit voller Kraft gegen diese Tür anrennen, oder gegen eine unsichtbare zweite, zu der ihm der Schlüssel fehlte. Als er es endlich doch schaffte, aufzuschließen, standen ihm Tränen in den Augen. Ungeschickt hob er die Kasse hoch, stemmte dabei die linke Hand gegen die Tür, damit sie nicht wieder zuschlug. Während er das Gemeinschaftsbüro durchquerte, die Kasse zu dem Schrank brachte, in dem sie über Nacht aufbewahrt wurde, saß ihm das Gefühl im Nacken, beobachtet zu werden. Vielleicht war jemand zurückgeblieben, zum Beispiel die Bibliothekarin, die ständig Überstunden machte. »Hallo?«, rief Stoll, aber niemand antwortete. Er verließ den Raum durch die Tür in der Ecke, die zum Glück nie abgeschlossen wurde, hier führte ein schmaler Gang zur Teeküche, auf dem Tisch stand ein Teller mit vergessenen Keksen.

Stolls Jacke hing am Garderobenhaken neben dem Ausgang. Er öffnete die Abdeckung der Alarmanlage, suchte nach dem richtigen Schlüssel und holte tief Luft. Jetzt kam es darauf an. Das hier war wichtiger, als es die andere Tür je sein konnte. Er wusste nicht, ob seine Finger zitterten, weil sie zitterten, oder aus Angst davor, dass er nicht in der Lage sein würde, die Alarmanlage zu aktivieren und das Gebäude abzuschließen.

Erst zehn Minuten später stand Stoll draußen neben seinem Fahrrad. Er hatte schon geglaubt, aufgeben zu müssen. Aber wen hätte er anrufen sollen, die Direktorin? Und was hätte er sagen sollen? »Entschuldigen Sie, ich habe Probleme mit den Türen?«

Noch zittrig machte er sich auf den Weg nach Hause; alles, woran er denken konnte, war, dass er die nächsten beiden Tage frei hatte. Dieses Freihaben kam ihm wie eine Befreiung vor. Er konnte in seiner Wohnung sitzen, einen frischen Notizblock vor sich, den gespitzten Bleistift in der Hand. Er konnte rauchen und eine gute Flasche Rotwein öffnen und Stunde um Stunde nachdenken, sich Notizen machen, bis nur noch ungewöhnliche Gedanken übrig waren, keine abgedroschenen und ausgeblichenen mehr, bis er die Sprache gefunden hatte, um diese Gedanken in Worte zu fassen, bis jeder Vokal an der richtigen Stelle saß und nach etwas klang, das ein anderer geschrieben hatte als Stoll.

Er vergaß, am Kiosk zu halten, hob nicht einmal die Hand, als er vorbeifuhr. Das war noch nie passiert, und es fiel Stoll nach wenigen Metern auf, er verlangsamte, drehte sich auf dem Fahrrad halb um. Hermann hatte den Kopf aus dem Schiebefenster gestreckt und schaute ihm nach. »He«, rief er fragend, »he, Stoll!« Stoll zögerte. Aber dann sah er wieder nach vorn, trat bloß schneller in die Pedale. Hermann würde die Achseln zucken und sich um andere Kunden kümmern, es war doch egal, wenn er einmal zwei Flaschen Bier weniger verkaufte. Nach Hause, nur nach Hause.

Dort ging er als Erstes ins Bad, zog sich das durchgeschwitzte Hemd über den Kopf, auch das T-Shirt, das er darunter getragen hatte. Er stopfte beides tief in die Tonne mit der Schmutzwäsche, atmete durch. Seit er die Wohnung betreten hatte, ging es ihm besser. Alltag, Sicherheit. Er sah in den Kühlschrank, fing an, Suppengemüse, Kartoffeln und Wirsing für einen Eintopf zu schneiden. Am Schluss kamen zwei in Scheiben zerteilte Bregenwürste in den Topf. Stoll aß im großen Zimmer, wie jeden Abend mit einem aufgeschlagenen Buch neben dem Teller, beim Essen wuchs der Appetit, und er holte sich bald eine zweite Portion.

Er liebte die Wohnung, in die er vor wenigen Jahren gezogen war. Die Miete war eigentlich zu teuer, aber Stoll besaß kein Auto, verreiste nie, und außer Tabak, Bier, Wein und ab und zu einem neuen Notizblock brauchte er nicht viel. Er kaufte besonders schöne Blöcke, quadratisch, mit grünen Streifen am linken und rechten Rand, festes, vergilbt aussehendes Papier, französischer Aufdruck.

Die Wohnung hatte ihm schon bei der ersten Besichtigung gefallen. Die Nebenräume machten nicht viel her, sie waren klein. Beim Einzug versuchte Stoll, dort möglichst viele Möbel unterzubringen, so kam es dazu, dass im Schlafzimmer zwei Schränke nebeneinanderstanden, was alles noch enger wirken ließ. Aber das war notwendig, um das Wohnzimmer, den Hauptraum, so frei wie möglich zu halten. Den

Raum, in dem Stoll an seinen Gedichten arbeitete, in dem er zwischen Bücherregalen lebte. Das Wohnzimmer zu betreten war ihm noch immer jeden Tag ein Fest. Das Fenster nahm zwei Drittel der Wand ein, die Balkontür schloss direkt an. Den Balkon bepflanzte er in jedem Frühjahr neu, er wollte nichts, was überwinterte, vom Überwintern bekam er in der Orangerie genug mit. Lieber sechs Monate lang eine Explosion vor dem Fenster, da wuchs dann alles durcheinander, die blaue Fächerblume, Begonien, Elfensporn. Sobald es warm wurde, saß Stoll draußen, abends beleuchtete eine Petroleumlampe seine Notizen. Den langen Tisch im Wohnzimmer bedeckten Zettel, Bücher und Stifte, auch wenn er immer versuchte, wenigstens eine Ecke freizuhalten. Er hätte an diesem Tisch acht Leute bewirten können, aber er hatte selten Gäste; es hatte Jahre gebraucht, bis er sich eingestand, dass er am liebsten allein war. Mit sich selbst langweilte er sich nie. Andere Leute zu treffen hingegen, das barg ein Risiko, dann gab es keine Garantie für einen gelungenen Abend.

Während er den Teller kippte, um ihn besser auslöffeln zu können, erinnerte sich Stoll an eine Nacht, in der er nicht hatte einschlafen können. Weit nach eins war er wieder aufgestanden und hatte den Fernseher angeschaltet. Ein Moderator saß mit einem Kopfhörer auf den Ohren im Studio, bekam Anrufe, die Sendung war bald vorbei, es wurde nur noch das Thema der nächsten angekündigt. Darin sollte es um verschiedene Ängste gehen, unter anderem auch um Menschen, die sich davor fürchteten, von einer Ente beobachtet zu werden. Stoll konnte kaum glauben, dass es so etwas gab, aber der Moderator wusste den Fachbegriff, wiederholte ihn mehrfach, eine komplizierte lateinische Bezeichnung.

In der Nacht nach dem Tag, an dem das Problem mit den Türen zurückgekehrt war, schlief Stoll tief und traumlos. Obwohl er den Wecker nicht gestellt hatte, wachte er zur üblichen Zeit auf, genoss es aber, noch eine Weile liegen zu bleiben, auf der Straße unter seinem Fenster unterhielten sich zwei Nachbarinnen. Endlich ging er in T-Shirt und Boxershorts in die Küche, machte sich einen Kaffee, wie er ihn mochte. Mit den Milchgetränken, die gerade in Mode kamen, konnte er nichts anfangen, hatte es mal mit einem Latte macchiato versucht, war aber das Gefühl nicht losgeworden, dass man vergessen hatte, der Milch am Ende noch den Espresso hinzuzufügen. Nein, Stoll trank seinen Kaffee schwarz und ohne Zucker. Er stellte den Filteraufsatz direkt auf eine große Tasse, gab reichlich Pulver ins Papier und ließ das kochend heiße Wasser langsam durchlaufen.

Im Wohnzimmer schien die Sonne durch die Scheiben, er setzte die Tasse auf dem Fensterbrett ab, drehte sich zum Kaffee die erste Zigarette. Glückliche Stunden, er liebte Tage wie diesen. Irgendwann duschen, die Boxershorts wechseln, Jeans anziehen und einen Pullover, aber vorher hatte er sich schon hier und da festgelesen, festgeschrieben. Er suchte ein halb fertiges Gedicht heraus, an dem er weiterarbeiten wollte. Manchmal kam ihm das Schreiben vor wie ein Puzzle, hier ein Wort anlegen, dort eins wegnehmen – und plötzlich, ohne Plan, war das Bild vollkommen. Meist hielt die Vollkommenheit allerdings nur bis zum nächsten Tag.

Am liebsten hätte er nie etwas anderes getan. Es ging ihm nicht ums Veröffentlichen, auch wenn er in Abständen versuchte, aus einem Zyklus doch wieder einmal ein Buch werden zu lassen. Es ging um das Gefühl: Sobald Stoll an seinem Tisch saß und schrieb, kam es ihm vor, als wäre das etwas,

was er konnte, wofür er ein echtes Talent besaß. Für das, was er in der Orangerie tat, brauchte man kein Talent.

Ein glücklicher Tag, zwei glückliche Tage. Für das Gedicht fand Stoll eine neue letzte Zeile, die ihm gut gefiel. Er rauchte und dachte kurz an die Frau, die er vor Hermanns Kiosk gesehen hatte. Auch an den beiden freien Tagen hatte er seinen üblichen abendlichen Besuch ausfallen lassen, er hätte selbst schwer sagen können, warum. Überhaupt verließ er die Wohnung kein einziges Mal, ernährte sich von dem, was der Küchenschrank hergab. Wenn er Hunger bekam, machte er sich einen Teller Blutwurstbrote und aß sie im Stehen, während er auf und ab ging und über die nächste Formulierung nachdachte. Stoll war weg, oder vielmehr: Er war ganz hier.

Die gute Laune hielt bis zum frühen Abend des zweiten freien Tages, so lange schaffte er es, nicht darüber nachzudenken, dass er wieder in die Orangerie musste. Aber dann, von einer Sekunde zur anderen, ließ sich das Verstreichen der Stunden nicht mehr ignorieren. Wie würde der nächste Tag ablaufen? Würde er überhaupt in der Lage sein, das Gebäude aufzuschließen? Das Schlüsselbund, das im Flur auf der Kommode lag, wurde immer größer und schwerer. Im Verlauf des Abends rauchte Stoll zu viel, und er trank zu viel Rotwein. Er hatte gehofft, der Wein werde ihn beruhigen, aber das Gegenteil war der Fall, er konnte sich auf nichts konzentrieren, bekam Sodbrennen, musste schmerzhaft aufstoßen. Obwohl er schon wusste, dass an Schlaf nicht zu denken war, ging er ins Bett – und tatsächlich wälzte er sich nur hin und her. Die meiste Zeit hielt er nicht einmal die Augen geschlossen, denn sobald er sie zumachte, rauschte das Blut in seinen Ohren lauter und lauter.

Zwanzig Jahre lang war er mit seinem Fahrrad in die Orangerie gefahren, hatte getan, was man dort von ihm verlangte, wahrscheinlich hatte er es gut getan. Die Besucher mochten es, wenn er sie an der Kasse noch auf bestimmte Bücher hinwies oder auf den Apfelkuchen im Café. Und Stoll war zuverlässig, hatte sich nur abgemeldet, wenn es wirklich nicht anders ging – im Zweifelsfall hatte er lieber einen Tag lang mit wackligen Knien hinter dem Tresen gestanden.

Er drehte sich auf die andere Seite. In seinem Schlafzimmer war es so dunkel, dass er die Wände nur erahnen konnte, sie rückten näher. Stoll dachte an Hermann, der ebenfalls nie krank war, Tag und Nacht traf man ihn in seinem Kiosk. Natürlich nicht die ganze Nacht, aber bis elf wartete er immer auf die Schichtarbeiter der umliegenden Straßen und am Wochenende auf die Jugendlichen, die zu ihren Partys aufbrachen. Manchmal brannte um eins noch Licht, Hermann brauchte wenig Schlaf. Eine Zeit lang hatte er eine Aushilfe beschäftigt, eine junge Türkin – nicht nur Stoll hatte ihm gesagt, dass er kürzertreten solle, niemand könne rund um die Uhr arbeiten. Aber die Umstellung hatte Hermann nicht gefallen, schon nach kurzer Zeit stand er wieder selbst hinter der Kasse. »Ich habe doch nur den Kiosk«, sagte er, »was soll ich denn mit mir anfangen, wenn ich nicht hier bin.«

Stoll setzte sich auf und knipste die Nachttischlampe an, sein Atem ging zu schnell. Er konnte sich nichts Schlimmeres vorstellen, als am Morgen, in wenigen Stunden, in die Orangerie zu gehen – er konnte sich aber auch nichts Schlimmeres vorstellen, als *nicht* in die Orangerie zu gehen, denn wohin sollte das führen? Die Stiftung war nicht auf ihn angewiesen, die Direktorin würde ihm umgehend kündigen.

Wenn Stoll diese Stelle verlor … Was sollte er dann tun? Er konnte nichts anderes. So viele Jahre hatte er sich Tag für Tag in den Park aufgemacht, aber diese Erfahrung als – ja, als was eigentlich – *Tresenkraft* und *Mann für alles*, sie zählte überhaupt nicht. Für den Arbeitsmarkt galt jemand wie Stoll als ungelernt. Seine Ausbildung zum Tischler lag so lange zurück, dass es sich wie ein anderes Leben anfühlte.

Nie, dachte Stoll, werde ich etwas Neues finden, mit Anfang fünfzig. Ans Amt werde ich mich wenden müssen, und dann werden sie mich zwingen, die Wohnung aufzugeben, weil sie zu groß und zu teuer ist. Die Zeitungen waren voll mit den neuen Gesetzen und mit dunklen Visionen von allem, was passieren konnte. Und es würde noch schlimmer werden, 2005 war nicht der Höhepunkt, da bahnte sich etwas an. Alles drehte sich immer mehr nur ums Geld. Stoll sah sich Müll aufsammeln für einen Euro die Stunde, er sah sich … Ich kann nicht, dachte er, aus der Wohnung weg, ich kann nicht weniger leben als dieses Leben, das ich mir hier – endlich – eingerichtet habe. Er hatte nicht das Gefühl, etwas Unangemessenes zu verlangen. Er wollte in dieser Wohnung sitzen und an Gedichten arbeiten, hatte die Räume in dem Wunsch bezogen, dass es die letzten sein sollten: Aus diesem lichtdurchfluteten Wohnzimmer mit dem blühenden Balkon wollte Stoll mit den Füßen voran hinausgetragen werden. Er hatte keine Angst vorm Sterben, nur vor einem Leben, dem er nicht gewachsen war.

Immer noch saß er aufrecht, das Kissen schien mit Sägespänen gestopft zu sein. Stoll schaltete die Lampe nicht wieder aus, obwohl er eigentlich dringend versuchen musste, ein paar Stunden Schlaf zu bekommen.

Er dachte an die Orangerie. An den staubigen Blättergeruch, die kriechende Kälte im Winter, auch in den Räumen, in denen keine Pflanzen standen. Er dachte an seinen Tresen mit dem Sprung in der Glasplatte, dachte an die leeren Kaffeesahnebehälter, die im Café auf den Tischen zurückblieben. Er dachte an die Besucher, an das Lächeln, das er von morgens bis abends auf dem Gesicht trug, die immer gleichen Sätze, die er sagte: *Die Toiletten finden Sie, wenn Sie rechts ums Haus herumgehen. Darf ich Ihnen noch unser Jahresprogramm mitgeben?* Warum musste Stoll diese Arbeit machen, warum gab man ihm nicht die Summe, die er zum Leben brauchte, und ließ ihn ansonsten in Ruhe? Er konnte der Gesellschaft versprechen, dann dankbar, zufrieden, ja sogar glücklich zu sein. War das nichts?

Stoll dachte: Ich hasse die Orangerie. Darin bestand der Unterschied zwischen ihm und Hermann. Hermann lebte für seinen Kiosk – Stoll ging bloß arbeiten, um leben zu können. Er sah zu seinen Füßen hinunter, unförmige Hügel unter der Daunendecke. Und so, im Sitzen, mit den Schultern an der Wand, bei Licht, schlief er gegen vier ein.

Wenige Stunden später betrachtete Stoll im Spiegel im Bad seinen Rücken. Dazu drehte er sich seitlich, schob die Schultern vor und zurück. Der Nacken wurde von Jahr zu Jahr dicker, der Rücken runder, nach einer Nacht im Sitzen taten ihm jeder Knochen und jeder Muskel weh. Er stöhnte und stellte sich unter die heiße Dusche, er war spät dran. Nicht mehr nachdenken, sagte er sich, jetzt geht es einfach los. Er trank den Kaffee im Stehen, ließ aber das Marmeladenbrot liegen, obwohl er es sich extra geschmiert hatte, plötzlich fand er die klebrige Süße eklig.

Wie an jedem Arbeitstag schloss Stoll sein Fahrrad von der

Laterne vor dem Haus los, wie an jedem Arbeitstag setzte er seine Schirmmütze auf, klemmte die Tasche auf den Gepäckträger, schwang sich in den Sattel. Vorwärts, sagte er sich. Und er trat die Pedale durch, wie an jedem Arbeitstag, und … wäre beinahe gestürzt. Auf Höhe des Kiosks. Er schaffte es gerade noch abzusteigen, taumelte, das Fahrrad fiel auf die Straße. Plötzlich hatte Stolls Puls begonnen, verrücktzuspielen, er spürte das Rasen im Hals. Konnte nicht richtig atmen, rang nach Luft, sein Mund wurde schrecklich trocken, der Magen verkrampfte sich, ebenso die Hände, die Lippen kribbelten. Stolls Kopf war vollkommen leer, und die Häuser, Zäune und Hecken, die er doch kannte, rückten weit weg, schienen halb durchsichtig. Das Einzige, was er stark wahrnahm, war ein brennender Schmerz im Brustbereich, der in den linken Arm hineinzog. Ein Herzinfarkt, dachte Stoll, natürlich ist das ein Herzinfarkt, jetzt sterbe ich also.

Wie durch fallenden Schnee hindurch – so ein Unsinn, es war schon fast Mai – sah er Hermann aus seinem Kiosk herausstürzen. Kaum bekam er mit, wie er in den kleinen Verkaufsraum hineingezogen, hineingeschleppt wurde. »Langsamer atmen«, sagte Hermann. Stoll dachte: Was? Hermann ließ ihn zu Boden rutschen, lehnte ihn mit dem Rücken an einen Schrank, fluchte, schien etwas zu suchen, Stoll sah von unten durchs Verkaufsfenster ein Stück Himmel, Hermann drückte Stoll seinen Unterarm über Mund und Nase, rief: »Verdammt, hör auf zu atmen!« Nicht atmen? Dann starb er doch erst recht! Stoll schmeckte Wolle, Fussel gerieten in seinen Mund, und er war überzeugt davon, ohnmächtig zu werden. Aber da hatte Hermann endlich die Papiertüte gefunden. Er hielt sie Stoll an Mund und Nase, ließ ihn hineinatmen, und schon nach ein paar Sekunden klärte sich etwas in Stolls Kopf.

Sie saßen lange auf dem Kioskboden, einander gegenüber. Wegen der Enge musste Hermann die Beine anziehen. Das Verkaufsfenster war bis auf einen schmalen Spalt geschlossen, ein Heizlüfter lief, blies trocken in ihre Gesichter. Stoll erzählte Hermann, was passiert war, vom ersten Zittern an. »Man kann doch«, fragte er, »nicht plötzlich Angst vor Türen haben?« Hermann bewegte die Schultern hin und her. »Man kann Angst vor allem haben«, sagte er, »ein Cousin von mir, der hatte Angst vor Pudding, kaum vorstellbar, aber so war es. Und du hast ja nicht Angst vor *allen* Türen. So wie ich das verstanden habe, ging es erst nur um *eine* Tür, das andere war doch bloß eine Folge. Jetzt musst du herausfinden, was diese Tür bedeutet. Ist dir eine verschlossen? Oder solltest du eine schließen? Musst du in deinem Leben durch eine neue Tür gehen und eine andere Richtung einschlagen? Oder es ist nötig, dass du jemanden vor die Tür setzt ... Es gibt ganz sicher eine Erklärung, auch mein Cousin hat herausgefunden, wofür der Pudding stand. Oder besser: was hinter dem Pudding stand. Öffne die Tür zu deiner Vergangenheit, Stoll, und frag dich ... Hast du dich als Kind mal in einem Haus mit vielen Türen verlaufen?«

Stoll musste laut lachen, das hätte er eine Viertelstunde zuvor nicht für möglich gehalten. Hermanns Gesicht blieb wie immer unbewegt, aber er streckte den Arm aus, schlug Stoll auf die Schulter, er musste sich dafür kaum vorbeugen. Gegen seinen Willen war Stoll von Hermanns Vortrag beeindruckt, er hatte ihn noch nie so lange am Stück sprechen hören. »Wie redest du denn plötzlich?«, fragte er. Ohne hinzusehen deutete Hermann auf die schmale Wand mit den Zeitschriften. »Denkst du, ich verkaufe das Zeug nur? Ich lese die, jede einzelne, von vorn bis hinten. Aus Frauenzeitschriften lernt man eine Menge.«

Sie saßen auf dem Fußboden, auf Stücken von altem Kunststoffbelag, Stoll fror, auch wenn der Heizlüfter seine Augen brennen ließ. Er sagte: »Vielleicht hast du recht. Ich denke mal drüber nach.« Über ihnen klopfte jemand gegen die Scheibe, und Hermann erhob sich bedächtig, öffnete das Fenster, suchte eine Packung Zigaretten heraus, zählte sorgfältig das Wechselgeld ab. Dann hockte er sich wieder auf den Boden, angelte vorher noch eine Tüte Kartoffelchips aus dem Ständer. Er riss sie auf, hielt sie Stoll hin. »Vielleicht auch was zu trinken?« Stoll atmete ruhig ein und aus. Sie aßen Chips, die Tüte knisterte, schließlich fragte Stoll leise: »Und jetzt?« Hermann dachte nach, bevor er antwortete. »Jetzt gehst du nach Hause, meldest dich krank, auch für morgen. Zwei Tage, nicht mehr und nicht weniger. Sag, du hast eine Erkältung. Eine Erkältung ist immer am glaubwürdigsten, eine Erkältung hat jeder ab und zu. Du ruhst dich aus, schläfst richtig durch. Hörst dir Musik an und gehst in die Badewanne.« »Ich habe«, sagte Stoll, »keine Badewanne.« Er lachte wieder, diesmal klang es wehmütig. »Frauenzeitschriften, was?«

Er trank eine Dose Zitronenlimonade, bevor sie sich verabschiedeten. »Heute Abend«, sagte Hermann, »holst du dir deine zwei Bier ab, verstanden? Bewahr mal die Ruhe. Aber ich sage dir: Ganz von allein verschwinden wird das nicht. Mein Cousin hat wegen des Puddings … egal. Da brauchst du Hilfe. Von außen. Sonst geht die Angst an der einen Stelle weg und taucht an einer anderen wieder auf.«

Zumindest mit Pudding, dachte Stoll, habe ich kein Problem.

Zwei Tage später fuhr Stoll wieder in die Orangerie. Die Sekretärin hatte ihm seine Erkältung abgenommen, am Telefon hatte sie gesagt: »Sie klingen wirklich nicht gesund, ich höre das schon an Ihrer Stimme. Kurieren Sie sich gut aus.« Stoll verlangsamte das Tempo nicht, als er am Kiosk vorbeiradelte, sah aber trotzdem, dass es nichts zu sehen gab. Die Jalousie war heruntergelassen, Hermann nicht da. Er konnte sich nicht daran erinnern, dass das schon jemals vorgekommen war, hoffentlich war alles in Ordnung. Auf dem Platz vor der Orangerie schloss er das Fahrrad an, und dann schloss er die Tür zum linken Flügel auf, und dann schloss er weiter eine Tür nach der anderen auf, und es ging gut.

Je mehr er durchstand vom Tag, desto stärker spürte Stoll die Erleichterung. Die einzige kritische Situation fiel in den Nachmittag. Die Direktorin hatte sich vergewissert, dass im Eingangsbereich alles gut präsentiert und noch jedes Buch vorrätig war. Stoll sortierte gerade eine Lieferung Postkarten ein, als sie sagte: »Herr Stoll, bitte, könnten Sie? Ich habe meinen Schlüssel nicht dabei.« Im Bruchteil einer Sekunde schoss ihm die einfachste, die naheliegendste Lösung durch den Kopf. Sein Schlüsselbund lag auf dem Tresen, und Stoll war ganz offensichtlich beschäftigt, stand gebückt vor dem Drehständer, die Postkarten in der Hand. Er musste nur sagen: »Könnten Sie sich bitte selbst, dort liegt der Schlüssel, ich bin im Moment …« Es würde ganz natürlich wirken. Die Direktorin würde freundlich nicken, die Tür – die fragliche, schwierige Tür – aufschließen, den Schlüssel samt Bund einfach stecken lassen.

Er drückte den Rücken durch. Doch im selben Moment … geschah etwas Eigenartiges. Die Eingangstür wurde aufgestoßen. Das war noch nicht eigenartig, eigenartig war, dass es sich bei dem Besucher um Hermann handelte. Stoll hatte ihn nie zuvor außerhalb des Kiosks gesehen. Mit zwei Schritten stand Hermann im Raum und schaute Stoll an, sagte fest: »Einmal Eintritt, bitte.« Stoll starrte zurück. Endlich legte er die Postkarten hin und antwortete: »Selbstverständlich, nur einen Moment, ich bin sofort bei Ihnen.« Er ging den Schlüssel holen.

Die Direktorin trug wertvoll aussehende, goldene Ohrringe mit großen Perlen. Stoll bemerkte die Ohrringe, während er aufschloss, sie mussten neu sein, er kannte sie noch nicht. Er schmeckte Wollfussel, dachte: Hör auf zu atmen. Aber seine Hände zitterten gar nicht, oder jedenfalls nicht so stark, dass es jemand hätte sehen können. Fast zärtlich griff Stoll nach dem runden Knauf über dem Schlüsselloch. Er hielt der Direktorin die Tür auf und hatte Lust, ihr ein Kompliment zu machen, die Ohrringe standen ihr. Aber bevor er den Mund aufbekam, hatte sie sich schon bedankt und war im Büro verschwunden.

Stoll drückte die Tür zu, dann drehte er sich zu Hermann um. »Eine Eintrittskarte? Im Ernst?« Hermann winkte ab: »Nee, lass mal. Ich musste doch irgendwas sagen.« Er war schon auf dem Weg zurück nach draußen. »Du machst das gut, Stoll. Mach so weiter.«

Als Stoll Feierabend hatte, stand Hermann auf dem Vorplatz unter den Bäumen. Er näherte sich Stolls Fahrrad. »Hermann«, sagte Stoll, dachte: *du verrückter Hund*, sagte: »Warst du den ganzen Tag hier?« »Na ja«, sagte Hermann, »nur heute, morgen nicht mehr. Dafür gehen wir jetzt einen trinken, und du zahlst.« »Ich dachte, du lässt die Finger vom Alkohol?« Hermann zog die Augenbrauen hoch: »Im Kiosk.

Aber wir gehen nicht in den Kiosk, wir gehen in die Kneipe. Mach hinne, ich hab Durst.«

Sie liefen nebeneinander her, mit weit ausholenden Schritten, sie schwiegen. Stoll schob das Fahrrad mit der rechten Hand, fühlte sich kraftvoller, jünger als in den Tagen davor. Die Sonne ging gerade erst unter, das Licht hing in der Luft, als könnte man es greifen, das Gras leuchtete. Er fuhr mit der Hand in die Jackentasche, suchte nach dem Tabak, sie blieben stehen, damit er sich eine Zigarette drehen konnte. Er leckte das Blättchen an, spuckte Krümel aus; als er den ersten Zug nahm, spürte er, wie ein Fetzen Papier an seiner Unterlippe hängen blieb. Hermann rauchte Marlboro, während sie weitergingen, im Viertel reflektierten die Hauswände noch die Sonne. »Und wohin jetzt?«, fragte Stoll. Hermann sagte nur: »Das siehst du dann schon.«

Er hatte gesagt, dass es nicht von allein verschwinden würde, und wahrscheinlich tat es das wirklich nicht. Pudding, dachte Stoll. Es ging an der einen Stelle weg und tauchte an einer anderen wieder auf. Aber nicht heute Abend. Er fühlte sich gut, erinnerte sich an zwei Zeilen aus einem neuen Gedicht, die ihm Kraft gegeben hatten. Sie hielten vor einer Kellerkneipe, die Stoll vom Vorbeilaufen kannte, in die er aber noch nie hineingegangen war. »Das ist der Ort«, sagte Hermann, »an dem man in diesem Viertel trinkt, es gibt keinen anderen.« Drinnen steuerte er mit Stoll auf einen Tisch in der Ecke zu, neben dem Spielautomaten, weit entfernt von der Bar. Aber der Tisch war nicht leer; als sie sich näherten, stand eine Frau auf und beugte sich vor, um sie zu begrüßen. »Oh«, sagte Stoll überrascht. Es war die Frau, die damals während des Sturms zum Kiosk gekommen war. Anne lachte: »Da seid ihr ja endlich, Hermann hat schon vor einer halben Stunde angerufen.« Sie lachte offenbar gern, die Fröhlichkeit lag als Kranz um ihre Augen, obwohl der Rest des Gesichts noch fast faltenlos war.

Bier, später Wodka. Auf dem Tisch brannte eine Kerze. Das Klingeln des Spielautomaten vermischte sich mit der Musik aus den Lautsprechern, dem Lärmen an den Tischen um sie herum. »Auf alle Türen dieser Welt!« Anne hob ihr Glas, kannte nun die ganze Geschichte. Stoll schmeckte dem Wodka nach, sagte: »Man feiert viel zu selten.« Nur Hermann blieb so nüchtern wie immer, Anne stieß ihn an: »Hermann, lach doch auch mal!« Er hob die Schultern, fragte: »Wozu? Was soll das denn bringen?«

Und es lag daran, wie Anne die Haare hinter die Ohren gestrichen und ihm zugehört hatte, sich konzentriert hatte, bis es aussah, als würden ihre Ohren beim Zuhören wachsen – es lag an Hermanns sturer Ernsthaftigkeit, seinem blassen Gesicht und der Art, wie er trank, den Wodka genau wie den Kaffee im Kiosk – es lag an all dem, dass Stoll plötzlich wusste, was die Tür bedeutete. Nach dem dritten Bier und dem zweiten Wodka sah er ganz klar. Aus der einen Richtung, vom Verwaltungstrakt aus, ließ sich die Tür immer öffnen, nur auf Stolls Seite brauchte man einen Schlüssel. »Ah«, sagte Anne, »eine Schleuse. Hier die, die's geschafft haben …« Stoll führte den Satz fort: »… und auf der anderen Seite: nur ich. Und jeder darf mir sagen, was ich tun soll.« Er war derjenige, der die Tür aufhielt, der *Bitte nach Ihnen* sagte. Er war morgens der Erste und abends der Letzte. Trotzdem musste er an jedem Monatsende rechnen, trotzdem reichte das, was er verdiente, nur geradeso zum Leben aus. Stoll war für die Türen verantwortlich, die ihm verschlossen waren. »Hm«, sagte Hermann. »Küchenpsychologie«, lachte Anne. »Trinken wir noch einen?«, fragte Stoll. Und während er die Hand hob, der Bedienung winkte, drei Finger in die Luft streckte – während er sich seltsam getröstet fühlte und dachte, dass alles gar nicht so schlimm war –, da sagte Hermann plötzlich: »Man muss eben eine Bombe werfen. Das ganze Schweinesystem anzünden.« Sie starrten ihn an. Stoll ließ die Hand sinken, Anne wirkte, als hätte sie sich furchtbar erschrocken.

Aber dann sah Stoll, zum allerersten Mal, seit er ihn kannte, dass Hermann lächelte. Sogar lachte, erst kurz, später lauter, heiser. Hermann lachte über Annes Gesicht und Stolls Verblüffung, er lachte, bis ihm die Tränen kamen, schlug sich mit beiden Händen auf die Oberschenkel. Ein Lachen, dem man sich nicht entziehen konnte, Anne gab zuerst nach, endlich lachten sie alle drei. Der Spielautomat klingelte. Die Kerze auf dem Tisch flackerte. Dann kam der Wodka.

Du kommst drüber weg

Weil ihm das Leben etwas schuldet, wie er findet. »Vielleicht bin ich anspruchsvoller als du«, Leonhard lässt seinen Blick nicht durch den Raum schweifen, er gestattet sich nicht einmal ein Blinzeln, »und deshalb findest du mich anstrengend. Die Frage ist aber doch, was das über dich aussagt. Was für Freunde willst du denn haben? Nur Jasager? Ich weiß, dass ich manchen Leuten zu viel bin – aber wenigstens bin ich jemand, dem klar ist, was er in seinem Leben will. Ich weiß, was mir fehlt.«

Leonhards fester Blick in die Augen seines Gesprächspartners, ein Blick, den er lange Jahre geübt hat – an Martin ist er verschwendet. Denn Martin schaut überhaupt nicht zurück. Stattdessen sieht er nach draußen, durchs Fenster in den Garten, und er wirkt dabei so entspannt, dass sich Leonhard verspottet fühlt. Zum ersten Mal denkt er, dass Martin zu Silke passen würde. Dass er vielleicht besser zu Silke passen würde als Leonhard selbst.

Sechs Jahre sind vergangen, seitdem sie geheiratet haben. Die Sonne scheint durch die Baumwollgardinen im Schlafzimmer und wirft ein mattes Licht auf die Vase auf Silkes Nachttisch, in die Leonhard am Vortag einen frischen Fliederzweig gesteckt hat. Kelchblätter wie aus Wachs, perfekte Glocken. Leonhard gähnt, zieht sich die Schaumstoffstöpsel aus den

Ohren und nimmt die Schiene aus dem Mund, die verhindern soll, dass er mit den Zähnen knirscht. Seit einiger Zeit äußert sich bei ihm alles körperlich. Vom Knirschen bekommt er Migräne, außerdem schleifen sich seine Schneidezähne ab.

Er streckt sich, ballt die Hände zu Fäusten. Silkes Bettseite ist bereits leer, wahrscheinlich ist sie duschen. Aber es gibt kein Geräusch in der Wohnung, kein Wasserrauschen, auch das Radio in der Küche ist aus. Leonhard steht auf, geht über den Flur und öffnet die Tür zum Bad. Nichts, nur Silkes nasses Handtuch hängt über der Heizung. Sie ist auch nicht in der Küche oder im Wohnzimmer. Also hat sie die Wohnung verlassen, obwohl er sich seinen Wecker auf die vereinbarte Zeit gestellt hat und sie zum Frühstück verabredet waren.

Barfuß läuft er zurück in die Küche. Den Tisch hat er schon am Abend gedeckt, mit weißen Tellern aus dünnem Porzellan, einer großen Tasse für Silkes Milchkaffee, einer kleinen für seinen Espresso, Orangensaftgläsern. Der noch leere Brotkorb steht neben dem Honigglas, und eine Vase gibt es, wieder mit Flieder darin.

Er hat die Wohnung nie gemocht. Er schaut sich um, die Küche ist winzig, außerdem haben sie hier ein Zimmer zu wenig. Durch die Fenster zieht es im Winter kalt herein, und der Vermieter lässt nicht mit sich reden. Die Wohnung, denkt Leonhard, ist nicht angemessen.

Er ruft Silke zuerst auf dem Handy an, aber das ist ausgeschaltet, dann versucht er es in der Kanzlei. »Hallo?«, fragt sie, obwohl sie doch auf dem Display sehen kann, wer dran ist.

»Wo bist du denn?« Plötzlich kommt ihm der Fliederdunst aufdringlich vor.

»Bernd hat mich herbestellt, und ich konnte sowieso nicht mehr schlafen.«

»Das glaube ich nicht, du warst völlig übermüdet. Außerdem wollten wir zusammen frühstücken.« Er glaubt auch nicht, dass Bernd Schoop, ihr Chef, angerufen hat, er wäre vom Klingeln des Telefons aufgewacht.

»Leonhard, was willst du denn?« Er kann ihren Ton nicht deuten.

»Ich wollte dir Rühreier mit Parmaschinken und Tomate machen, ich bin gestern extra zu Angelo gefahren, um den Schinken zu kaufen …«

Silke atmet aus. Bevor sie auflegt, sagt sie freundlich und weich, ganz wie immer, nur dass ihre Stimme nicht mehr so jung klingt wie früher: »Ich mache es wieder gut. Versprochen!«

Er kann sich noch gut an den Tag erinnern. Besser, als es ihm lieb ist. Er kam spätabends nach Hause, ein halbes Jahr nach der Hochzeit, Dezemberschnee unter den Stiefeln, er hatte sich mit Martin getroffen – er fand Silke in der Küche. Sie musste geduscht haben, ihre nassen Haare tropften. Und sie musste lange geweint haben. Ihre Augenlider waren so dick geschwollen, dass es aussah, als könnten sie platzen. Leonhard ließ alles fallen, stürzte zu Silke hin, aber sie versteckte sich hinter den Händen, wollte ihm nicht erzählen, was passiert war. Er nahm sie in die Arme, redete auf sie ein, sie weinte nur immer lauter, bis er sich hilflos fühlte und sogar darüber nachdachte, einen Arzt zu rufen. Es dauerte eine halbe Stunde, bis er das wenige, was sie sagen würde, aus ihr herausgebracht hatte.

Vor allem anderen sollte er ihr versprechen, dass er sie

liebte. »Und du musst mir glauben, dass ich dich auch liebe.« Erst der Ton ihrer Stimme machte ihn hellhörig.

Im Sommer zuvor war Silke neunundzwanzig geworden, genau wie er. Sie hatte ihr Jurastudium abgeschlossen, auch das Referendariat, aber dann zögerte sie, sich bei Kanzleien zu bewerben. Leonhards beruflicher Erfolg, der ihm damals schnell und mühelos gelungen war, schüchterte sie ein. Der Job bei der Zeitung langweilte ihn zwar, aber er fiel ihm leicht, und in der Redaktion interessierte niemanden, dass er sein Studium noch nicht abgeschlossen hatte. »Vielleicht«, sagte Silke, »bin ich einfach nicht besonders ehrgeizig, vielleicht ist Jura auch gar nicht das Richtige für mich.« Seit der Hochzeit schien ihr ohnehin schon müder Antrieb komplett eingeschlafen zu sein. »Du musst nicht arbeiten«, sagte Leonhard, »ruh dich doch erst mal aus.« Er mochte es, dass sie da war, wenn er nach Hause kam, dass er nie auf sie warten musste.

Den Sommer über saß sie oft stundenlang an einem der Tische des Straßencafés im Erdgeschoss. Es machte ihr Spaß, wenn die Touristen vor dem schmalen, denkmalgeschützten Haus stehen blieben, mit den Fingern zu ihrer Wohnung hochzeigten und sich laut fragten, wer da wohl lebte. Silke verbrachte den Tag im Café, oder in ihrer Wohnung, im Bett, sie schlief viel. Manchmal machte sich Leonhard Sorgen, wenn er aus der Redaktion kam und sie noch genauso auf dem Sofa lag, wie er sie am Morgen verlassen hatte, mit hochgelegten Beinen, ein Buch in Reichweite, aber sie las nicht, starrte nur aus dem Fenster. Dann scheuchte er sie hoch, und sie liefen gemeinsam durch die Stadt, standen am Kanal, sahen von der Brücke aufs Wasser hinunter. Sie waren ein schönes Paar, sie wurden von Fremden darauf angesprochen, Leonhard und Silke fielen auf. Er ging immer an ihrer linken Seite, und als es im Herbst kühler wurde, steckte er manchmal aus Spaß seine Hand mit in die Tasche ihres Wollcardigans. Den Cardigan hatte er ihr zum Geburtstag geschenkt. Er hatte auf ihn gespart und war stolz darauf, wie gut er Silke stand und dass er ihre Größe perfekt eingeschätzt hatte.

Zumindest hatte Leonhard gedacht, dass Silke die Tage im Café verbrachte oder im Bett. Bis zu jenem Dezemberabend, an dem er in seinem Wintermantel in der Küche stand und erfuhr, dass Silke ... seine Frau ... sie war mit jemandem mitgegangen. Sofort hatte er Bilder vor Augen. Aber sie ließ ihn nicht nachfragen, ließ ihn das auch nicht eine Minute verdauen, nein, sie wurde laut, so kannte er sie nicht, sie schrie: »Das ist nicht das, worauf es ankommt.« Er versuchte, ihr zuzuhören. Sie war mit jemandem mitgegangen, und dann war es schiefgegangen. Sie hatte es sich im letzten Moment anders überlegt. Sie hatte an Leonhard gedacht, und deshalb hatte sie Nein gesagt. Sie hatte immer wieder Nein gesagt. Und der Mann, der Mann hatte ihr nicht zugehört.

Dass Leonhard Silke losgelassen hatte, merkte er erst, als er sah, wie sie selbst die Arme um sich schlang. Der Schnee unter seinen Stiefeln war getaut und hatte auf dem Küchenfußboden eine Lache gebildet. Seine Handschuhe lagen daneben, so, wie sie ihm vorhin runtergefallen waren.

Er wollte einen Arzt rufen und die Polizei. Oder Silke packen, mit ihr ins Krankenhaus fahren, sie konnten von dort aus Anzeige erstatten. Aber sie wollte nicht. Sie sagte auch jetzt immer wieder: »Nein, nein, nein.«

War es das erste Mal gewesen, dass sie mit jemandem mitgegangen war? Das durfte nicht wichtig sein, das konnte er sie in dieser Situation nicht fragen. Aber es zog ihm den Boden unter den Füßen weg. Er hatte nichts gemerkt, wieso hatte er nichts gemerkt, konnte sie sich so gut verstellen? Oder kannte er sie so schlecht? Er dachte über Silkes Freundlichkeit nach, über ihre verschlafene Trägheit, die ihn immer erotisch angezogen hatte. Wahrscheinlich war er da nicht der Einzige.

»Wer?«

Das zumindest konnte er fragen. Aber er erhielt keine Antwort. »Irgendjemand«, sagte sie nur, »ich kannte den nicht, es ging nicht um ihn.« Worum denn dann? Er wusste nicht, ob sie die Wahrheit sagte, doch mehr bekam er nicht zu hören, sooft er sie auch bedrängte in den kommenden Tagen und Monaten, in den Jahren, die folgten. Silke ließ ihn im Ungewissen, sie sagte nicht, wo sie dem Mann begegnet war, wohin sie gegangen waren. Sie gab vor, sich kaum an sein Aussehen zu erinnern. Leonhard erfuhr nie im Detail, was der Mann mit ihr gemacht hatte, es gab nichts, womit er arbeiten konnte, nichts, um die Bilder in seinem Kopf greifbar zu machen.

Er stand vor ihr in der Küche mit dem tropfenden Wasserhahn und den angeschlagenen Tassen. Er hatte noch immer seinen Mantel an. Silke hörte nicht auf zu weinen. »Frag mich nicht«, sagte sie, »frag mich nicht, ich bin müde.« Und sie tat ihm so leid, dass er nachgab, sie vorsichtig vom Stuhl hochzog und zum Bett führte. Er legte sich im Mantel neben sie, er hielt sie fest, bis sie eingeschlafen war. Er hielt sie die ganze Nacht fest.

Es änderte alles. Noch in den nächsten Tagen, noch während ihre blauen Flecken sichtbar wurden, schrieb Silke Bewerbungen für mehrere Kanzleien. Sie steigerte sich in eine regelrechte Arbeitswut hinein. Sehr bald wurde sie zu einem Vorstellungsgespräch eingeladen und genommen. Es dauerte nicht lange, bis sie mehr verdiente als Leonhard. »Du kannst doch wieder studieren«, sagte sie. Er wusste nicht, warum sie das vorschlug, sie wich seinen Blicken aus. Er machte sich Sorgen und willigte in alles ein.

Auf Leonhards Klingeln reagiert niemand, deshalb klinkt er das niedrige Gartentor einfach auf und geht ums Haus herum, vorsichtig über den Weg mit den zersprungenen Platten. Martin sitzt in einem gestreiften Liegestuhl auf der Terrasse und hält eine Flasche Bier in der Hand, schirmt sein Gesicht gegen die Sonne ab. Leonhard will von dem geplatzten Frühstück erzählen, aber Martin hört ihm nicht einmal bis zum Ende zu. »Worüber beschwerst du dich eigentlich?«, fragt er. »Du lebst von Silkes Geld, und jetzt gefallen dir ihre Arbeitszeiten nicht?« Das sagt Silke auch: Mit einer Vierzigstundenwoche wird niemand Partner.

Natürlich weiß Martin nichts über die Hintergründe. Er hat damals nur mitbekommen, dass Leonhard es bei der Zeitung ruhiger angehen ließ. Dass er Aufträge absagte, stattdessen mehr Zeit zu Hause verbrachte. »Silke braucht jemanden«, so erklärte es Leonhard, »der alles in Ordnung hält und auf sie aufpasst.« Er fing an zu kochen, damit Silke etwas aß. Schweinelende in mexikanischer Mandelsauce, grünes Risotto aus Japan, er warf die angeschlagenen Tassen weg, kaufte ein Service aus dünnem weißem Porzellan, das seit fünfundsiebzig Jahren von derselben Firma hergestellt und vertrieben wurde. Leonhard dachte: etwas Beständiges.

Martin reckt sich im Liegestuhl, er gähnt. Martins Dalmatinerhündin hat vor sechs Wochen Junge bekommen, Leonhard hatte die Sache in die Hand genommen und den passenden Deckrüden ausfindig gemacht, er hat sich um alles gekümmert und ist sogar selbst zum Decken mitgefahren. Martin weiß gar nicht, was für einen Schatz er mit seiner reinrassigen Hündin besitzt, für ihn ist sie einfach Alma, der gescheckte Lieblingshund seiner verstorbenen Tante. Aber Leonhard ist, nachdem er sich *seinen* Welpen ausgesucht hatte, sofort in den Deutschen Dalmatiner Club eingetreten. Jetzt ist es bald so weit, dass er den Kleinen mit nach Hause nehmen kann – bis dahin fährt er regelmäßig bei Martin vorbei, damit sich der Hund an ihn gewöhnt.

»Wird Sommer«, sagt Martin und trinkt einen Schluck von seinem Bier. Dann hebt er die Flasche gegen die Sonne, blinzelt. »Willst du auch eins?«

Am Nachmittag? Leonhard schüttelt den Kopf, steckt die Hände in die Taschen der engen Jeans. Wenn Martin lieber über das Wetter redet als über Silke, kann Leonhard auch ins Haus gehen und nach dem Welpen sehen. »Ist er drinnen?«

»Klar, warte, ich komme mit.«

Martin hat vier Geschwister, zwei Schwestern und zwei Brüder, genau wie der Welpe. Leonhard hat den Hund Theodor W. genannt, nach dem Philosophen. Er hat Martin nichts davon gesagt, er stellt sich vor, dass der Welpe erst bei ihm, in seinem richtigen Zuhause, ganz er selbst werden kann. Es ist alles schon da, für ihn vorbereitet, Leonhard hat sogar ein spezielles Hundebett besorgt, das die Knochen und Gelenke entlasten soll.

In Martins Haus ist es kühl, im Wohnzimmer dunkel, die kleinen Fenster lassen kaum Licht herein. »Ich verstehe das nicht«, sagt Leonhard, nicht zum ersten Mal. »Ich verstehe das nicht, da hast du ein eigenes Haus – gut, es ist klein, aber trotzdem: ein eigenes Haus! Und du machst nichts draus. Wieso lässt du nicht wenigstens die Fenster vergrößern?« Martin lacht und antwortet, was er immer antwortet: »Die waren gut genug für meine Eltern, solange sie hier wohnten, also sind sie gut genug für mich.«

Leonhard schüttelt den Kopf. »Ich finde nicht, dass man sich mit dem zufriedengeben muss, womit man aufgewachsen ist.« Sich zufriedengeben, da steckt doch die Lüge schon im Wort: Man gibt sich, als wäre man zufrieden. »Ich finde nicht, dass man sich mit irgendetwas zufriedengeben muss.«

In ihrer Ecke die kleinen Dalmatiner, sie jagen sich um die Möbel herum, manchmal ist sich Leonhard nicht sicher, dass das wirklich nur Spaß ist. Er nimmt Theodor W. mit sicherem Griff hoch, hält ihn sich nah vors Gesicht. »Ich bin's«, flüstert er, »erkennst du mich wieder?« Der Hund zappelt, und Leonhard muss dem Drang widerstehen, ihn an sich zu drücken, ihn sofort mit nach Hause zu nehmen. Am Anfang waren die Welpen noch ganz weiß, jetzt zeigen sich bereits die charakteristischen Flecken.

In der Küche hat Martin ungefragt zwei Pizzen in den Ofen geschoben, ein Zitat aus den alten Zeiten: Während des ersten Semesters an der Uni haben sie sich von Pizza ernährt. Seitdem hasst Leonhard Pizza, aber das hat er Martin nie gesagt. Martin hat nach einem Semester die Philosophie hinter sich gelassen, mittlerweile baut er Windenergieanlagen. Leonhard sieht sich um. »Ich suche immer noch nach dem richtigen Haus für Silke und mich«, sagt er, »du glaubst nicht, wie schwierig das ist. Aber wenn Eigentum, dann jetzt, alles andere wäre dumm. Silke wird immer gut verdienen, und man muss es ja nicht dem Staat schenken.« Kurz scheint es, als wollte Martin etwas sagen, aber dann zuckt er die Achseln. Leonhard betrachtet ihn. Er denkt, dass Martin sich gehen lässt, offenbar kämmt er sich nicht mal die Haare, und geschnitten werden müssten sie auch. Zwischen Leonhard und Martin ist es nicht mehr wie früher. Aber, denkt er, es ist ja nie irgendwas noch wie früher, alles verändert sich, wird verästelter, undurchdringlich.

Und dann findet er das Haus doch, das perfekte Haus, nach dem er die ganze Zeit gesucht hat. Er hat schon nicht mehr daran geglaubt, dass es existiert. Nicht für sie, nicht für Silke und ihn. Vier große Zimmer, eine klare Architektur mit Bauhauselementen. Eine Terrasse zum Garten, auf die man einen Tisch mit zehn Stühlen stellen kann, eine Terrasse für Sommerfeste, sie könnten Silkes wichtigste Klienten bewirten. Leonhard denkt an Champagner in schmalen Kelchen.

Weil er nicht warten kann, holt er Silke von der Kanzlei ab. Es ist genau eine Woche her, dass sie nicht mit ihm frühstücken wollte. Natürlich weiß er nicht, wann sie Schluss machen wird. Hineingehen will er nicht, weder Silkes Chef noch ihre Kollegen sollen die Ersten sein, die sein strahlendes Gesicht zu sehen bekommen. Er ruft sie auch nicht an, damit sie herauskommt – er möchte sie nicht unter Druck setzen. Endlich fügt sich mal alles, jetzt keinen Fehler machen, denkt Leonhard. Außerdem, gesteht er sich ein, ist er ein wenig gespannt, ob Silke allein aus dem Haus tritt oder mit Bernd Schoop. Er parkt das Auto auf der gegenüberliegenden Seite der schmalen, stillen Straße und bleibt darin sitzen. Er ist ganz erfüllt von den Möglichkeiten; bevor Silke schließlich auftaucht, hat er die vier neuen Zimmer komplett umbauen lassen, vom Parkett bis zur Farbe der Wände. Viel

Weiß, auf jeden Fall viel Weiß. Leonhard schiebt schon die Möbel hin und her, die sie kaufen werden.

Silke sieht ihn sofort. Sie bleibt stehen, runzelt die Stirn, verabschiedet sich von einer Kollegin, die mit ihr nach draußen gekommen ist. Leonhard öffnet die Autotür, will kurz aussteigen, um Silke nicht im Sitzen begrüßen zu müssen – aber dann geht die Freude mit ihm durch. Stürmisch fällt er ihr um den Hals. »Ich habe es«, ruft er, »ich habe es gefunden.« Er hebt sie hoch und küsst sie, mitten auf der Straße, ein Auto muss bremsen, der Fahrer hupt. Silke lacht, und für einen Moment ist es wie früher, wie ganz früher. Leonhard will sie ins Auto stopfen, mit ihr an den See fahren, an die alte, einsame Stelle, wo sie manchmal miteinander geschlafen haben.

Stattdessen gehen sie zu Angelo, diesem Mittelding aus Delikatessenladen und Restaurant, setzen sich ganz hinten an den kleinsten Tisch, *ihren* Tisch, der nur von einer Kerze erhellt wird. Leonhard bestellt Rotwein. Besser kein Sekt oder Champagner, bevor er Silke nicht alles erzählt hat, bevor der Vertrag nicht unterzeichnet ist, das könnte Unglück bringen. Der Rotwein, den es hier gibt, ist eine Klasse für sich, vorn scherzt Angelo mit ein paar Stammgästen.

Und dann will sie nicht. Er hält über den Tisch hinweg ihre Hand, lässt sie erst nach einer Weile los. Er spürt die Enttäuschung in sich aufsteigen, zusammen mit einem starken Sodbrennen, vielleicht stimmt doch etwas mit dem Wein nicht, vielleicht hat er zu viel Säure. »Wir waren uns einig«, er hört, dass seine Stimme zittert, und allein das macht ihn wütend, »wir waren uns einig, dass ich nach einem Haus für uns suche.« Aber Silke schüttelt den Kopf. Nein, nur er habe sich ein Haus gewünscht, und mit den Jahren sei das zu einer fixen Idee geworden. Er habe ja gar nichts anderes mehr getan, als nach dem Haus zu suchen.

»Mir gefällt die Wohnung, in der wir wohnen.« Silke sieht einen Punkt an der Wand an, neben Leonhards Schulter. Ihre Stimme ist leise, aber fest. »Und du hast sie gerade erst renovieren lassen.« Die neuen Böden seien noch keine acht Monate alt. »Und überhaupt«, sie holt Luft, »wie sollen wir das bezahlen, hast du dir unseren Kontostand angesehen?«

»Bei deinem Job bekommen wir jeden Kredit.«

»Aber das Geld ist auch ohne Kredit am Monatsende weg, wir leben schließlich zu zweit davon. Allein die beiden Autos …«

Das war auch mal umgekehrt, liegt es ihm auf der Zunge zu sagen, bevor du endlich Bewerbungen geschrieben hast – im letzten Moment verkneift er sich den Satz. Wer wie viel arbeitet und wer von wessen Geld lebt, das ist nicht der Punkt. »Silke«, sagt er, »ich tue das doch für uns, für dich. Damit es dir besser geht …«

Plötzlich schlägt sie beide Hände flach auf den Tisch. Die Gläser klirren, Angelo dreht sich zu ihnen um. So hat Leonhard Silke noch nie erlebt, das passt überhaupt nicht zu ihr. »Es geht mir gut«, zischt sie, »es ist alles in Ordnung, ich will nur dieses Haus nicht kaufen, ja? Verstehst du das?«

Es endet damit, dass er aus dem Lokal läuft. Und dabei sein Handy vergisst, was ihm sofort auffällt, schon als er ins Auto steigt. Er ärgert sich, aber er kann jetzt nicht mehr zurückgehen, er kann nur hoffen, dass Silke das Telefon mit nach Hause nimmt.

Sie hat kein Problem damit, das Geld für sie beide zu verdienen, das weiß er. Auch da ist sie freundlich und großzügig, Geld ist ihr egal; sie mag sogar, wie Leonhard es ausgibt, mit Geschmack, und sie weiß, dass er einen Plan hat. Wenn er ihr etwas zeigt, das neu ist, oder wenn er sich, selten genug, etwas Schönes zum Anziehen kauft, hat sich Silke nie daran gestört.

Er fährt los, weiß aber nicht, wohin. Zwei Straßen weiter, wo sie nicht über ihn stolpern kann, parkt er schon wieder, in einer dunklen Einfahrt. Er kann nicht nach Hause fahren, bevor er seine Gedanken sortiert hat, sonst werden sie erneut in Streit geraten, und dann wird alles noch schlimmer. Er denkt an die Zeit vor fünf Jahren, als Silke kaum sprach, bloß arbeitete, arbeitete, arbeitete, als sie Leonhard selten in die Augen sah. Er will nicht, dass es wieder so wird.

Aber wenn es das Geld nicht ist, gibt es nur eine Erklärung für ihr Nein. Dann will sie sich einfach nicht festlegen, zumindest nicht auf eine Zukunft mit Leonhard. Sie will sich nicht auf die Zukunft festlegen, für die er seit Jahren kämpft.

Zweimal startet er den Motor, zögert, zieht den Schlüssel wieder aus dem Zündschloss. Plötzlich hat er Angst, dass ihn Silke verlassen könnte. Das hat er in all der Zeit nie gedacht. Wenn überhaupt, ist er es gewesen, der mit dem Gedanken spielte, zu gehen – wobei immer klar war, dass er damit nie ernst machen würde. Es gibt keine andere Frau für ihn, hat nie eine gegeben, erst recht nicht seit dem Vorfall. Silke ist die einzige Frau, an die Leonhard denken möchte.

Er denkt stattdessen an das Haus. Es wäre perfekt gewesen, es wäre so gut für sie gewesen. Auch Silke wird das noch merken, aber dann wird es zu spät sein. Er hat sich ein Wohnzimmer ohne Vorhänge oder Rollos vorgestellt, weil nichts die Aussicht auf diese grandiose Terrasse schmälern sollte und sowieso niemand zu ihnen hereinsehen könnte – am Ende des Gartens nur ein leeres, verwildertes Grundstück, dahinter Garagen und eine Schule. Ein Schlafzimmer, streng eingerichtet, in dem es nichts Überflüssiges gibt. Ein Arbeitszimmer mit Balkon für Silke und ihn. Für dieses Arbeitszimmer hatte er einen Zwillingsentwurf vor Augen, Buchenholzschreibtische, spiegelbildlich an gegenüberliegenden Wänden angeordnet, auf der einen Seite Silkes Tisch, auf der anderen Seite seiner. Die Platten mit schwarzem Tischlinoleum bezogen, diese Tische hätten sie nicht sofort kaufen müssen, das wäre auch später noch gegangen. Leonhard stellt sich vor, wie Theodor W. auf einem Kissen in der Raummitte gelegen hätte.

Und das vierte Zimmer, das letzte; an das hat er nur kurz gedacht, aber intensiv.

Er schaltet das Licht ein und kontrolliert im Rückspiegel sein Gesicht, er sieht aus wie immer, der Tag hat keine Spuren hinterlassen. Sobald er sein Handy zurückhat, wird er der Maklerin absagen. Er schaltet das Licht wieder aus und fährt endlich los, stellt erleichtert fest, dass ihn das Fahren beruhigt. Die Bewegung, unterwegs zu sein, etwas in der Hand zu haben, auch wenn es nur die Entscheidung darüber ist, ob er an der nächsten Kreuzung nach links oder rechts abbiegt. Er fährt zum See, an die alte, einsame Stelle, die ihm schon früher am Abend eingefallen ist, nur dass er jetzt allein hinfährt.

Zwei Jahre lang haben sie versucht, ein Kind zu bekommen. Es ist Leonhard wie die einzig mögliche Erlösung vorgekommen. Wahrscheinlich ging es Silke genauso. Er ist sich heute noch sicher: Ein Kind hätte genau dort, wo ihnen etwas fehlte, seinen Platz gefunden. Nach einem Jahr sind sie zum Arzt gegangen, zu mehreren Ärzten, die aber alle miteinander nichts feststellen konnten. »Kommen Sie mal zur Ruhe«, hieß es. Und: »Sie sind doch noch jung.«

Natürlich sind sie das immer noch, natürlich kann Silke nach wie vor schwanger werden. Aber manchmal, in der letzten Zeit, fühlt sich Leonhard alt. Das Kind, das sie nicht haben, auch darüber sprechen sie nicht mehr.

Er stellt das Auto unter den Tannen ab, nimmt die Taschenlampe aus dem Seitenfach, mit ihrer Hilfe findet er den Trampelpfad zum Ausguck, stolpert ein paarmal. Oben angekommen, schaltet er die Lampe aus. Der See liegt schwarz unter ihm, nur am anderen Ufer, wo die Stadt eng ans Wasser heranrückt, spiegeln sich die Lichter der Restaurants. Diesen Ort kennen nur Eingeweihte, manchmal hat er sich vorgestellt: Diesen Ort kennen nur Silke und er. Nicht einmal eine Bank steht auf dem kleinen, grasbewachsenen Plateau. Hier sind sie oft gewesen, als sie noch glücklich waren. Wann war das, vor ihrer Hochzeit? Direkt danach? Oder sind sie immer noch glücklich, und er weiß es nur nicht?

Der Mond ist nur einen Moment durch die Wolken zu sehen, verschwindet gleich wieder. Leonhard bleibt eine Weile am Abhang stehen. An diesem Ort hat er Silke zum ersten Mal seine Liebe erklärt, die Arme weit geöffnet, er ist sogar auf die Knie gegangen. Silke hat ihn hochgezogen, sie hat gelächelt. Er denkt, dass sie eben nicht der Typ für die großen Gesten ist – aber das kann er ihr nicht vorwerfen.

Er bleibt, bis er sich beruhigt hat, dann fährt er vom See direkt nach Hause. Er freut sich, als er Silke sieht, in ihrem gemeinsamen Bett, schlafend hat sie sich seiner Seite zugewandt, als hätte sie auf ihn gewartet. Er geht nur kurz ins Bad, bevor er sich zu ihr legt. Sie bewegt sich, streckt im

Halbschlaf die Hand aus, um ihn zu streicheln, fährt mit den Fingern über den oberen Rand seines Ohrs, immer wieder, dabei murmelt sie etwas, das er nicht verstehen kann. Er merkt, dass sie nicht ganz wach wird, irgendwann hört das Streicheln auf.

»Was soll das heißen, du gibst ihn mir nicht?«

»Ich gebe dir den Hund nicht.«

Es ist der Tag, den sie verabredet haben. Zu Hause wartet alles auf Theodor W., auch Silke hat versprochen, eher aus dem Büro zu kommen, damit sie zusammen mit dem Kleinen spielen können. Sie hat sogar das Wort *endlich* benutzt.

Und jetzt hat sich Martin vor Leonhard aufgebaut. Er tritt nicht einmal zur Seite, um ihn ins Haus zu lassen. Leonhard ist noch nie aufgefallen, dass Martin größer ist als er, und auch breiter.

»Aber was ist denn? Es war doch alles geklärt?« In der letzten Zeit ist schon zu viel passiert. Ruhig bleiben, denkt Leonhard, durchatmen. Er versteht die Welt nicht mehr, beziehungsweise versteht er sie noch weniger als sonst.

Martin ist aufgeregt, auch wenn er versucht, seine Stimme so klingen zu lassen wie immer. »Ich habe es mir anders überlegt. Es sind Leute mit Kindern vorbeigekommen, die wollen ihn.«

»Aber wir hatten fest ausgemacht ...« Leonhard spürt, wie er zu zittern beginnt. Es fängt im Bauch an, ein Gefühl, als hätte er zu lange nichts gegessen.

»Das ist viel besser für den, der ist total sozial, der war schließlich die ganze Zeit mit seinen Geschwistern zusammen. Und bei dir wäre er allein. Also ich meine, er wäre nur mit dir zusammen. Vielleicht kannst du das nicht verstehen.«

Leonhard starrt Martin an, Martin mit seinen zwei Schwestern und zwei Brüdern. Wahrscheinlich ist Martin nie allein gewesen. Aber was kann Leonhard dafür, dass er ein Einzelkind ist? Er hätte seine Mutter, er hätte erst recht seinen Vater gern geteilt, die Erinnerung an die schlimmste Zeit seines Lebens verstärkt das hohle Zittern im Bauch.

»Und er kann auch kaum raus bei dir«, sagt Martin, »nur wenn du mit ihm ins Grüne fährst, sonst ist er immer in der Wohnung oder an der Leine ... Die anderen Leute haben ein Haus mit Garten.«

Weil Leonhard mehr über Dalmatiner weiß als Martin, weiß er auch, dass sie auf Ausdauer gezüchtet sind, und natürlich hat er sich überlegt, dass Theodor W. täglich drei Stunden Auslauf braucht. Ein Garten ist kein Ersatz, ist viel zu klein für einen derart bewegungsfreudigen und intelligenten Hund. Leonhard will endlich widersprechen, aber Martin lässt ihn nicht zu Wort kommen, etwas bricht aus ihm heraus, als hätte er lange auf diesen Moment gewartet. »Und dann ist der so eine Trophäe für dich, wegen der Rasse, als wäre er ein ... Auto. Und gleichzeitig«, Martin holt Luft, »soll der Hund für euch ein Ersatz sein, für das Kind, das ihr nicht bekommen habt ...«

Leonhard explodiert. Was muss er hier stehen und betteln, von der Haustür blättert Farbe ab, auf Martins T-Shirt sind Flecken, wahrscheinlich Tomatensoße. »Wie redest du denn mit mir, du Arsch«, ruft Leonhard, »wie lange kennen wir uns?«

Er sieht sich ins Wohnzimmer stürmen, den verängstigten Welpen unter den Arm klemmen und zum Auto rennen. Er überlegt, ob er gegen Martin ankommen kann, wenn es hart auf hart geht. Doch da ist etwas, das ihn bremst, ihn dazu bringt, die Fäuste sinken zu lassen. Plötzlich gibt sein Kopf nur noch einen einzigen Gedanken frei, er flüstert: »Hast du dich mit Silke getroffen?«

Martin zieht die Augenbrauen hoch. Während er die Tür schließt, sagt er: »Du spinnst doch. Ehrlich, Leo … du drehst komplett durch.«

Diesmal ruft er sie an. Er hat gegenüber der Kanzlei geparkt, an derselben Stelle wie neulich. Er schafft es, nicht hineinzustürzen, an der Empfangsdame vorbei direkt in Silkes Zimmer. Aber er ruft sie an und sagt, dass sie zu ihm nach draußen kommen muss, sofort, dass sie jetzt mit ihm reden muss, weil etwas passiert ist.

Sie kommt. Während er erzählt, während er fast jeden Satz seines merkwürdigen Gesprächs mit Martin wiedergibt, umklammert er mit beiden Händen das Lenkrad. Seine Hoffnung ist groß, dass Silke ihn trösten kann, dass sie etwas sagen wird, was die Welt zurück ins Gleichgewicht bringt. Kann sie nicht zu Martin fahren und Theodor W. nach Hause holen? Vielleicht war sie anfangs gegen den Hund, aber mittlerweile hat sie sich auf ihn gefreut. Ein Ersatz für das Kind, das muss Martin selbst eingefallen sein, das kann nicht von ihr kommen.

Aber sie schweigt, als Leonhard fertig ist. Nach einer Weile wird ihm die Stille zu drückend. »Jetzt sag doch was.«

»Was denn, was soll ich sagen?«

»Was du dazu denkst.«

Sie überlegt. Dann streckt sie die Hand aus und legt sie Leonhard auf den Arm, was steif wirkt, über die Mittelkonsole hinweg. »Es tut mir leid«, sagt sie. »Aber ich war nicht dabei, ich kenne nur deine Version. Ich glaube, dass zwei dazugehören, wenn etwas so schiefläuft. Du musst dazu beigetragen haben.«

Erstarrt weiß er nicht, wie er reagieren soll. Die Wut kehrt zurück, die er vor Martins Haustür gespürt hat. Der Verdacht, dass man sich gegen ihn verschworen hat, Martin mit Silke, oder einfach die ganze Welt. Er schiebt ihre Hand von seinem Arm. »Was soll ich denn gemacht haben? Ich bin immer da gewesen, wenn Martin …«

»Bist du das?« Sie wendet den Blick ab, schaut aus dem Seitenfenster.

Er schweigt. Silke trägt ihr Business-Kostüm, in dem er sie selten sieht, zu Hause zieht sie sich immer gleich um. Er möchte wissen, ob sie das wirklich denkt, ob sie wirklich der Meinung ist, dass er für die anderen, dass er für sie und Martin nicht immer da gewesen ist. Er möchte um sich schlagen. Er möchte sie anschreien.

Damals, nach der Vergewaltigung, als sie nicht mehr mit ihm sprach, hat er das manchmal gemacht. Aus Verzweiflung. Er bekam sie nicht zu greifen, sie entzog sich ihm. Da hat er mit ihr gestritten, sie nicht aus der Situation gelassen, auch wenn das bedeutete, die Wohnungstür abzuschließen oder sich davor aufzubauen, damit Silke nicht an ihm vorbeikam. Wenn sie am Ende weinte und immer wieder sagte, dass sie ihn liebe – nur vielleicht nicht in der Lage sei, es so zu zeigen, wie er das erwarte –, dann tat ihm alles leid. Dann versöhnten sie sich, obwohl er keine Antworten auf seine Fragen bekommen hatte.

Sie sitzen schweigend im Auto. Für den Moment scheint es tatsächlich nichts mehr zu sagen zu geben. Er ist fassungslos. Silke wirkt immer noch freundlich und weich, äußerlich hat sie sich nicht verändert. Trotzdem scheint sie neuerdings davon überzeugt zu sein, dass er alles, was er tut, nur für sich selbst tut. Endlich schaut sie ihn wieder an. »Leo«, sagt sie, »nimm es doch nicht so schwer. Es ist nur ein Hund. Warum holst du dir nicht einen aus dem Tierheim?« Wie kann sie auf die Idee kommen, dass das für ihn dasselbe wäre?

Er bekommt Schmerzen. An einzelnen Tagen tut ihm der ganze Körper weh. Er geht zum Arzt, nimmt Tabletten, die nicht helfen, er recherchiert selbst, tippt auf eine Fibromyalgie. »Ich kann da aber nichts sehen«, erklärt der Arzt. Und Silke sagt nur, dass Leonhard spazieren gehen soll. Trotzig antwortet er, dass sie ja am Wochenende einmal tatsächlich freimachen und mit ihm um den See laufen könnte. Es kommt dann wirklich dazu, nicht an diesem Wochenende, aber am folgenden. Bei Martin hat er sich nicht mehr gemeldet seit der Sache mit dem Hund, und Martin hat es auch nicht bei ihm versucht. Vielleicht wäre Leonhard sogar ans Telefon gegangen – zu sehr möchte er nach wie vor verstehen, was eigentlich passiert ist.

Am Ende des langen Spaziergangs kehrt er mit Silke auf Radler und Bier in einen der Biergärten am Südufer ein. »Fibromyalgie«, sagt er zu ihr.

»Fibro-was?« Wenigstens fragt sie nach.

»Sie kann nur schwer diagnostiziert werden.« Kaum sitzt er im Schatten, schmerzen seine Beine schon wieder. »Aber oft gehören Schlafstörungen dazu, Erschöpfung, Unruhe, Niedergeschlagenheit. Und das habe ich alles!«

Silke blinzelt, lehnt sich im Stuhl zurück und schließt die Augen. Auf der Nase hat sie einen kleinen Sonnenbrand bekommen. »Ich glaube«, sagt sie, ohne die Lider zu heben, »das geht einfach wieder vorbei. Du denkst nur, dass du das hast. Ist es nicht anders herum: Du kannst nicht schlafen, bist traurig – und dann kommen die Schmerzen?« Gleich wird sie hinzufügen, dass sie eben keine zwanzig mehr sind.

Er starrt aufs Wasser. Später, sie sind schon aufgestanden, hört er sich plötzlich fragen: »Möchtest du nach Hause gehen und mit mir schlafen?« Silke runzelt die Stirn. Als sie sich wieder gefangen hat, sagt sie freundlich und weich: »Okay.« Er kann ihr Gesicht nicht lesen, und als er die Antwort hört, will er auch eigentlich gar nicht mehr. Die Frage ist ihm herausgerutscht, sie schlafen selten miteinander seit dieser Nacht vor fünfeinhalb Jahren, und normalerweise überlässt er Silke die Führung, wartet, bis sie von sich aus auf ihn zukommt. Am Anfang wollte er sie nicht unter Druck setzen, danach hat sich das einfach so eingespielt.

Im Juli arbeitet Silke noch mehr als ohnehin schon, und in Leonhard setzt sich ein Gedanke fest. Eigentlich hält er das für unmöglich, nach dem, was Silke passiert ist. Aber die Anzeichen sind eindeutig. Es sieht ganz so aus, als hätte sie eine Affäre. Kurz denkt er an Martin, fragt Silke sogar, ob sie sich mit ihm getroffen hat. Sie lacht nur – und selbst ihm kommt der Gedanke, einmal ausgesprochen, absurd vor.

Nein, wahrscheinlich ist es wirklich ihr Chef. Sie bleibt immer länger im Büro. Gehen sie zu ihm nach Hause? Oder in ein Hotel? Leonhard kann es nicht fassen. Bernd Schoop ist älter als er, mindestens zehn Jahre älter, wahrscheinlich ist es das, was ihr gefällt, oder dass er so ein klarer Typ ist, weniger kompliziert, weniger anstrengend als Leonhard. Er sieht gut aus. Gepflegt. Graue Schläfen. Er ist erfolgreich. Nur für Kleidung hat er kein Auge, die Anzüge, die er trägt, sind zwar teuer, aber sie stehen ihm nicht.

Leonhard weiß nicht, was er tun soll. Das alles kommt ihm vor wie das älteste Klischee der Welt, und er hat niemanden, mit dem er darüber reden könnte. Weil ihm zu Hause die Decke auf den Kopf fällt, er zu viel Zeit zum Nachdenken hat, beginnt er doch wieder, sich Häuser und Wohnungen anzusehen. Es ist sowieso nie etwas dabei, womit man ernstmachen könnte. Jede Besichtigung führt ihm bloß vor Augen, was sie verloren haben, als Silke das Haus nicht wollte. So eine Gelegenheit gibt es nur einmal, die kommt nicht wieder. Manchmal träumt er nachts noch von den Räumen und vom Garten, und dann ist auch Theodor W. dort, zwischen den Sträuchern.

Die Wohnung, die er sich an einem Freitagnachmittag anschaut, ist keine Ausnahme auf der Liste der Enttäuschungen. Zwar hat sie vier Zimmer und einen Balkon, allein das kommt selten genug vor, und der Kaufpreis ist niedrig. Aber die Räume sind dunkel. Die letzten Mieter mochten Strukturtapeten. Das Haus liegt auf der falschen Seite der Hauptstraße. Das Treppenhaus wirkt ungepflegt, Leonhard kann schwer einschätzen, mit wem man hier zusammenwohnen würde. Und außerdem ist eine Wohnung eben kein Haus.

Nach der Besichtigung fährt er zu Angelo, eine Kleinigkeit essen, Salami mit Brot und ein Schälchen getrocknete Tomaten. Er trommelt mit den Fingern auf dem Tisch, ringt mit sich, bestellt dann doch ein Glas Wein, das er langsam, Schluck für Schluck, leert.

Es war eine spontane Idee, er hat das so nicht geplant. Er ist direkt von Angelo hergefahren, hat sein eigenes Auto genommen, ein Taxi hätte das Klischee ins Unerträgliche gesteigert, und was hätte er dem Fahrer sagen sollen? Aber natürlich parkt er diesmal nicht auf der gegenüberliegenden Straßenseite, wo ihn Silke sofort entdecken würde. Er bleibt hinter der Kreuzung, möglichst weit von der nächsten Laterne entfernt, trotzdem ist der Eingang der Kanzlei gut zu erkennen. Nur dass da drüben überhaupt nichts passiert. Die Zeit vergeht quälend langsam.

Was ihn wirklich demütigt, ist, dass Silke in einem Punkt recht gehabt hat: Seine Schmerzen sind so schleichend verschwunden, wie sie gekommen waren. Irgendwann hatte er schon seit Tagen keine Tablette mehr genommen. Er horchte in sich hinein, doch da war nichts, was sich konkret lokalisieren ließ; er war, soweit man das sagen konnte, gesund.

Als Erste verlässt die Kanzleigehilfin das Haus. Gegen halb neun folgt Bernd Schoop. Leonhard zuckt zusammen, denn Schoop ist allein, damit hat er nicht gerechnet. Er denkt darüber nach, was das bedeutet: Wenn Silke und Schoop keine Affäre haben, wenn Schoop andererseits immer um diese Zeit Feierabend macht, warum ist Silke dann nie vor elf zu Hause? Sie wird ja nicht so viel länger arbeiten als der Chef?

Das tut sie auch nicht. Wenige Minuten nach Schoop tritt sie auf die Straße, Leonhard sieht ihre blonden Haare leuchten, er beugt sich vor. Silke dreht sich lachend zur Tür um und ruft etwas. Zwei Kollegen und eine Kollegin folgen ihr, sie sind Leonhard bei einem Besuch in der Kanzlei vorgestellt worden, aber er erinnert sich nicht an ihre Namen. Diese Leute wirkten auf ihn komplett uninteressant. Trifft sich Silke mit einem von ihnen? Mit der Kollegin hat er sie schon einmal gesehen, an dem Tag, an dem er das Haus gefunden hatte.

Doch das, was jetzt folgt, verblüfft ihn endgültig. Alle drei, die zwei Männer und auch die Frau, steigen zu Silke ins Auto. Leonhard schüttelt den Kopf, als müsste er etwas verscheuchen, aber danach hat sich nichts an dem Bild geändert. Er ist so irritiert, dass er fast vergessen hätte, Silke zu folgen – erst im letzten Moment lässt er den Motor an und schert aus der Lücke aus.

Es ist eine Bowlinghalle. Silke und ihre Kollegen sind zu einer Bowlinghalle gefahren. Sie haben sich Schuhe ausgeliehen und sind zur vorletzten Bahn gegangen, sie schienen das nicht zum ersten Mal zu tun. Sie haben Bier bestellt, Pizza und etwas, das auf die Entfernung nach Erdnüssen aussieht, sie haben die Bälle hochgehoben und fachmännisch abgetastet.

Leonhard steht hinten beim Schuhverleih, erhöht über der Halle, er kann alles gut überblicken. Am Anfang hat er sich versteckt, bis ihm klar wurde, dass das nicht nötig ist. Silke hat keine Augen für die Umgebung, mit ihm rechnet sie hier am allerwenigsten, sie wird ihn nicht entdecken. Dazu müsste er zu ihr hingehen und ihr auf die Schulter tippen.

Die Bahnen bestehen aus lackiertem Holz, im Raum herrscht ein ständiges Rollen und Fallen, ein quietschendes Rattern, wenn die Kegel wieder aufgerichtet werden. Die Kollegin jubelt laut auf. Silke läuft mit vier Schritten an, lässt den Arm schwingen und erst in der letzten Sekunde den Ball los, sie federt in den Knien zurück. Die Kollegen lachen, unterhalten sich. Die Frau heißt Berger, das fällt Leonhard nun wieder ein. Frau Berger klopft Silke auf den Rücken, als ihr ein guter Wurf gelungen ist, später nimmt sie sie sogar kurz in den Arm.

Er hat nicht gewusst, dass Silke Freunde hat. Sie ist gelöst, verschwitzt, ihre Haare locken sich und fallen ins Gesicht. Leonhard hat sie lange nicht mehr auf diese Art lachen hören, er hat sie lange nicht so lebhaft erlebt, er erkennt sie kaum wieder.

Er bleibt, bis er sicher sein kann, dass das alles ist. Als er sich umdreht, um hinauszugehen, sieht er im Verleihkiosk im Regal Silkes Schuhe stehen, ihre eleganten, ihm so vertrauten, blauen Lederpumps in einer völlig fremden Umgebung.

In der Wohnung angekommen macht er kein Licht. Im Schein der Laterne vor den Fenstern erkennt er genügend Schatten, auch den Schrank an der Wand, den Tisch in der Mitte.

Er hat immer Rücksicht genommen. Nie wieder ist er Silke so nah gekommen wie vor dieser Dezembernacht. Er ist seine Fragen nicht losgeworden, er hat die Enttäuschung hinuntergeschluckt, die Wut darüber, dass so kurz nach der Hochzeit schon alles zerstört war. Wie hätte danach noch etwas perfekt sein können? Silke ist immer die gewesen, die verletzt worden war, der man deshalb auch keine Vorwürfe machen durfte. Leonhard fragt sich, was die ganze Zeit über eigentlich mit ihm gewesen ist, wer auf ihn Rücksicht genommen hat.

Sie kommt gegen Viertel nach elf nach Hause. Sie versucht, leise zu sein, schaltet im Flur die Stehlampe an und verriegelt die Tür zum Treppenhaus. Als sie am Wohnzimmer vorbeigeht, sagt Leonhard: »Ich bin hier.«

Sie fährt zusammen. »Warum sitzt du denn im Dunkeln?«

Er erklärt es ihr. Erklärt, dass es nur eine einzige Möglichkeit gibt. Sie muss sich entscheiden. »Es ist eine Vierzimmerwohnung mit Balkon«, sagt er. »Die Wohnung hat ein paar Haken, aber sie ist auch nicht schlecht. Der Preis ist in Ordnung. Diese Wohnung ist das, was jetzt drin ist – und deshalb ist sie das, was ich will.«

Silke schweigt, weicht wieder aus. Leonhard kann das Schwitzen vom Bowlen, die aufgekratzte Stimmung noch an ihr riechen.

»Andernfalls«, sagt er, »bin ich weg. Ich packe meine Sachen und verlasse dich.«

Es ist das Einzige, was er tun kann. Und er weiß, wie sie sich entscheiden wird. Als sie es ausspricht, sitzen sie noch immer im Dunkeln.

»Ich werde dann jetzt Ja sagen.«

»Ja«, sagt er. »Das wirst du.«

»Und dich dafür hassen.«

Silke schaltet das Licht an. Nun sieht sie ihm in die Augen.

So lange her, schon gar nicht mehr wahr

Er wird angerufen, als er nicht zu Hause ist. Er ist ins Antiquitätengeschäft gegangen, nur ganz schnell einmal quer über den kastanienbestandenen Platz, um sich dort erneut die Lampe anzusehen, die er haben möchte, die ihr Licht milchig verteilt und nicht blendet, egal aus welcher Richtung man sie betrachtet. Nur dass die Lampe viel zu teuer ist, und der Händler lässt immer noch nicht mit sich reden.

Als Christopher in die Wohnung zurückkommt, aus deren anderthalb Zimmern er durch den Wanddurchbruch ein einziges, großes gemacht hat, zeigt das Telefon einen Anruf an. Der Anrufer hat keine Nachricht hinterlassen. Christopher kennt die Nummer nicht, aber die Vorwahl gehört zu der Kleinstadt, sechzig Kilometer entfernt, in der er aufgewachsen ist. Mit langsamen, langen Schritten geht Christopher durch die Wohnung, als wollte er die Räume vermessen. Man muss es sich schön machen, denkt er oft, und Lampen sind wichtig. Licht ist wichtig, setzt ins Licht: Menschen, die zu Besuch kommen, die japanische Puppe im Glaskasten, oder Blumensträuße, die Christopher auf dem breiten Fensterbrett arrangiert, zur Zeit Tulpen, deren Stängel in gierig wuchernden Schwüngen über den Rand der Vase hinauswachsen, stetig blasser werden, die Blätter haben fast ganz ihr Grün verloren. Jeden Abend läuft Christopher in der

Wohnung herum und schaltet seine Lampen an, bis alles stimmt. Erst dann, nach der Arbeit, beginnt für ihn wirklich der Tag.

Der Anruf fällt ihm spät in der Nacht wieder ein, im Bett, und um nicht über die unbekannte Nummer nachdenken zu müssen, den Menschen, der hinter ihr steckt, sich vielleicht nur verwählt hat – um nicht durchs Nachdenken den Weg in den Schlaf zu verpassen, beschließt er, am Morgen zurückzurufen.

Sie kommt ihm zuvor, erwischt ihn beim Frühstück, das er sonntags genießt und in die Länge zieht, Marmelade auf der Wachstuchdecke. Seine Finger kleben, als er nach dem Telefon greift, dessen Display aggressiv leuchtet. »Hallo«, sagt sie, und noch bevor sie ihren Namen nennt: »Du kannst dich vielleicht nicht an mich erinnern.« Dabei hat er ihre Stimme sofort erkannt, leichte Verzögerungen, eine Unsicherheit, ob das jetzt das Ende des Satzes ... ob da ein Punkt hingehört oder ein anderes Zeichen ... Als wäre es gestern gewesen, denkt er und überlegt im nächsten Moment, wie er seinem Gehirn beibringen kann, mit dem Denken von Floskeln aufzuhören. Als wäre es vorgestern gewesen, als wäre es vor fünfundzwanzig Jahren gewesen, als wäre es ... gestern jedenfalls nicht.

»Gina«, sagt sie, und ja, da fällt ihm wieder ein, dass sie bereits damals ihren Vornamen verstümmelte, als würde sie sich nicht ernst genug nehmen, um eine komplette Regine zu sein. Christopher hingegen war immer schon Christopher, seit seiner Kindheit hat er auf den drei Silben bestanden. Obwohl die Sonne durchs Fenster scheint, schaltet er eine Lampe an, die im offenen Küchenbüfett steht. Er räuspert sich, sagt etwas wie *Überraschung* und *was machst du* und *wie geht es dir*. Sie reden über die Stadt, die gemeinsame Heimat-Kleinstadt, er hat nicht gewusst, dass sie wieder dort hingezogen ist, sogar in ihr Elternhaus, das er so gut kennt. Sie hat es übernommen und ausgebaut, Keller, Dachboden, alles. Als sie Kinder waren, ist ihnen der Dachboden ein Piratenschiff gewesen, ein Indianerversteck, und später, als sie älter wurden, etwas ganz anderes, sie haben dort oben geraucht, in einer Ecke stand ein Sofa. Da sagt Regine: »Lass uns das überspringen … Warum ich anrufe: Ich habe vor ein paar Tagen von ihm geträumt.«

Sie muss nicht sagen, von wem: von Christophers drei Jahre jüngerem Bruder. Das allein sei nicht ungewöhnlich, sagt Regine, sie träume immer noch ab und zu von Kai, wenn auch nicht mehr so oft wie früher. Aber diesmal sei ihr der Traum verstörend real vorgekommen, mit scharfen, gesättigten Bildern. Sie habe am Morgen nach einem zweiten Körper im Bett getastet, oder wenigstens nach Kais Kopfkissen, nach etwas, das Kais Geruch angenommen habe. Benommen sei sie durch den Tag gestolpert. Nicht *sie* habe neben sich gestanden, Kai habe neben ihr gestanden, und ausgesehen habe er dabei wie damals, mit seinen hellblonden Haaren; keine Farbe, die zu einem Geist, einer Einbildung passe.

»Ich wusste seinen Todestag nicht«, sagt Regine zu Christopher, der darüber nachdenkt, dass sein Bruder besser aussah als er und dass er es immer noch tut, es immer tun wird. Weil er nicht altert, weil seine Haare das strahlende Blond nicht verlieren und seine Schultern nicht die knochigen, kleinen Ecken und Kanten, die alle Frauen verrückt gemacht haben. Weshalb Kai, der Angeber, der Aufreißer, eine Zeit lang nur Achselshirts trug, eigentlich Unterhemden.

»Von Anfang an«, sagt Regine, »wollte ich das Datum vergessen. Und nun wusste ich es wirklich nicht mehr.« Aber der Traum ließ ihr keine Ruhe. Schließlich fragte sie bei der örtlichen Zeitung nach, nannte den Namen von Christophers Bruder, das Jahr, in dem er gestorben war. Sie sagte den Zeitungsleuten: »Ich glaube, im Sommer«, und dass man ihr bitte die Todesanzeige heraussuchen solle.

Kurz ist es still in der Leitung zwischen Christopher und Regine, bevor sie fortfährt: »Sie haben sie tatsächlich gefunden.« Christopher schiebt mit der Fingerspitze Konfettisternchen über die Wachstuchdecke des Küchentischs. Die Sternchen glitzern, sind von einer Party zurückgeblieben und liegen seitdem, zusammen mit Büroklammern und Streichholzresten, im ringförmigen Fuß des Kerzenständers. »Aber es war gar nicht im Sommer«, sagt Christopher leise, »es war am Dienstag.«

»Das weiß ich jetzt auch, keine Ahnung, wie ich auf Sommer gekommen bin.«

Die Sternchen passen so halbwegs, aber nicht perfekt, in die hellblauen und weißen Quadrate der karierten Decke. Würden sie perfekt passen, könnte Christopher ein Muster legen – so jedoch scheint immer etwas zu fehlen, die Lücken sind zu breit. »Verstehst du nicht«, sagt Regine, »wann ich von ihm geträumt habe? Genau an seinem Todestag! Obwohl ich gar nicht wusste … Und es war nicht nur irgendein Jahrestag …«

Mit der Handkante schiebt Christopher die Sterne zu einem Häufchen zusammen. »Sondern der fünfundzwanzigste«, sagt er ins Telefon.

Erklär mir jetzt bitte nicht, Regine, dass das kein Zufall sein kann, der Traum, ausgerechnet jetzt, erklär mir nicht, dass du *meinen Bruder nie vergessen hast* und *immer noch um ihn trauerst*. Bitte nicht. Aber wie soll er ihr diese Sätze verbieten, nur weil er das Allgemeine hasst – ihm unterlaufen doch selbst ständig Floskeln und Phrasen.

Drei Jahre nach dem Tod seines Bruders, im Winter, Christopher hatte gerade seinen achtundzwanzigsten Geburtstag gefeiert – da tauchte Regine bei einer Party in Christophers Wohngemeinschaft auf. Regines und Christophers Freundeskreise überschnitten einander, hatten sich immer viel stärker überschnitten als die von Christopher und seinem Bruder. Hätte man Christopher gefragt, wie lange er Regine kannte, dann hätte er gesagt: Schon immer. Seit sie als Kinder auf dem Dachboden von Regines Eltern gespielt hatten.

Christopher tanzte und trank bis vier Uhr morgens. Seine Freunde und er hatten das Haus selbst auf Vordermann gebracht. Die Räume waren nur zwei Meter hoch und hatten Balkendecken, durch die quadratischen Fenster fiel wenig Licht. Es gab eine gemeinsame Kasse, keine persönlichen Fächer im Kühlschrank, und hier auf dem Land störte es niemanden, wenn laut gefeiert wurde, deshalb standen oft zehn, fünfzehn Motorräder im Hof vor der Scheune. Wenn sie Gäste hatten, drehten sie die Anlage voll auf.

Christopher spürte die Müdigkeit, im Kopf stärker als im Körper, er stieg die enge hölzerne Treppe hinauf, hoffte, er würde sein Zimmer für sich haben. Und er hatte Glück, das Bett war leer, nicht einmal zerwühlt, niemand war hier gewesen. Von unten noch Musik, Miles Davis' Trompetenstimme drang durch die Wände, Christopher warf die Jeans über einen Stuhl und behielt das verschwitzte T-Shirt gleich an, zog aber die Boxershorts aus, bevor er unter die Decke kroch. Er schlief immer so, fühlte sich mit nacktem Unterkörper freier. Im Zimmer war es eiskalt, das Federbett klamm, Christopher winkelte die Beine an, zog die Knie an die Brust und umklammerte sie mit den Armen, bis das Zittern aufhörte. Die Wärme entstand im Bauch, nur die Füße blieben kalt.

Wenn Christopher nachts die Augen schloss, stellte er sich vor, tief in die Matratze zu sinken. Und dann sank er durch die Matratze hindurch in den Holzfußboden, zentimeterweise abwärts. Konzentrierte er sich gut genug und schlief nicht vorher ein, sank er durch die Erdkruste, ließ sich fast bis zum Erdkern sinken, der ganz und gar nicht heiß, glühend, flüssig war, sondern dunkel, kühl und erfüllt von Flüstern, und manchmal konnte Christopher unter den Stimmen Kai ausmachen …

Eine Berührung an der Schulter ließ ihn aufschreien. War eine der Katzen in seinem Zimmer? Jemand machte ein beruhigendes Geräusch und schaltete die Nachttischlampe ein: An Christophers Bett stand eine vollkommen nackte Frau. Erst Sekunden später erkannte er, dass es sich um Regine handelte. »Tut mir leid«, flüsterte sie, »ich wollte dich nicht erschrecken.« Er vergewisserte sich, dass sie wirklich da war, im zu hellen Licht der Lampe – mit Brüsten, die ihn anzuschauen schienen. Er blinzelte. Die Brüste hatten großen Anteil an der Selbstverständlichkeit, mit der Regine vor dem Bett wartete.

»Was willst du denn hier?«

»Lass mich erst mal zu dir«, sagte sie, »mir ist kalt.«

Aber er spürte, wie sich alles in ihm zusammenzog, wie auch sein Geschlecht, das anfangs reagiert hatte, unter dem

Federbett zu einer Schnecke schrumpfte. Er schüttelte den Kopf. Regine lächelte.

Und Christopher durchliefen die Erinnerungen, eine nach der anderen, wie ein Frösteln, ein Zittern, als wären die Erinnerungen Teil der Kälte im Zimmer. Als Jugendlicher, fast noch als Kind, war Christopher in Regine verliebt gewesen. Damals trug sie die Haare kurz, den Rock ebenfalls, gab sich viel selbstbewusster, als sie war. Er hatte es gemocht, auf dem Sofa auf dem Dachboden neben ihr zu sitzen, die Köpfe zurückgelegt, und durch die Dachluke nach draußen zu sehen. Dann redeten sie, und während sie redeten, verschwanden alle Unsicherheiten. Und ständig kam irgendjemand vorbei, um eine Flasche herumgehen zu lassen oder eine geklaute Packung Zigaretten in die Mitte zu werfen, und ständig brachte irgendjemand seine Gitarre mit und schlug vor, endlich eine Band zu gründen, die erste Band der Siedlung. Christopher war vierzehn, Kai elf. Zu Weihnachten hatte sich Christopher ein Schaffell gewünscht, das lag nun zu Hause vor seinem Bett, und manchmal schlief er darauf, zusammen mit seinem Bruder, weil es groß genug für zwei war. Und solange nichts von ihnen, kein Fuß, keine Hand, schon gar nicht der Kopf, über das weiche Schaffell hinausragte, hatten sie sich beschützt gefühlt, sogar vor dem Vater. Sie hatten sich aneinandergeklammert, fest zusammengerollt. Mit Kai auf dem Schaffell zu schlafen, das war für Christopher so gut gewesen, wie bei der Großmutter zu übernachten. Was er viel zu selten durfte.

Christopher hatte immer nur neben Regine auf dem Sofa gesessen und nicht gewagt, etwas anderes zu machen. Zwei Jahre später hatte Regine ihren ersten Freund kennengelernt, sie hatte keine Zeit mehr gehabt für Christopher, und dann war sie zu Hause ausgezogen, sodass es auch den Dachboden nicht mehr gegeben hatte. Das war der Sommer, in dem Kai an der Kiesgrube auf den Steg lief, er war fünfzehn, Christopher achtzehn. Kai lief nicht bis zum Ende, wo es tief war – er blieb viele Meter vorher stehen, Wassertropfen auf der Haut im Sommerferienlicht – und dann sprang er, mit dem Kopf voran, genau dort, wo man nicht springen durfte, alle wussten das. Und Christopher dachte: Das war's. Er dachte: Querschnittslähmung, jetzt hat er es übertrieben, jetzt hat er es sich und uns allen mal so richtig gezeigt. Regine stand am Ufer und schrie. Aber da war der Bruder schon wieder aufgetaucht, lachend, johlend.

Und nun war Christopher achtundzwanzig und lag in seiner Wohngemeinschaft im Bett, das war alles so lange her, und Christopher starrte Regine an, die einfach nicht wegging … Er dachte an die Zeit, wiederum Jahre nach dem Tag am See, in der dann Kai mit Regine zusammen gewesen war. Christopher hatte seinem Bruder nie erzählt, was er mal für Regine gefühlt hatte, und Regine hatte er es sowieso nie erzählt, und natürlich waren die beiden, Kai und Regine, ein schönes Paar gewesen.

Regine ging nicht weg, im Gegenteil: Sie bat, bettelte. Christopher zog sich die Decke bis unters Kinn. Er wollte schlafen, sie sollte sich wieder anziehen. Um es ihr leichter zu machen, behauptete er, betrunken zu sein. Aber dann korrigierte er sich: »Nein, du bist betrunken.«

Trotzdem beeindruckte ihn ihre Haltung, Regine blieb offen vor ihm stehen. Dabei wusste er, dass sie eigentlich immer noch nicht besonders selbstbewusst war, das war sie nur an Kais Seite gewesen. Sie war wirklich betrunken, ihre Gänsehaut sah mitleiderregend aus. Doch Regine zitterte nicht, verschränkte nicht einmal die Arme vor der Brust, sie wusste genau, was sie wollte, ein Wort gab das andere, bis sie rief: »Du Arsch, was ist eigentlich dein Problem?« Er dachte, dass er aufstehen und ihr etwas anziehen müsste, er müsste ihr eine Jacke um die Schultern legen wie in einem verdammten Film. Aber wenn er die Matratze verließ, um Regines Sachen zu holen, würde sie sofort unter die Decke springen, und dann brächte sie nichts, was er tun konnte, wieder aus dem Bett heraus. Außerdem war er nackt. »Geh weg«, sagte er laut. Als hätte sie ihn nicht gehört, setzte sie sich jetzt auf die Bettkante und begann seinen Kopf zu streicheln, fuhr ihm mit den Fingern durch die Haare, versuchte, mit der anderen Hand unter die Decke zu gelangen. Das machte ihn rasend, es war zu spät dafür, in jeder Hinsicht. Regine schaltete die Nachttischlampe aus. Aber Christopher war keiner, dem Dunkelheit half, nie und bei gar nichts hatte ihm Dunkelheit je geholfen, im Gegenteil: Nachts wuchs alles zu beängstigender Größe, verlor die Relationen, dann musste man aufstehen, das Fenster aufreißen und langsam atmen. In den Wochen nach dem Tod seines Bruders hatte Christopher nur bei Licht einschlafen können. Damals hatte er viel am offenen Fenster geatmet, ein und aus, länger ausatmen als einatmen, ein und aus, aus, aus, bis der Brustkorb so leer war, wie es der Kopf nicht werden wollte.

Als Regine erklärte, sie habe ihn, Christopher, immer gemocht – und fragte: »Du mich doch auch, oder?« –, da stieß er sie vom Bett. Mittlerweile war ihm egal, ob er sich grob verhielt und sie stürzte. Mit Hilfe der Decke vermied er es, bei dem Gerangel Regines nackte Haut zu berühren; ihr Blick sagte ihm, dass sie diese zusätzliche Demütigung bemerkte. »Nein«, rief Christopher, »nein, nein, nein, nein.« Regine kniete auf den Dielen. Schließlich flüsterte sie: »Er hätte nichts dagegen.« Sie klang, als würde sie gleich zu weinen beginnen, tat es aber nicht. »Kai hätte es sogar gewollt«, sagte sie. Christopher erstarrte. »Du blöde Kuh. Halt doch einfach den Mund.«

Es dauerte noch eine Weile, bis sie aufgab, ihre Sachen nahm und das Zimmer verließ. Als sie endlich die Tür hinter sich geschlossen hatte, sprang Christopher aus dem Bett und klemmte einen Stuhl unter die Klinke. Von unten war jetzt nichts mehr zu hören, nicht einmal flüsternde Stimmen.

Nach dem Telefonat mit Regine, nach ihrem kurzen Gespräch über Kai, muss er raus aus der Wohnung. Mit einem einzigen Anruf ist der Tod zurück in Christophers Leben. Christopher holt das Fahrrad aus dem Keller, sein Hollandrad mit dem Ledersattel, auf dem er aufrecht sitzt wie vor Gericht oder an einem Tisch; er fährt zum kahlen Ufer hinunter, dann am Fluss entlang, der sich hier teilt – nie ist sich Christopher sicher, welcher Lauf der ursprüngliche ist und welcher der angelegte Kanal. Obwohl der Lenker dafür nicht gedacht ist, legt Christopher jetzt seine Unterarme auf den Bügel, beugt sich vor und hat im Kopf ein Rennrad unter sich, tritt schneller in die Pedale, immer schneller, der kalte Wind treibt ihm die Haare aus dem Gesicht – nein, die Wirklichkeit holt ihn ein: Der Wind treibt ihm überhaupt nichts aus dem Gesicht. Schon seit zwanzig Jahren, seit sie anfingen auszufallen, rasiert Christopher seine Haare kurz. Wind in den Haaren, das war damals, in Kais hellblonden, in Christophers dunkelblonden Locken. Was hatten sie für Haare, vom Vater geerbt, nicht von der Mutter, Christopher trauert der langen Mähne noch heute nach. Immerhin, sagt er sich, wären Kai wohl ebenfalls die Haare ausgefallen, wenn er weitergelebt hätte. Es war Kai, der Rennrad gefahren ist, nicht Hollandrad wie Christopher. Kai ist auch Motorrad gefahren. Mit sechzehn hat er den Motor seiner Maschine komplett auseinandergenommen und wieder zusammengebaut. Und mit achtzehn hat er, noch ohne Führerschein, nachts den Autoschlüssel geklaut und den ersten Mercedes des Vaters zu einem großen Haufen Blech gefahren. Mit hundertachtzig Sachen soll er über die Landstraße gerast sein. Nach dem Unfall war der Wagen ein Totalschaden, aber Kai kaum verletzt.

Christopher, auf seinem Hollandrad, richtet sich wieder auf und bremst scharf an einer Bank. Als er zum Stehen kommt, kurz schlingert, aber nicht stürzt, spürt er um sich herum ein Knistern in der Luft, vielleicht den enttäuschten Protest der Schutzengel, die sein Bruder verbraucht hat, drei oder vier dürften es gewesen sein. Und doch haben sie am Ende nicht ausgereicht. Christopher setzt sich auf die Bank, hält das Fahrrad am Rahmen fest oder hält sich am Rahmen des Fahrrads fest, hat einen Druck auf den Ohren und keucht.

Seine letzte Begegnung mit Kai ist keine gute Erinnerung. In der Kleinstadt traf man sich abends im Café des Kulturzentrums. Der einzige Ort, an den man gehen konnte, alles andere war für Omas, für Eis essende Teenager oder Leute, die politisch in der falschen Ecke unterwegs waren. Christopher lebte schon in der Wohngemeinschaft, als er seinen Bruder zum letzten Mal sah, und auch Kai wohnte längst nicht mehr zu Hause. Sie waren beide zeitig ausgezogen, zumindest darin lag eine Ähnlichkeit.

Christopher betrat den Raum, Kai saß mit seinen Handballfreunden am einzigen großen Tisch. Er war betrunken und redete laut zu den anderen, stand so sehr im Mittelpunkt, wie man an einem runden Tisch im Mittelpunkt stehen kann, ohne direkt auf die Tischplatte zu klettern. Die Jungs lachten und knallten ihre Tequilagläser aufs Holz, im Takt, sieben- oder achtmal, die Gläser schwappten über – die Jungs schienen mitzuzählen, jedenfalls hörten sie alle gleichzeitig auf. Dann das Ritual: Salz, Tequila, Zitrone. Die Leute an den Bistrotischen ringsum blickten irritiert von ihren Schalen mit Pfefferminztee und ihren kleinen Bieren hoch. Kai drehte den Kopf zu Irene, der Kellnerin hinter der Theke, die er kannte, die hier alle kannten, Irene war die Frau ohne Feierabend. »Nächste Runde auf mich«, rief Kai.

Dann sah er Christopher, ihre Blicke kreuzten sich. Wortlos bot Christopher an, wieder zu gehen, um Kai nicht den Auftritt zu verderben. Denn für die Jungs war Kai der Kapitän beim Handball, der ein Spiel in der letzten Minute retten konnte und immer die krassesten Sprüche brachte, aber für Christopher war er jemand ganz anderes. Christopher wandte sich ab. Doch da sah er in Kais Gesicht etwas aufleuchten: eine Gelegenheit, den Auftritt noch größer werden zu lassen. »Da ist mein Bruder«, schrie Kai und hob sein leeres Glas, »ein Hoch auf meinen Bruder.«

Die wenigen Kinderjahre, in denen sie ein inniges Verhältnis gehabt hatten, waren lange vorbei. Spätestens mit Christophers Auszug hatte es den endgültigen Bruch gegeben. Aber so ist es doch immer, dachte Christopher, der Ältere zieht zuerst aus und der Jüngere hat das Gefühl, im Stich gelassen zu werden. So war es immer, nur konnte Kai nicht verzeihen. Was Kai zerstörte, ob es ein Mercedes war oder das Verhältnis zu Christopher, was Kai einmal zusammengetreten hatte, das reparierte er nicht mehr. Er konnte nicht zurück, seine Wut trieb ihn immer vorwärts.

Die Runde kam. Kai riss einem der Jungs das Glas aus den Fingern, sprang auf und drückte es Christopher vor die Brust. »Mein Bruder studiert«, rief er, »an der Universität. So ein Bruder, da kann man sich doch was drauf einbilden, oder?« Die Handballer lachten und sahen unsicher zu ihnen hoch, bevor sie tranken. Auch Christopher trank das Glas aus, am Nebentisch schüttelte eine Frau im Strickpullover den Kopf, und Irene war aufmerksam geworden, legte ihr Geschirrtuch beiseite. Kai wirkte plötzlich vollkommen nüchtern. »Jeden Sonntag«, sagte er leise, aber so deutlich, dass es im ganzen Café zu hören war, »jeden Sonntag fährt er nach Hause, mein Bruder, und isst den Braten unserer Mutter, redet mit ihr über den beschissenen Garten, das beschissene Porzellan, und nach dem Essen raucht er eine, obwohl er sonst überhaupt nicht raucht, aber bei unserem Vater, da kann er natürlich nicht Nein sagen …« Sekundenlang war es still im Raum, im Hintergrund nur noch das Gemurmel der anderen Gäste, Teelöffel klapperten auf Untertassen. Dann rief einer der Handballer: »Brüder.« Als wäre ihm eine großartige Idee gekommen, rief er: »Brüder trinken Brüderschaft.« Die anderen fielen ein, wiederholten den Satz. Von der Theke her fragte Irene jetzt, ob das auch leiser gehe – Kai solle sich wieder hinsetzen, sonst werde sie ihn rausschmeißen. Weil du *nie* hingehst, dachte Christopher, bin ich jeden Sonntag im Haus, und als Erstes fragen sie nicht etwa, wie es *mir* geht, sondern ob ich etwas von *dir* gehört habe … Er wich vor dem nächsten Tequila zurück, der ihm in die Hand gedrückt wurde. »Stell dich nicht so an«, Kais Stimme zischte, »einen noch. Brüderschaft, Brüder trinken Brüderschaft.«

In den Augen, hinter der Fassade, konnte Christopher einen Moment lang erkennen, wie Kai litt. Er wusste, nach dem zweiten Tequila würde der nächste kommen, und immer der nächste, Kai würde keine Ruhe geben. Er wusste auch, dass Kai wusste, dass er das wusste. Sie sahen sich an, langsam hob Christopher sein Glas.

Die Jungs rissen die Arme zur La-Ola-Welle hoch, ließen die Finger flattern und johlten, während Christopher austrank. Irene stemmte die Hände auf die Theke, sah streng zu ihnen herüber. Und Christopher war erstaunt, dass er nach diesem Tequila tatsächlich gehen durfte – Kai hatte sich wieder dem Tisch zugewandt, als hätte er jedes Interesse an ihm verloren.

Es ist die einzige letzte Erinnerung an Kai, die er hat, er hat sie sich nicht ausgesucht. Nie hätte er sich gewünscht, dass sein Bruder tot ist, nicht wegen Demütigungen wie dieser, nicht für den Bruchteil einer Sekunde. Auch dem Vater hat Christopher nie den Tod gewünscht. Stattdessen hatte er, schon als Kind, auch als Jugendlicher, Angst davor, jemand könnte sterben, und am meisten Angst hatte er davor, es würde ihn selbst treffen. Christopher stellte sich oft vor, wie er umfiel und zu atmen aufhörte. Wie er nicht mehr da war. Gläubig war er nicht. Er stellte sich ein Loch vor, kein Loch in der Erde, sondern ein Loch in der Welt, an der Stelle, an der er sonst gelebt hätte.

Dabei kam in der Siedlung, in der sie wohnten, der Tod nicht vor; der Friedhof lag weit außerhalb auf der anderen

Seite des Hügels. Und wenn doch einmal ein Siedlungsbewohner starb, meist irgendjemandes Großvater oder Großmutter, wurde schon bald nicht mehr über ihn gesprochen.

Nachdem er das Hollandrad zurück in den Keller gebracht hat, steht Christopher in seiner Wohnung, vor dem Bücherregal, das die Schmalseite des einzigen Zimmers fast komplett einnimmt. Überfliegt die Titel, *Daseinsdeutung in antiken Mythen*, *Der symbolische Tausch und der Tod*, *Das Denken des Alltäglichen*, fährt mit den Fingerspitzen über die Buchrücken, zieht an einem herabhängenden Lesebändchen. Dann holt er die Leiter, um an den Zwischenboden über dem Bett zu gelangen. Dort lagern die Schuhkartons, in denen er das Wichtigste aus seinem Leben aufbewahrt, Erinnerungsstützen für alles, was er nicht vergessen will. Konzertkarten, Fotos natürlich, von Freunden, von Urlaubsorten, Briefe, Entwürfe eigener Briefe oder Zettel mit Notizen ... Auch während des Telefonats mit Regine hat Christopher irgendwann aufgehört, mit den glitzernden Konfettisternchen zu spielen, stattdessen auf der Rückseite eines Briefumschlags ein paar Sätze notiert, die Regine gesagt hat – später hat er den Briefumschlag in den aktuellen Karton fallen lassen, der immer unter dem Schreibtisch steht. Zu Silvester wird Christopher die Jahreszahl auf den Deckel schreiben und den Schuhkarton zu den anderen auf den Zwischenboden stellen.

Er holt die Kartons selten herunter, nur dann, wenn er sich an etwas Konkretes erinnern möchte, das Gefühl aber nicht mehr zu fassen bekommt oder mit den Daten zu sehr durcheinandergerät. Jetzt jedoch sucht er. Seit Tagen hat er ein Foto seiner Mutter im Kopf. Erst beim Herumschieben der Schuhkartons wird Christopher klar, dass das Foto zu alt ist – er hat seine Sammlung in dem Jahr begonnen, in dem

Kai gestorben ist, das heißt, der erste Karton stammt von 1987. Wo sind die älteren Fotos? Da muss doch noch einiges da sein ... Er steigt auf die höchste Stufe der Leiter, kann nun alles übersehen, er entdeckt seine nur zweimal benutzten Skischuhe, ein Zelt und mehrere Isomatten. Christopher reckt sich, setzt ein Knie aufs vorderste Brett, wobei er sich fragt, wie stark er den Zwischenboden belasten darf. Nicht, dass noch alles zusammenbricht. Endlich kommt er an weitere Kisten heran, die ganz hinten gestanden haben, Kisten ohne Jahreszahl auf dem Deckel. In der ersten sind alte Unterlagen vom Architekturstudium, die könnte er eigentlich wegwerfen, er sieht sowieso nie wieder hinein. Aber schon die nächste Kiste enthält ein wildes Sammelsurium, Durcheinandergerutschtes, wahrscheinlich stammt sie noch vom Auszug aus der Wohngemeinschaft. Christopher steckt die Hand hinein, findet auf Anhieb zwei Umschläge mit Fotos. Vielversprechend. Er holt auch einen kleinen Bilderrahmen heraus, hinter Glas ein Kreuzstich-Blümchen. Die Initialen seiner Mutter und seiner Großmutter waren identisch, deshalb ist er nicht sicher, welche von beiden das Bild gestickt hat. Er muss das einmal gewusst, das Bild muss ihm etwas bedeutet haben, aber jetzt, verschwitzt auf der Leiter, die Zwischenbodenkante drückt schmerzhaft ins Schienbein, jetzt, hier, kann sich Christopher an nichts erinnern.

Schon als Kind hat Kai in der Familie als derjenige gegolten, der immer alles kaputt macht. Ständig ging etwas zu Bruch, keine Tasse war vor ihm sicher, mit vier Jahren rannte er in vollem Lauf gegen die gläserne Terrassentür, von der Verletzung blieb eine Narbe zwischen den Augenbrauen zurück. Erst später wurde Kais starke Kurzsichtigkeit erkannt. Zu spät, da stand das Bild von ihm schon fest. Dabei hatte er fast minus sechs Dioptrien, er hatte die Dinge einfach nie richtig sehen können. Kai bekam eine Brille und zerbrach danach kein Geschirr mehr, zumindest nicht ohne Absicht.

Der Vater und er stritten jeden Tag. Sie hatten sich schon gestritten, als Kai noch das gegen Terrassentüren stürmende Kind gewesen war. Später, als Jugendlicher, konnte er in den Augen des Vaters erst recht nichts richtig machen. War der Vater aggressiv, zogen die Mutter und Christopher den Kopf ein, mehr noch, meist nahm die Mutter Christophers Kopf in beide Hände, Christophers Kopf lag dann an der Schulter der Mutter, sie hielt ihm die Ohren zu. Christopher war der ältere der beiden Söhne, aber Christopher war der Schwächere, denn er hatte Angst. Die Mutter und Christopher wurden umso stiller, je lauter der Vater wurde, in dieser Familie schrie nur Kai zurück. Und wenn dem Vater die Hand ausrutschte, was nicht oft vorkam, aber vorkam, wich Kai noch lange nicht aus. Mit sechzehn schlug er zurück, das musste er nur ein einziges Mal tun, danach beschränkte der Vater die Auseinandersetzungen auf Worte. Nun ging doch wieder Geschirr zu Bruch.

Diese beiden, die sich im Innern so ähnlich waren, wussten genau, wie sie einander treffen konnten. Nach vielen Jahren und vielen unbezahlten Überstunden hatte der Vater sich so weit hochgearbeitet, dass der Lebenstraum in der Garage stand. Sogar die Nachbarn kamen herüber, um den nagelneuen Mercedes zu bewundern. Der Vater fuhr den Mercedes nur selbst und nur am Wochenende, und er prüfte nach jeder Fahrt sorgsam, ob der Lack auch nirgendwo Schaden genommen hatte. Bis zu der Nacht, in der Kai die Autoschlüssel vom Telefontisch im Vorraum nahm. Der Rest ist Geschichte.

Christopher ist von der Leiter gestiegen, sitzt am Küchentisch, hat auf der karierten Wachstuchdecke die alten Bilder ausgebreitet. Er hat das Foto gefunden, nach dem er gesucht hat, es existiert tatsächlich, und seine Mutter sieht genauso aus, wie er sich an sie auf dem Foto erinnert hat. Die reale Mutter erinnert er anders, weniger aufgeschwemmt, ohne die dicken Tränensäcke unter den Augen, auch ohne die Retro-Bonbonfarben der Aufnahme, in der alles zu sehr ins Gelb und Rot geht, die Mutter wirkt stark geschminkt, sind das Rougeflecken auf den Wangen? Und war diese Tischdecke nicht eigentlich grün? Christopher blinzelt. Das Foto hat er deutlich vor Augen gehabt. Aber die Mutter bekommt er kaum noch zu greifen, er sieht ihr Gesicht nur unscharf. Er weiß wenig von dieser Frau, hat vielleicht nie viel von ihr gewusst. Auf dem Foto kommt sie ihm fremd vor.

Und da ist auch ein Bild von Regine, auf dem sie allein zu sehen ist, nicht mit Kai. Im Hintergrund die Rosen von Christophers Mutter, der elterliche Garten, und kurz fragt sich Christopher, ob Regine tatsächlich ohne Kai zu Besuch war. Möglicherweise zu einem dieser Anlässe, denen sich Kai gern entzog, ein Jubiläum oder ein Geburtstag des Vaters. Hat Regine stellvertretend für Kai mit dem Vater angestoßen, Nordhäuser Doppelkorn in den Schnapsgläsern aus Bleikristall?

Als Kai starb, war sie gar nicht mehr mit ihm zusammen. Sie hatten sich Monate vor seinem Tod getrennt, nach einem großen Streit, sie hatten sich anschließend nicht mehr gesehen, wahrscheinlich, vermutet Christopher, nicht einmal mehr miteinander gesprochen. Regine wollte wohl, aber Kai konnte nicht zurück. Was kaputt war, war kaputt.

Die Tischlampe im Antiquitätengeschäft: komplett aus weißem Porzellan. Der Fuß mit Gold abgesetzt, darauf drei Kinderköpfe und Pflanzenranken. Die Reliefs im Porzellanschirm detailliert ausgearbeitet, vier kleine Szenen, die, wenn man die Lampe anschaltet, unterschiedlich viel Licht durchlassen. Die Lampe ist insgesamt einen halben Meter hoch, sehr schwer; aber sobald sie leuchtet, macht sie einen zerbrechlichen Eindruck.

Man muss sammeln, um das Leben festzuhalten, denkt Christopher, dafür stehen die Schuhkartons. Und man muss es sich schön machen, erst recht, wenn man allein ist. Das ist eine verdammte Pflicht.

Er war im Urlaub auf Ibiza, zusammen mit seiner damaligen Freundin. Vor fünfundzwanzig Jahren gab es noch keine Handys, man hielt nicht ständig Kontakt mit der Heimat, und Christopher hatte auch so genug im Kopf, das Reisebüro hatte sie in einen großen Hotelkomplex gesetzt, die Freundin beschwerte sich und klagte den intimen Bungalow ein, von dem vorher die Rede gewesen war. Aber da war nichts zu machen.

Zwei Tage hatte er sich unruhig gefühlt. Er schob es auf die Klimaveränderung, das Hotel und die Freundin. Auf dem abendlichen Büffet kamen ihm die Meeresfrüchte so tot vor, dass sie unmöglich frisch sein konnten, der Tintenfisch und die Garnelen stanken, Christopher konnte nicht verstehen, dass sich seine Freundin den Teller damit belud. Wenn er ihr beim Essen zusah, hatte er selbst keinen Hunger mehr, einmal wurde ihm schlagartig schlecht, er musste schnell aus dem Speisesaal hinaus an den Pool, Luft holen.

Sie gingen spazieren, am Strand entlang, und als sie nach einer Stunde zurück ins Hotel kamen, lag in ihrem Fach eine Nachricht. Christopher war aus Deutschland angerufen worden, er sollte sich dringend zurückmelden. Es gab eine einzige Telefonzelle an der Küstenstraße, in der Schlange vor Christopher standen vier oder fünf Leute, alles Deutsche, eine Frau erzählte einer anderen, am Vortag sei ihr Hund gestorben. Da wusste Christopher, dass es diesmal nicht war wie sonst, dass ihn seine Angst nicht getrogen hatte. Es ist die Großmutter, dachte er. Er liebte sie sehr, seine Großmutter mütterlicherseits, und nun war sie tot.

Als er viele lange Minuten später in der stickigen Telefonzelle stand, die Tür hielt er mit dem Fuß ein Stück weit auf, damit er überhaupt atmen konnte – als er den verklebten Plastikhörer ans Ohr drückte und die Nummer seiner Eltern wählte – als dann aber nicht die Mutter oder der Vater, sondern eben gerade diese Großmutter ranging, da verstand er das zuerst gar nicht. Die Großmutter weinte. Sie weinte so sehr und so laut, dass er auch weiterhin kaum etwas verstehen konnte, außerdem war die Verbindung schlecht. Christopher verstand nicht, was passiert war, aber irgendwann verstand er zumindest, dass es Kai, dass es seinem Bruder passiert war.

So lange ist alles her, es ist schon gar nicht mehr wahr. Christopher liegt im Bett, unter dem Zwischenboden mit seinen Schuhkartons, und kann nicht einschlafen. Statt in die Matratze zu sinken, verspannt sich sein Körper, die Muskeln verkrampfen, bis er das Gefühl bekommt, sich aufzubäumen, sich also in genau die falsche Richtung zu bewegen. Vor dem Fenster kein bisschen Licht im Hinterhof. Er hat schon mehrere seiner Lampen ausprobiert, aber keine schien ihm richtig, keine kam der Lampe im Antiquitätengeschäft annähernd gleich. Er wird diese Lampe kaufen, schon morgen, das Geld ist ihm jetzt egal.

Jemand steht in der Zimmerecke.

Er muss den Vater anrufen, der Vater hat bald Geburtstag, der Vater wird ihn wie jedes Jahr an seinem Geburtstag zum Italiener einladen wollen, doch Christopher muss ihn darauf ansprechen, von sich aus wird der Vater sich nicht melden und Saltimbocca oder Scaloppine vorschlagen. Sie werden am Geburtstag mehr als zwei Stunden miteinander reden müssen. Aber irgendetwas gibt es immer zu reden, über das Haus, den Garten, Christophers Arbeit oder das neue Auto des Vaters.

Ihm fällt wieder ein, wie Kai und Regine mal Drogen im Autoreifen geschmuggelt haben. Regine hat ihm das später erzählt wie einen großen Spaß, die Art Spaß, die man eben nur mit seinem Bruder haben konnte. Es ging um ein halbes Kilo Hasch, das über die holländische Grenze sollte. Regine saß auf dem Beifahrersitz, die beiden hatten ein wildes Wochenende hinter sich, mussten die ganze Zeit lachen. Aber kurz vor der Grenze wurde Kai ernst. Wenn es darauf ankam – sagte Regine, aber Christopher wusste es sowieso –, konnte Kai schneller denken als alle anderen. Er hielt am Waldrand, bestand darauf, dass sie die Plätze tauschten, Regine musste fahren. Kai nahm seine Sonnenbrille ab und steckte sie ein, dann zog er sogar den goldenen Ring aus seinem Ohrläppchen, den er sonst nie ablegte. Er sah sofort sehr jung aus. Er war sofort freundlich, höflich, nüchtern.

So kamen sie über die Grenze.

Nachdem Kai gestorben war, starben sie alle. Zuerst die Mutter, sie kochte in der Küche Marmelade ein, fiel um und stand nicht mehr auf. Danach legte sich die Großmutter ins Bett, die nicht darüber hinwegkam, ihre Tochter und ihren Enkel überlebt zu haben. Zwei Jahre lang wachte sie jeden Morgen auf und starrte fassungslos den Wecker auf dem Nachttisch an. Sie zeigte sie am offensten: die Lähmung, die auch Christopher befallen hatte. Er besuchte die Großmutter oft, einige Tage vor ihrem Tod war sie noch ganz klar. »Wenn bei Kai wenigstens diese Autopsie gemacht worden wäre«, sagte sie zu Christopher. Er war bei ihr, als es zu Ende ging, jeder Atemzug flacher klang als der vorherige, aber selbst im letzten Flattern fand das Gesicht der Großmutter nicht mehr zu dem Lächeln zurück, das Christopher so an ihr geliebt hatte.

Die Mutter hatte sich gegen die Autopsie ausgesprochen. Mehr noch: Sie hatte sie verhindert. »Das darf ich doch wohl«, hatte sie gesagt. Kai war in einem kleinen Ort in der Nähe von Groningen gestorben. Er hatte dort einen Freund besucht, den er vom Studium kannte, aus dem einzigen Semester, das er an der Universität verbracht hatte. Kai hatte in diesem kleinen Ort bei dem Freund morgens tot im Bett gelegen. Das war alles, was sie erfuhren, und die Mutter hatte es dabei belassen.

Christopher denkt nicht oft daran, aber in dieser Nacht – auf welche Weise er das Kissen unter seinem Kopf auch zusammendrückt, es passt nicht – in dieser Nacht denkt er daran, wie er am Abend nach Kais Beerdigung den Vater in seinem Arbeitszimmer gesehen hat, durch die nicht ganz geschlossene Tür. Der Vater glaubte sich allein. Aber wahrscheinlich hätte er es auch nicht bemerkt, wenn Christopher die Tür komplett geöffnet hätte. Er saß am Schreibtisch, rückte die Papiere auf der Tischplatte von einer Seite zur anderen. Zwischen den Unterlagen, alten Zeitungen, Schreiben des Bestatters erkannte Christopher die Kopie seines Vordiploms. Er hatte sie dem Vater in der Hoffnung gegeben, ihn beeindrucken zu können. Der Vater hatte mittlerweile den Sprung gewagt und eine eigene Firma gegründet. Leistung zählte.

Der Vater stand auf. Schob den schweren Lehnstuhl so unbeholfen zurück, dass er beinahe umgekippt wäre. Der Vater ging vom Schreibtisch zur Wand, machte erst kurz vor ihr kehrt, der Vater lief im Zimmer hin und her, immer von einer Wand zur anderen, die Füße im gewohnten Marschrhythmus, aber im Oberkörper war etwas anders, als wäre der Vater in der Mitte verrutscht, die Hüfte schief, die Schultern einerseits hochgezogen, andererseits nach vorn geschoben, als hätte der Vater über Nacht zehn Kilo abgenommen und einen Buckel bekommen. Und dann strauchelten auch die Füße, und dann schluchzte der Vater. Man hörte, dass er das sonst nie tat, wie fremd ihm das Geräusch war, wie es kratzte. Aber ein Husten war es nicht. Beim zweiten Mal schon ein Heulen. Und dann setzte sich der Vater hin, aus dem Gehen heraus einfach auf den Teppich, den Perser vor dem Kachelofen, der erst im Vorjahr eingebaut worden war. Der Vater hockte auf dem Teppich, aber das reichte nicht, er legte sich auf die Seite, rollte sich zusammen, stemmte die Hände gegen die nachgemachten Delfter Kacheln, und immer wieder hörte Christopher dieses Heulen, das nicht klang, als stieße der Vater es aus, eher, als handelte es sich um ein Tier, das aus seinem Körper herauszukommen versuchte.

Die Hausschlappen hatte der Vater längst verloren, Christopher starrte die glänzend getretenen Unterseiten der Socken an. Der Vater schluchzte, als wäre der Sohn, der gestorben war, sein einziger Sohn gewesen. Leise schloss Christopher die Tür.

Danach hat der Vater nie wieder über den Bruder gesprochen, und Christopher hat nicht darüber gesprochen, dass der Vater nicht über den Bruder sprach. Irgendwie ging das. Man musste nur etwas anderes finden, worüber man sprechen konnte. Irgendwie kam man immer über die Grenze.

Am Ende ihres Telefonats hat Regine ein Wiedersehen vorgeschlagen. »Im Kulturzentrum?«, hat Christopher gefragt und an das alte Café gedacht, sich vorgestellt, dass es den großen, runden Holztisch immer noch gibt. Doch Regine hat etwas anderes gewollt.

Sie treffen sich am Eingang. Das schmiedeeiserne Tor ist stärker verrostet als damals, aber dahinter wirken die Grabreihen aufgeräumt, alle Wege sind frisch geharkt, kniehohe, eckig geschnittene Hecken ziehen sich durch das Gelände.

»Wie lange bist du nicht hier gewesen?«, fragt Regine. Er wirft ihr von der Seite einen Blick zu, als sie nebeneinander den Hauptweg hinuntergehen, sagt: »Ewig nicht.« Zur Begrüßung haben sie voreinander gestanden und nicht gewusst, ob sie sich umarmen oder sich die Hand geben sollen. Sie haben dann weder das eine noch das andere getan. Christopher hat Regine kaum wiedererkannt. Sie ist alt geworden, tiefe Falten um ihre Augen, sie färbt sich die Haare und gibt sich dabei nicht einmal Mühe, den Originalton zu treffen, das Blond ist viel zu gelb. Am Telefon hat sie erzählt, dass sie allein lebt. Genau wie Christopher. Natürlich ist er ebenso in die Jahre gekommen, man sieht es nur schlechter im eigenen Gesicht, aber bei den Händen fällt es ihm immer auf, die kennt er nicht mehr: braune Flecken, dicke Adern.

Regine atmet hörbar ein. »Bleib mal stehen«, sagt sie. Es ist ein sonniger Tag. Die Luft ist noch kalt, im Windschutz der Hecken haben sich letzte Schneereste gehalten. Regine streckt die Hand aus und fährt mit den Fingern Christophers Nacken hoch, über den Ansatz seines Hinterkopfs, die rasierten Stoppeln, bis unter den Rand seiner Wollmütze. Ihre Nägel kratzen, das soll wohl zärtlich gemeint sein. Christopher erstarrt. Regine versucht ein Lächeln. »Manchmal habe ich das Gefühl«, sagt sie, »dass überhaupt keine Zeit vergangen ist.« Da schüttelt er hastig den Kopf, tritt einen Schritt zurück. Und sofort steckt sie die Hände in die Taschen ihrer Jacke, eine grelle, glänzende Winterjacke ist das. »Ist ja gut«, flüstert Regine, »ist ja gut«, um dann verlegen das letzte Thema wieder aufzunehmen: »Ich war seit der Beerdigung nicht hier.« Christopher geht weiter, beschleunigt seinen Schritt, Regine folgt ihm. Sie redet jetzt ununterbrochen. Erst sei ihr alles zu nah gewesen, später war es genau umgekehrt: Da fand sie ein Grab zu abstrakt, zu weit entfernt von Kai und ihr.

An der kleinen Kapelle links, danach in die zweite Reihe, dort ist es die fünfte Grabstelle, direkt neben einer schiefen Vogelbeere. Den Baum gibt es noch, auch wenn er jetzt größer ist. Aber das Grab ist nicht da, wo es sein müsste. Christopher spürt, dass Regine kurz davor ist, in ein nervöses

Lachen auszubrechen. Der Mann, der hier unter einem geschmacklosen, hochglanzpolierten Grabstein liegt, ein Herr Mertens, ist noch nicht lange tot – und er ist alt geworden, beeindruckend alt, vielleicht beneidenswert alt. Regine geht nach links, Christopher sieht sich die Gräber auf der rechten Seite an. »Das kann doch nicht sein«, sagt Regine. Ihre billigen, blonden Haare, ungewaschen und strähnig. Plötzlich denkt er, dass es ihre Schuld ist, dass er das Grab finden würde, wenn sie nicht da wäre. Sie suchen in der ersten, dann in der dritten und vierten Gräberreihe, sie laufen hinüber zur anderen Seite des Hauptwegs, obwohl Christopher längst den Kopf schüttelt. Er ist sich zu sicher, er wünschte, er wäre sich nicht so sicher, aber die Vogelbeere bleibt die Vogelbeere.

Als sie schließlich aufgeben, einen Umweg zurück zum Eingang nehmen, dabei noch immer den Blick schweifen lassen, was vollkommen sinnlos ist – als sie Kai nicht gefunden haben, weil es ihn nicht mehr gibt, weil es auch sein Grab nicht mehr gibt –, da haben sie einander endgültig nichts mehr zu sagen. Schweigend laufen sie schneller, um bald wieder vor dem Tor zu stehen.

»Ja, dann«, sagt Regine. Ihre Stimme stolpert.

Christopher räuspert sich. »Ich dachte, der Vater hätte … Er hätte das Grab doch verlängern müssen, oder? Ich war mir sicher, er hätte …«

»Ja?« Regine schiebt die traurigen Haare hinter die rotgefrorenen Ohren, ihre Bewegungen sind ruppig. »Hast du dir je Gedanken darüber gemacht?«

Sie presst die Lippen zusammen. Einen Moment sehen sie beide nach oben, über ihnen ist alles blau, bis auf eine einzige kleine Wolke. Es sieht nicht aus, als würde die Wolke vor dem Himmel stehen, im Gegenteil: Es sieht aus, als hätte der Himmel an dieser Stelle ein Loch. Christopher denkt, dass Regine genau das jetzt sagen wird. Aber dann sagt sie überhaupt nichts mehr. Mit dem rechten Fuß tritt sie einen Stein weg, er prallt an der Friedhofsmauer ab. Regine dreht sich um und geht den Berg hinunter.

Willst du immer bei mir bleiben?

Als sie sich scheiden lassen, nimmt er das Auto mit, und mit ihm und dem Auto verlässt sie der ewige Vorwurf, dass er der einzige Fahrer war. In sieben Jahren Ehe hat Sonja es nicht geschafft, den Führerschein zu machen. Das Auto ist sowieso seins, er fuhr es schon, als sie sich kennenlernten.

Im Sommer zieht sie in eine kleinere Wohnung und richtet sich ein in zwei Zimmern, Küche, Bad. Kauft alles neu, denn was noch da ist von den Regalen, die sie damals aus ihrem Studentenzimmer mitbrachte, kommt ihr geisterhaft vor – und die von Arne und ihr gemeinsam ausgesuchten Möbel will sie erst recht nicht um sich haben. Obwohl er ihr großzügig das meiste davon überlassen hätte. Aber genau diese Großzügigkeit hat sie schon wieder misstrauisch gemacht, sie glaubt an Untertöne, Arne spielt die gut, kennt sich mit Musik aus, er ist der mit dem riesigen Plattenregal, während sie nur eine Kiste CDs besitzt.

Sonja lernt alles neu: ein Wohnen, bei dem man nie jemanden in der Küche trifft. Bei dem das Bad nie besetzt ist. Nie wird der Schlüssel im Schloss, nie wird ihr Öffnen der Tür mit einem »Ich bin hier!« beantwortet, nicht einmal mit »Wolltest du nicht eher zurück sein?« Meistens wollte sie eher zurück sein, bei Sonja dauert immer alles länger als bei anderen. Sie lernt das Einkaufen neu, nur eine Paprika, nur drei Scheiben Schinken, und sie lernt das Kochen neu, nachdem sie tagelang Aufgewärmtes gegessen hat. Die Mengen waren ihr mit den Jahren ins Blut übergegangen. Wenn Sonja kochte, nahm sich Arne dreimal nach; wenn Sonja kochte, so kam es ihr vor, liebte Arne sie am meisten.

Sie entscheidet nun selbst, welche Musik sie hören will. Sie schläft am Anfang mit einem Kissen im Arm, später ausgestreckt über das ganze Bett. Putzt nur noch alle zwei Wochen; sie weiß selbst nicht, wie es Arne gelungen ist, so viel Staub und Schmutz in die Räume zu bringen. Vielleicht, denkt sie, weil er sich schneller bewegt, oft die Schuhe anlässt, wenn er von draußen kommt, und weil er ständig die Bettdecken auf den Boden wirft. Er ist unvorsichtiger als Sonja, verschüttet mal was, krümelt, und das bleibt dann liegen. Sonja hingegen versucht, die Dinge so wenig wie möglich zu berühren, an manchen Tagen versucht sie, sogar die Luft in der Wohnung so wenig wie möglich zu berühren.

Sie lernt das alles. Und trifft sich weiterhin mit Arne. Warum sollten sie einander nichts mehr zu sagen haben, nur weil sie kein Paar mehr sind? Noch sind sie sogar verheiratet, die Scheidung ist eine bürokratische Angelegenheit, bis vor Kurzem wusste Sonja nicht einmal, was ein Trennungsjahr ist. Arne scheint weniger lernen zu müssen als sie. Vielleicht liegt es daran, dass er in der alten Wohnung geblieben ist, oder daran, dass er auch mit Sonja zusammen immer ein Stück allein und für sich gelebt hat. Im Café hört Arne Sonja zu, während sie darüber spricht, was sie den ganzen Tag tut und wie sie es tut. Er nickt, starrt die Wand an, trommelt mit der linken Hand einen halben Rhythmus auf den Tisch, nimmt mit der Rechten die halb gerauchte Zigarette aus dem Aschenbecher, zieht an ihr. Und irgendetwas daran, irgendetwas an all dem lässt Sonja sagen: »Vielleicht lerne ich das jetzt auch noch.«

»Was? Rauchen?«

»Autofahren.« Als die Rechnung kommt, nimmt sie das Portemonnaie und sagt: »Ich lade dich ein. Und vielleicht mache ich den Führerschein noch.«

Immerhin steht jetzt ein Baum unter ihrem Fenster. Zwar weiß sie nicht, was für einer, der Baum ist nicht hoch genug, die Blätter sind zu weit entfernt, und woran sonst als an den Blättern soll Sonja den Baum erkennen. Morgens zieht sie die Gardine im Schlafzimmer auf und sieht sich als Erstes den Baum an. Abends sagt sie »Gute Nacht, Baum«, aber draußen nachzusehen, was für einer es nun ist, das vergisst sie immer. Ampelgrüne Blätter zuerst, die sich später sehr zeitig rot färben. Sonja hat das Vergehen der Wochen und Jahreszeiten noch nie so stark wahrgenommen wie seit der Trennung. Früher gab es in ihrem Leben nur ein diffuses Gefühl fürs Wetter, für warme und kalte Tage. Dass im Herbst das Laub von den Bäumen fiel, das verpasste sie regelmäßig – es fiel ihr immer erst auf, wenn schon beinahe alles kahl war. So sehr steckte sie im Alltag mit Arne, nichts geschah zum ersten Mal, immer war alles schon einmal da gewesen.

Der vierte und der fünfte Monat nach Arne fühlen sich anders an. Sonja trifft sich abends mit Freunden, die Gespräche ähneln einander, sie muss vieles mehrfach erzählen, was sie früher nur Arne, also nur einmal erzählt hätte; manchmal ähneln sich auch die Leben der anderen, sodass sie später nur schwer sortieren kann, welche Geschichte zu wem gehört. Sie versucht, Arne auf dieselbe Weise und auch ungefähr so oft zu treffen wie den Rest ihrer Freunde. Im Sommer, im

Café, hat sie erklärt, den Führerschein vor ihrem fünfunddreißigsten Geburtstag machen zu wollen. Ihr Geburtstag ist Ende März, der fünfunddreißigste im kommenden Jahr. »Irgendwann«, hat Sonja im Café gesagt, »bist du zu alt, um das noch zu lernen. Ich glaube, ab fünfunddreißig ist man zu alt, dann hat man sich entschieden, im Leben kein Auto zu fahren.«

Mitte November, Sonja und Arne gehen spazieren, Wolken ohne Ränder, ein ganzer Himmel ohne Farbe, da sagt Arne zu ihr: »Mit dem Führerschein, das wird jetzt also nichts mehr.« Die Blätter rascheln beim Hindurchlaufen, wie sie unter Sonjas Stiefeln geraschelt haben, als sie ein Kind war; dieses Geräusch ändert sich nie.

»Wieso?« Sie schreckt hoch.

»Du wirst mindestens drei Monate brauchen.« Arne schiebt die Hände tiefer in die Taschen und lächelt, Sonja denkt: zufrieden. »Das passt nicht mehr bis März«, sagt er.

Am nächsten Morgen geht sie zu der kleinen Fahrschule zwei Straßen weiter, die ihr schon öfter aufgefallen ist. Im Schaufenster in jeder freien Ecke das Logo der Schule, die Silhouette eines Elchs; Sonja könnte nicht erklären, was genau sie an diesem Elch beruhigend findet. Sie betritt den vorderen Raum. Hinter einem Schreibtisch eine blonde Frau, die gerade telefoniert, aber gestenreich deutlich macht, es werde nicht lange dauern. Im obersten Fach eines Regals sitzen Kuscheltier-Elche, große und kleine, Elche mit T-Shirt, Elche mit Schal, einer mit Weihnachtsmannmütze. Als die blonde Frau ihr Telefonat beendet hat, zahlt Sonja die Grundgebühr, die auch den theoretischen Unterricht einschließt, sofort in bar.

Sie ist eine gute Beifahrerin gewesen. Im Gegensatz zu ihr konnte Arne keine Karte lesen, er konnte einen Stadtplan nicht einmal richtig herum halten oder wieder zusammenlegen. Gleich nach der Trennung hat er sich ein Navigationsgerät gekauft. Wenn sie Urlaub machten, reisten, durch Polen, Spanien oder Frankreich fuhren, legte Sonja die Routen fest. An den Raststätten holte sie Kaffee für Arne, Currywurst. »Oder was dir sonst Kraft gibt«, sagte sie. Sie dankte ihm, massierte nach langen Strecken seine Schultern, erklärte nie, diese oder jene Ampel sei aber rot gewesen, fragte auch nie, ob er nicht zu schnell fahre.

Wenn sie sich mit befreundeten Paaren unterhielten, zuckte Sonja manchmal fröhlich die Achseln oder breitete entschuldigend die Arme aus. »Ich bin gern Frau«, sagte sie, »ich muss nicht alles selbst können. Ich stehe gern daneben, wenn Arne mit der Bohrmaschine loslegt, ich weiß, was dann meine Aufgabe ist, und ich erfülle sie: Ich bewundere ihn maßlos, sage: *toll*, ich reiche ihm das Bild, das aufgehängt werden muss, koche Kaffee und räume hinterher alle Bohraufsätze weg. Ich muss auch keine schweren Bretter aus dem Keller holen, ich muss keinen Reifen wechseln. Das mit dem Auto macht mein Mann.« Es hat Sonja nicht gestört, wenn die Freunde über diese Rede gelacht haben, sie hat selbst gelacht. Arne hat ebenfalls gelacht und ein wenig von oben, weil er ja größer war, seinen Arm um Sonjas Schulter gelegt.

Und trotzdem: Dass sie keinen Führerschein hatte, blieb Dauerthema. Nicht, weil Arne das Fahren anstrengend fand – sie wussten beide, dass er gern hinterm Steuer saß. Stattdessen kam er mit Was-wäre-wenn-Szenarien. Wenn er sich nun in Spanien den Fuß brach, in den Bergen, ohne Handyempfang? Wer würde ihn ins nächste Krankenhaus fahren?

Im Nachhinein weiß sie natürlich, dass er recht hatte. Sie hat sich voll und ganz auf ihn verlassen. Es war eine Schwäche, Arne jahrelang so sehr zu vertrauen, dass sie sogar darauf vertraute, dass er sich nie den Fuß brechen würde. Allerdings brach er sich wirklich nie den Fuß. Einmal brach er sich einen Zeh, kurz bevor sie zu einer ihrer Reisen aufbrechen wollten, sie fuhren drei Tage später los als geplant, Arne in Sandalen, mit Tapeverband.

Drei Wochen nach der Anmeldung hat sie ihre erste Stunde. Der Fahrlehrer steuert das Auto durch den Berufsverkehr bis in eine Kopfsteinpflasterstraße, im Park nebenan treten ein paar Jungs einen Fußball übers Gras, der Fahrlehrer steigt aus und sagt: »Jetzt sind Sie dran.«

Auf dem Fahrersitz überfällt Sonja das unangenehme Gefühl, sich auf der falschen Seite zu befinden. Sie braucht lange, bis sie die Spiegel und den Sitz zur Zufriedenheit des Fahrlehrers eingestellt hat. »Huch«, sagt sie, »ich bin ja so weit vorn.« Sie kommt sich eingeklemmt vor. »Na ja«, sagt der Fahrlehrer, »sonst reichen Sie nicht an die Pedale heran. Und jetzt fahren Sie mal los, aber vorher blinken.« Sonja sieht ihn an. Wie denn? Wo ist das Gas und wo die Bremse, und was soll sie mit welchem Fuß treten?

Sie holt aus, um zu erklären, woher sie kommt, aus einer autofreien Familie nämlich. Der Vater hat zwar den Führerschein gemacht, spät, wahrscheinlich war er noch älter als Sonja. Aber er ist nie Auto gefahren. Sonja holt weiter aus, sagt: »Das lag daran, dass meine Mutter …« Der Fahrlehrer unterbricht sie: »Das heißt, Sie haben noch nie mit jemandem auf einem Parkplatz …?« Den Rest des Satzes lässt er weg, Sonja denkt, dass man die Frage durchaus falsch verstehen könnte. »Na ja«, sagt der Fahrlehrer, »dann fangen wir eben bei null an.«

Ab null wird sie jede Woche zehn km/h schneller, legt sie jede Woche einen Gang mehr ein. Dabei vergisst sie ständig, die Kupplung zu treten; sie zieht die Fußspitzen hoch, bis ihre Füße völlig verkrampfen; sie steigt aufs Gas statt auf die Bremse, und wenn sie in einen der Spiegel sieht, lenkt sie unbewusst in diese Richtung. Der Fahrlehrer kritisiert nur, wenn es unbedingt nötig ist, und er bremst auch nur oder greift ins Lenkrad, wenn es unbedingt nötig ist. Sonja denkt oft an den Elch, der auf beiden Autotüren angebracht ist, zur Werbung. Wie sehr sie in den Kurven kurbeln muss, erstaunt sie, sie sagt: »Ich werde ein Auto mit Servolenkung kaufen.« »Na ja«, sagt der Fahrlehrer, »das hier ist eine Servolenkung.« Er verzieht keine Miene; wenn er mal lächelt, dann nur ganz leicht und in einem Moment, in dem es nicht zu passen scheint.

Es wird ein harter Winter, der härteste seit 78/79, heißt es, und 78/79 war der Winter, in dem Sonja geboren wurde, und es war auch der Winter, in dem bei Schneestürmen in Norddeutschland über zwanzig Menschen starben. So schlimm ist es diesmal nicht, aber die Nebenstraßen sind mit Eis bedeckt, sogar auf den Hauptstraßen kommen die Streumaschinen kaum hinterher, das Salz ist knapp, zwischenzeitlich gibt es gar keins mehr. Sonja weiß nicht, wie sich ein Auto im Sommer fährt. Ihr Fahrlehrer tritt sich Schneebatzen von den Stiefeln, sie schmelzen auf der Matte im Fußraum, und Sonja fragt, ob es nicht Zeit für die Sonderfahrten wird. »Na ja, Sie brauchen noch«, sagt er. Die Theorieprüfung hat sie längst bestanden, aber die praktischen Stunden nehmen kein Ende. Über Weihnachten und Silvester hat Sonja drei Wochen aussetzen müssen, als die Fahrschule in die Winterpause ging. »Waren Sie im Urlaub?«, hat sie danach gefragt. »Mallorca«, hat der Fahrlehrer geantwortet, mehr nicht.

Sie selbst hat Silvester allein verbracht. Es war das, was ihr angemessen schien. Arne ist zu Freunden nach Hannover gefahren, Sonja hat alle Einladungen abgelehnt. Das hieß aber nicht, dass sie keinen Plan hatte, sie hatte einen. Tagsüber putzte sie die Wohnung, beide Zimmer, Küche, Bad. Gegen sechs legte sie sich in die heiße Wanne, draußen war es schon lange dunkel, eine Rakete schoss am Fenster vorbei. Kerzen auf dem Badewannenrand. Später kochte sie, eine Suppe mit Krabben, sie hatte das Rezept Tage vorher ausgesucht. Vor dem Essen zog sie sich um, als hätte sie Gäste, als gäbe es wirklich etwas zu feiern. Sie machte eine gute Flasche Wein auf, aß Eis zum Nachtisch, wusch den Teller und das Schälchen gleich ab, und dann tat sie, was sie immer mal hatte tun wollen, wozu aber auf den Silvesterpartys mit Arnes Freunden nie Zeit gewesen war: Sie erinnerte sich an das vergangene Jahr. Auf schmalen Papierstreifen notierte sie, was schlecht gelaufen war, am Ende verbrannte sie die Streifen. Sie bekam einen Hustenanfall, dachte: Rauchvergiftung, öffnete das Fenster, von einem Balkon auf der anderen Straßenseite winkte ihr jemand zu.

Plötzlich war es halb zwölf, war viel Zeit vergangen; Sonja musste sich beeilen, um ihren Plan einzuhalten. Sie holte die Piccoloflasche aus dem Kühlschrank, schob eine Packung Wunderkerzen in die Manteltasche und vergaß auch die Handschuhe nicht. Um Mitternacht stand sie auf der Brücke, von der aus man über die S-Bahn-Gleise sehen konnte, der Funkturm ragte in den explodierenden Himmel. Wildfremde Menschen lagen sich in den Armen – wahrscheinlich kannten die Menschen einander, waren nur für Sonja wildfremd.

Gegen drei viertel eins, während des Telefonats mit Arne, sagte sie mehrmals: »Großartig.« Arne wünschte ihr ein frohes neues Jahr, seine Stimme klang friedlich. Nachdem er aufgelegt hatte, schaute Sonja eine ganze Weile aus dem Fenster. Aber dann gab sie sich einen Ruck, fuhr, wie sie es geplant hatte, mit der U-Bahn noch in die Innenstadt. Eine Stunde lang stand sie frierend in dünnen Turnschuhen im Schnee, die Schlange vor dem Club schien nicht kürzer zu werden, unter dem Wintermantel trug Sonja nur ein T-Shirt. Als sie endlich die Tür erreichte, zahlte sie viel zu viel Eintritt, stand wiederum an der Garderobe an, und dann wechselte sie von einem Raum in den nächsten, versuchte zu tanzen, schwitzte zwar, wurde aber mit der Musik nicht warm. Kurz verlor sie die Fassung, sie war doch stark gewesen, hatte gekämpft, das hier musste jetzt gut werden. Sonja ging an die Bar, trank sehr schnell ein Bier und gleich noch ein zweites. Sie versuchte, niemandem in die Augen zu sehen, weil alle, die ebenfalls allein hier waren, schrecklich betrunken wirkten. Ein drittes Mal stand sie lange an, diesmal am Klo, danach beschloss sie, ihren Plan erfüllt zu haben; sie durfte nach Hause fahren und sich ins Bett legen.

»Natürlich«, sagt Arne, als sie ihn darum bittet, »ich helfe dir gern.« In der Wohnung müssen endlich Gardinenstangen angebracht werden, außerdem ein paar Bilder, ein Handtuchhalter im Bad.

Nachdem Sonja ausgezogen war, ist Arne mit ihr zu einem Baumarkt gefahren. Er hat ihr erklärt, was man so braucht, eine Grundausstattung an Werkzeug: Hammer, Säge, Schraubenzieher, Winkel, Kombizange, Schlüsselsatz, Feile. Arne liebt Werkzeug. Sonja hat genickt, alles eingekauft und sich bei den beiden Bohrmaschinen, die er ihr vorschlug, für die teurere entschieden.

Aber natürlich reicht es nicht, eine Bohrmaschine zu besitzen, man muss mit ihr auch umgehen können. Sie hat es ja versucht. Erst als ihr zum dritten Mal, selbst nachdem sie Schnellzement benutzt hat, der Dübel aus der Wand bröselt, ruft sie Arne an und hört auf die Untertöne. »Ich helfe dir gern.«

Bei ihm sieht das leicht aus. Auch er trifft mal eine Fuge, aber dann klopft er einfach die Wand ab, horcht und versucht es zwei Zentimeter oberhalb erneut. Wenn Arne bohrt, entsteht noch nicht einmal Dreck: Entweder klebt er eine Kaffeefiltertüte an die Wand, in die alles hineinrutscht, oder er lässt Sonja das Staubsaugerrohr unter den Bohrer halten. Arne zeichnet feine Bleistiftkreuze auf die Tapete, bis alle Bilder gerade hängen, Sonja steht neben ihm und wartet. »Möchtest du ein Bier zum Dank?«, fragt sie, als sie ihm die Bohrmaschine abnimmt, sie zurück in den grünen Koffer legt. Arne schüttelt den Kopf. Er müsse gleich weiter. Er bewegt die Hand in einer schwer deutbaren Weise, als würde er etwas über die Schulter werfen, aber vielleicht lockert er auch nur das Gelenk.

Nicht zum ersten Mal bleibt ihr das Fahrschulauto mitten auf der Kreuzung stehen. »Na ja«, sagt der Fahrlehrer, »dann drehen Sie jetzt mal den Schlüssel und starten neu. Die da hinten hupen nur, das macht nichts. Aber es wäre gut, wenn Sie's während der Grünphase schaffen.« Beim Starten vergisst Sonja wieder, auf die Kupplung zu treten.

Anfang Februar macht sie den Erste-Hilfe-Kurs, der offiziell *Lebensrettende Sofortmaßnahmen* heißt. Bewusstseinskontrolle, stabile Seitenlage, unter Schock ist man völlig schmerzfrei. Der Kursleiter hält ein Warndreieck in die Höhe und beatmet eine Gummipuppe. Nie Desinfektionsmittel in eine Wunde bringen, es gibt drei lebensnotwendige Organe: Herz, Lunge, Gehirn. »Und was tun Sie mit abgetrennten Gliedmaßen?«, fragt der Kursleiter und beantwortet die Frage gleich selbst: »Finden, steril abdecken, kühlen, trocken halten. Am Ende aber nicht im Schatten vergessen, sondern dem Rettungsdienst in die Hand drücken.«

Am Abend nach dem Kurs sitzen Sonja und Arne im Café, an der Wand hängt noch die Weihnachtsdekoration und Sonja weiß nicht, ob sie dort vergessen wurde oder ein Statement ist. *Jeden Tag ist Sommer und jede Nacht ist Weihnachten*, hat sie das nicht schon mal irgendwo gelesen? Oder im Radio gehört? Sie denkt an den Baum unter dem Schlafzimmerfenster. Arne will nicht glauben, wie viele Fahrstunden Sonja schon hinter sich hat, er lacht. »Dann wird das wohl nichts mehr vorm Fünfunddreißigsten«, sagt er wieder. »Wenn es vorm Fünfunddreißigsten nichts wird, breche ich ab. Dann gebe ich auf«, Sonja hört, wie leise ihre Stimme klingt. »Aber du gehst doch wohl nicht davon aus«, Arne zieht die Augenbrauen hoch, »dass du gleich beim ersten Mal die Prüfung schaffst?«

Sie bestellen mehr Kaffee, doch als das junge Mädchen mit dem niederländischen Gesicht und dem niederländischen Akzent bereits wieder hinter der Theke steht, wird Sonja klar, dass sie nicht dasselbe trinken muss wie Arne. Ohne darüber nachzudenken, worauf sie wirklich Appetit hat, ruft sie quer durch den Raum: »Nein, lieber ein Glas Rotwein.« Das Mädchen sieht von der Kasse auf, nickt und lächelt breit. Und in diesem Moment sagt Arne, dass er nach Hannover zieht.

»Was?«

»Jetzt schau nicht so.«

Alles in ihr ist eine endlose Sekunde lang still, so still wie ein noch zusammengerolltes Blatt, wie ein Autoradio, das man mitten in einem lauten Lied ausgeschaltet hat. Dann fängt alles in ihr an zu rufen. Nein, du darfst nicht, lass mich nicht allein. Ich kann das nicht ohne dich. Sie muss gar nicht rufen, Arne sagt schon von selbst: »Ich bin ja nicht aus der Welt, Sonja, so weit weg ist das nicht. Im Notfall bin ich in zweieinhalb Stunden da.« Sie mag nicht, wie er das sagt, aber noch mehr zuwider ist ihr, dass sein Satz sie erleichtert. Das niederländische Mädchen bringt ihren Rotwein und dazu nun doch zwei Kaffee, offenbar hat sie Sonja falsch verstanden – Sonja sagt nichts, greift sogar als Erste zur Tasse und trinkt. Der Kaffee ist nicht heiß genug, als dass sie sich daran den Mund verbrennen könnte.

Unterlassene Hilfeleistung ist strafbar. Man muss wiederbeleben, zwanzig Minuten, dreißig Minuten, egal, bis der Arzt kommt. Sonjas Gedanken rasen, Arne summt eine halbe Melodie. Als das niederländische Mädchen abkassieren will, sagt Sonja mechanisch: »Heute zahlt mein Mann.«

Sie wartet darauf, dass der Baum unter dem Schlafzimmerfenster wieder austreibt, wartet auf Blätter, die sich entrollen, aber natürlich wird das noch dauern. Wann kommt das Grün zurück, in welchem Monat? Arne wüsste es. Immerhin schmilzt der meiste Schnee, nur an den Straßenecken halten sich dunkle Haufen, fester kalter Dreck. Als würden die Haufen für immer bleiben. Nachdem Sonja alle Sonderfahrten gemeistert hat, macht ihr Fahrlehrer endlich einen Prüfungstermin aus, den siebenundzwanzigsten März. Und Sonja ruft tatsächlich in Hannover an, wo Arne gerade das neue Leben zusammenbaut, was ihm bestimmt nicht schwerfällt, beruflich war er schon früher oft in der Stadt, und Freunde hat er dort auch. »Es ist jetzt so weit«, sagt Sonja, »der Notfall, ich brauche dich.« Und sie sagt den einzigen Satz, der Arne ganz sicher zu ihr bringen wird, sie sagt: »Ich muss ein Auto kaufen.«

Er kann nur am Wochenende vor der Prüfung, nicht an dem danach, und er nimmt den Autokauf ernst, als wäre das noch ein Auto, das ihn beträfe, als würde ihn Sonja in diesem Auto durch Spanien, durch Polen fahren wollen. Als er ankommt, spät am Freitagabend, stellt er seine Reisetasche in die Ecke, will am liebsten gleich los, fragt: »Was hast du für Vorstellungen?« Sie hat keine, bloß schwarz soll das Auto nicht sein, und natürlich möglichst günstig, es gehen sowieso ihre letzten Ersparnisse dafür drauf.

Früh am Sonnabendmorgen gibt es im ersten Autohaus nur ein einziges gebrauchtes Auto, das sie bezahlen könnte. Im zweiten Autohaus gibt es gar keins, aber der Verkäufer findet heraus, dass im dritten das passende Auto steht. »Silbern«, sagt er, »ein Viertürer.« Die Autohäuser liegen weit draußen, Arne und Sonja brauchen anderthalb Stunden quer durch die Stadt. Das Auto im dritten Autohaus ist dann nicht silbern und ein Viertürer, sondern schwarz und ein Zweitürer. Im vierten Autohaus wartet ein weiteres schwarzes

Auto auf sie, Arne verliert die Lust und sie fangen an zu streiten. »Du kaufst ein Auto«, sagt er, »nicht irgendwas, das gut aussehen muss. Es kommt auf die Zahlen an, und die hier sind super, Garagenwagen, nur 40 000 runter.« Sonja weiß nicht, was sie sagen soll, auf keinen Fall will sie die Fassung verlieren, sie könnte nie erklären, warum sie weint. Ihre Erschöpfung hat mit Arne zu tun, dennoch ist sie selbst dafür verantwortlich. Andere Menschen, andere Frauen haben einfach mehr Energie. Sie presst die Lippen aufeinander, schüttelt den Kopf – und dabei sieht sie es. Aus dem Augenwinkel, das Auto glänzt gelbgrün, und ein Viertürer ist es auch, das scheint Arne wichtig zu sein.

Während Sonja noch denkt, dass damit alles geklärt ist, fangen die nächsten Probleme an. Sie dürfen das Auto nicht mitnehmen, bevor die Zahlung auf dem Konto des Autohauses eingegangen ist. Das kann ein paar Tage dauern. Aber Sonja weiß nicht, ob sie die Prüfung bestehen wird, und selbst wenn, traut sie sich nicht zu, sofort und allein dieses Auto abzuholen. »Es wird doch irgendeinen anderen Menschen geben, der dir helfen kann«, sagt Arne gereizt. »Nein«, Sonja atmet, als wäre sie schnell gelaufen, »nein, mir kann niemand helfen außer dir, nein.« Der Verkäufer blättert in den Unterlagen, die gute Laune auf seinem Gesicht ist ein Vertrag, der vor langer Zeit unterschrieben wurde. »Sie können natürlich«, sagt der Verkäufer zu Sonja, »auch bar bezahlen.«

Und so machen sie es dann. Aber am Automaten bekommt sie nur tausend Euro, deshalb muss sie in die Filiale in der Innenstadt fahren, die einzige, die um diese Uhrzeit noch geöffnet ist. Dort gibt es bloß Fünfziger. Mit dem dicken Packen Geld in der Tasche zurück an den Stadtrand,

Sonja hat eine Zeitung dabei, trotzdem liest sie in der S-Bahn nicht, schaut stattdessen ununterbrochen nach draußen, verwischte Farben, Brachland, Fabrikhallen mit eingeworfenen Fenstern. Arne ist nicht mitgekommen, Arne hat sich um die Ecke vom Autohaus in ein Restaurant gesetzt, das ausschließlich Schnitzel serviert, er hat gesagt: »Hol mich hier ab, wenn du fertig bist. Ich fahre dir diesen Wagen noch vor die Haustür, aber das ist alles, dann ist Schluss.«

Tatsächlich fährt er sie zwanzig Meter zur nächsten Tankstelle, weitere zweihundert Meter die Straße entlang, danach sehen sie sich an. Sonja fühlt sich so benommen und verwirrt, dass sie nichts gesagt hätte; sie wäre davon ausgegangen, sich den Gestank nur einzubilden. Aber Arne flucht und wendet bei der nächsten Gelegenheit, mit jedem Meter riecht es im Auto stärker nach Benzin. In der Werkstatt des Autohauses schüttelt der Meister den Kopf und holt einen Kollegen dazu. »Schauen Sie mal«, sagt der Kollege zu Arne, »der Schlauch dort ist lose, da fehlt eine Schelle.« Sonja betrachtet ihr eben gekauftes Auto wie etwas, das im nächsten Moment auseinanderfallen kann; als die Schelle befestigt ist, fällt ihr das Wiedereinsteigen schwer.

Ein Wunder, dass sie die Prüfung schafft. Auch dem Fahrlehrer ist anzusehen, dass er es für ein Wunder hält; der Einzige, der entspannt bleibt, ist der Prüfer. Nach dem Autokauf hatte Sonja keinen Kontakt mehr zu Arne, aber am Tag der Prüfung schickt er ihr eine SMS, drei Stunden zu früh: *Und? Wie ist es ausgegangen?* Das verunsichert sie so sehr, dass sie noch schlechter fährt als sonst. Sie schafft es nicht, richtig einzuparken: Sie korrigiert zu hastig, dreht das Lenkrad zu weit nach links und rechts. Irgendwann legt sie die Hände in den Schoß und flüstert: »Ich wusste es, ich bin die erste Fahrschülerin, die wegen Einparkens durchfällt.« Erst jetzt, im vollkommen falschen Moment, denkt sie an das viele Geld, das sie in die Stunden, in den Autokauf, in die ganze verfahrene Fahrsituation gesteckt hat. Hinten räuspert sich der Prüfer: »So schnell gebe ich nicht auf. Machen Sie mal weiter.«

Sie zittert, ihr ist übel, sie kennt das nicht: Prüfungsangst, das hatte sie nicht, als sie Abitur machte, auch nicht bei der mündlichen Prüfung im Examen. Einmal kann sie nicht abbiegen, wie es verlangt worden ist – sie verpasst die Autobahnauffahrt, weil sie zu spät daran gedacht hat, die Spur zu wechseln. Immerhin gelingt ihr am Ende das Einparken doch noch. In eine viel kleinere Lücke als die, an der sie gescheitert ist, setzt Sonja den Wagen mit wenigen Bewegungen, wie nach Lehrbuch, sie weiß selbst nicht, wo das plötzlich herkommt. Ihr Fahrlehrer presst durch die Zähne: »Die andere Lücke war wohl zu groß.«

Der Prüfer lacht. »Ich habe mich für das Ergebnis *bestanden* entschieden.«

Der Fahrlehrer zieht die Augenbrauen hoch. »Zum Glück gibt es in dieser Stadt viele kleine Parklücken.«

»Frau Becker«, erklärt der Prüfer, »Sie können Auto fahren. Sie stehen sich nur selbst im Weg. Indem Sie nämlich versuchen, *alles* richtig zu machen. Das geht beim Autofahren nicht. Wenn Ihr Lehrer Sie gleich zurück zur Fahrschule fährt, wird er Fehler machen. Ihr Problem ist, dass Sie, wenn Sie einen Fehler gemacht haben, noch endlos darüber nachdenken. Falsch! Fehler realisieren, abhaken, wieder auf die Straße konzentrieren. Versprechen Sie mir das?« Sie sagt ihm, was er hören will, sie würde ihm alles versprechen, sie möchte bloß nach Hause, sich ins Bett legen und schlafen.

Es gibt nichts anderes mehr, es gibt nur noch sie, das Auto, das Gefühl, dem Leben nicht gewachsen zu sein. Zwei Tage nach der bestandenen Prüfung geht Sonja, als sie von der Arbeit kommt, nicht hinauf in die Wohnung. Sie holt den Autoschlüssel aus der Tasche, setzt sich in den gelbgrünen Fiat, der vor der Haustür parkt, wo Arne ihn abgestellt hat. Zum ersten Mal probiert sie zu starten. In der Fahrschule ist sie ausschließlich Diesel gefahren, mit dem Benziner kommt sie nicht klar. Erst beim fünften Versuch bleibt der Motor so lange an, dass Sonja das Auto aus der Parklücke steuern kann. Wie ein bockig hoppelndes Kaninchen bewegt es sich die Straße hinunter, meist schafft sie nur wenige Meter, bevor sie wieder festsitzt. Aber nun hat sie keine Wahl mehr, sie muss jetzt einmal um den Block. Obwohl hier kaum Verkehr herrscht, wird sie angehupt; als sie sich der letzten Ecke nähert, ist sie schweißgebadet, denkt ernsthaft darüber nach, das Auto doch einfach stehen zu lassen. Wie soll sie in diesem Zustand zurück in die Parklücke manövrieren? Ist die überhaupt noch frei?

Die Parklücke ist noch frei, und Sonja fährt den Wagen auch hinein. Aber danach setzt sie sich wochenlang nicht mehr hinters Steuer.

Sie verliert die freche Sicherheit, das Achselzucken, das sie früher hatte. Oder sie erkennt, dass das Freche immer nur behauptet war. Sie würde jetzt keine Reden mehr darüber schwingen, dass sie gern Frau ist und nicht alles können und machen muss wie ein Mann. Diese Reden sind ihr nun sogar unangenehm, sie kann sie nicht mehr als frech empfinden, kommt sich im Nachhinein auf den Kopf gefallen vor.

Vielleicht kämpft sie einfach nicht ausreichend. Vielleicht wünscht sie sich nicht stark genug, dass es anders wird. »Fährst du denn jetzt«, fragen ihre Freunde, wenn sie sie trifft, »dein Auto?« Nach einiger Zeit fragen sie nicht mehr. Sonja schreibt Listen, auf denen steht, was sie erledigen muss, und *Autofahren* steht immer darauf. Wenigstens einmal die Woche einmal um den Block, sagt sie sich. Ab und zu schafft sie das auch, und ab und zu telefoniert sie nun wieder mit Arne, er gibt ihr Hinweise. »Üben«, sagt er, »üben«, aber sie hat nicht das Gefühl, dass ihr irgendetwas an diesem Auto mit jedem Mal Üben weniger Angst macht. Eher wird die Angst größer, wie auch das Versagen mit jedem Tag, jeder Woche, jedem Monat größer wird. »Du wirst doch jemanden haben, der sich mal auf den Beifahrersitz setzt«, sagt Arne am Telefon, ein Satz, der ein unbestimmtes Déjà-vu bei ihr auslöst. Sagt er das schon zum zweiten Mal? Eine Freundin hat angeboten, mit ihr zu üben, aber die Freundin hat viel zu tun, ist alleinerziehend mit zwei Kindern, Sonja vermeidet es, auf das Angebot zurückzukommen, obwohl sie weiß, dass es ernst gemeint war. Und was ist, wenn sie ausgerechnet dann, wenn jemand neben ihr sitzt, einen Unfall verursacht? Sie fährt doch besser nur sich selbst tot als gleich noch andere.

Sie versucht, größere Runden zu drehen, aber die Geschwindigkeit auf den Hauptstraßen lässt ihre Hände das Lenkrad so fest umklammern, dass die Knöchel hell hervortreten. Beim Autofahren kann sich Sonja immer alles vorstellen. Wenn sie jetzt, aus Versehen, nur ein wenig das Lenkrad verreißt … Beim Autofahren ist alles, was sich Sonja vorstellen kann, immer gleich sehr schlimm. Panisch sieht sie geradeaus auf die Straße, die Straße, die Straße – obwohl

Arne am Telefon sagt: »Das Wichtigste ist, dass du ständig in alle Spiegel schaust. Denkst du daran?« Sie denkt zu viel, aber daran denkt sie nicht. »Fahr wenigstens in eine Werkstatt«, sagt Arne, »und lass die Scheibenwischer erneuern, die waren von Anfang an hin, mit denen darfst du in keinen Regen geraten.«

Als sich der Sommer über die Stadt stülpt, eine heiße, staubige Glocke, gibt sie eine Zeit lang auf. Lässt das Auto stehen, länger als sonst, erst einige Wochen, dann werden Monate daraus. Ihre Scheidung ist durch, Arne hat sich um alles gekümmert, sodass Sonja lediglich zum Termin erscheinen muss, die Verhandlung dauert keine Viertelstunde. Danach stehen sie vor dem Gebäude, an dessen Sandsteinfassade der Schmutz von Jahrzehnten frisst, vielleicht der eines ganzen Jahrhunderts, gemessen daran war ihre Ehe eine Episode. Arne, der nun nicht mehr Sonjas Mann, sondern Sonjas Exmann ist, fragt nicht nach dem Auto. Er muss bald weiter, hat zwei Treffen mit Kunden auf den Nachmittag gelegt und will schnell nach Hannover zurückfahren. »Vielleicht auf einen Kaffee?«, fragt sie. »Aber Sonja«, sagt er mit seiner ruhigen Stimme, die auch oben, während sie alles geklärt haben, nicht gezittert hat. »Aber Sonja, was soll denn das bringen, ein Kaffee.« Sie nickt, sie umarmen sich, das ist gleichzeitig zu viel und zu wenig, Sonja denkt, dass er ihr beim nächsten Mal die Hand geben wird. Er kommt ihr fremd vor. Er kommt ihr größer vor als früher, ihr Blick bleibt an seinem Kinn hängen, beim Rasieren hat er ein paar Haare übersehen.

Das Auto hat lange neben dem Baum unter dem Schlafzimmerfenster gestanden. Aber da, wo es jetzt parkt, auf dem freien Platz vor der Kleingartenkolonie, ein paar Straßen von ihr entfernt, da steht es gut, findet Sonja. Manchmal geht sie vorbei, um nachzusehen, ob jemand das Auto gestohlen hat. Aber es ist noch da. Der Staub bildet eine feste Schicht auf dem Lack, in die man mit dem Finger schon nichts mehr hineinschreiben kann, die Räder sind in die Breite gegangen. Der Platz vor der Kleingartenkolonie ist mit Steinen gepflastert, an deren Rändern Unkraut hervorschießt. Seit dem Frühjahr wurde das Unkraut mehrmals entfernt, vielleicht von den Kleingärtnern, die Stadt würde sich wohl kaum so viel Mühe geben, aber die Kleingärtner, denkt Sonja, machen vor nichts Halt. Nur vor ihrem Auto haben sie notgedrungen Halt machen müssen. Bisher hat niemand Zettel unter die Scheibenwischer geklemmt oder wütend den Lack zerkratzt, doch das ist nur eine Frage der Zeit. Je gepflegter der Rest des Platzes ist, desto mehr fällt auf, wie unter Sonjas Auto das Grün wuchert, um die Vorderreifen herum blühen winzige gelbe Blumen.

Nachts träumt sie, dass sie geküsst wird. Sie will eine Gaststätte verlassen, vielleicht ein Lokal an der Autobahn, schiebt sich durch einen stickigen Gang, auf eine Drehtür zu. Stoffvorhänge links, rechts, es gibt hier fast kein Licht. In der Enge kommt Sonja ein Mann entgegen, überfallartig umschließt er sie mit den Armen, stößt ein Keuchen aus, sein Atem nah an ihrem nackten Hals, und schon küsst der Mann Sonja auf den Mund, nass, die Zunge wühlt zwischen den Zähnen. Sonja macht eine Bewegung mit dem rechten Arm. Da weicht er plötzlich zurück, taumelt, sie sieht den Schock in seinem Gesicht – und sieht erst dann nach unten, auf ihre Hand, die ein schmales, fast zierliches Taschenmesser hält, das

Messer, mit dem sie offenbar gerade zugestochen hat, denn an der Klinge ist nichts Blankes mehr, bis zum Heft nicht.

Vollkommen verschwitzt fährt Sonja in ihrem Bett hoch. Der Mond beleuchtet durch die Gardine hindurch eine Wand ihres Schlafzimmers. Sie hört, dass sie jetzt selbst keucht, bewusst holt sie Luft, um sich zu beruhigen. Dass sie geküsst wurde, ist nicht das, was sie an diesem Traum verstört.

Im Internet sucht sie, an einem guten Nachmittag, an einem Wochenende, die Adresse einer Werkstatt heraus. Sie sieht sich den Weg dahin auf dem Stadtplan an, zögert, erinnert sich an ihren letzten Versuch, eine größere Runde zu drehen als einmal um den Block. Danach hat sie das Auto dort abgestellt, wo ihm seitdem Blumen um die Reifen wachsen. Kurz entschlossen legt Sonja den Stadtplan zur Seite, geht los und kauft ein Navigationsgerät. Näher wird sie an die Stimme ihres Fahrlehrers nicht herankommen, sie wünscht sich einen Menschen, der zu ihr sagt: *Jetzt rechts abbiegen. Sie haben Ihr Ziel erreicht. Das Ziel befindet sich links.* Tröstende Worte. Oder die sanfte Aufforderung zur Korrektur: *Wenn möglich, bitte wenden. Achtung: Das Ziel befindet sich in einer nur teilweise befahrbaren Zone.*

Es ist nicht zu fassen. Ausgerechnet als sie auf dem Weg zu der Werkstatt ist, in der sie die Scheibenwischer ersetzen lassen will, gerät sie zum ersten Mal in Regen. Panisch starrt sie durch die Schlieren, die die völlig verbrauchten Wischer über die Scheibe ziehen. Nur noch mit Mühe kann Sonja das Heck des vor ihr fahrenden Autos erkennen, der Straßenrand ist ein grauer, bewegter Schatten. Der Himmel schüttet über ihnen aus, was er einen halben Sommer zurückgehalten hat, die Wischer knarren und stöhnen.

Zuletzt muss sie scharf links abbiegen. Die Werkstatt liegt fast am Anfang der Nebenstraße. Leere Parkplätze vor der Einfahrt in das niedrige Gebäude, der Regen nur noch ein Tröpfeln, wenigstens etwas, das sich einmal fügt. In der Werkstatt springt Sonja ein junger Mann in den Weg, hebt beide Hände. »Huh«, ruft er, »nicht so schnell, lenken Sie mal hier rüber, ja, jetzt einschlagen … und stopp!« Er lacht. »Perfekt.«

Sie geht einen Kaffee trinken. Sie geht keinen Kaffee trinken, sondern bestellt eine heiße Schokolade – das ist nur, was sie dem jungen Mann gesagt hat: dass sie einen Kaffee trinken geht. Aber ihr Herz rast schon ohne Kaffee, und sie muss noch den Rückweg schaffen. Bei der heißen Schokolade handelt es sich um lauwarme Milch mit einem Löffel Kakaopulver, Kaba wahrscheinlich, Sonja rührt im Glas, bis alles endgültig kalt ist.

Der junge Mann, der in der Zwischenzeit ihre neuen Scheibenwischer angebracht hat, trägt eine blaue Latzhose mit roten, weit leuchtenden Hosenträgern, darunter ein enges T-Shirt. Als Sonja zurückkommt, lächelt er ihr erneut zu. Sie bezahlt bei der Chefin, die in einer verglasten Ecke der Werkstatt vor einem Computer sitzt, ihre Nikotinfinger jagen rasend schnell über die Tastatur. »Nettes Auto, Schätzchen«, sagt die Chefin, nickt in Richtung des Fiat, ohne deshalb mit dem Tippen aufzuhören, ihre rasselnde Stimme passt zur Farbe der Finger. »Nur in die Waschstraße sollten Sie damit mal.« Etwas an dieser Frau, vielleicht die ruppige Mütterlichkeit, lässt Sonja sofort ehrlich antworten, dass sie sich um die Waschstraße drückt. Weil ihr die viel zu schmal vorkommt. Es tut gut, endlich alles zuzugeben, einer Fremden gegenüber, Sonja erzählt die ganze Geschichte. Wie sie mit dem Tag, an dem sie den Führerschein bekam, Angst vorm Fahren entwickelte. Dass sie den Wagen gerade seit Monaten erstmals wieder bewegt hat. Die Frau schüttelt besorgt den Kopf und druckt die Rechnung aus. »Sie müssen sich denken, dass das Auto Ihnen *helfen* soll. Das Fahren soll keine Aufgabe für Sie sein, sondern Ihnen das Leben leichter machen, Sie kommen doch mit dem Auto viel schneller von A nach B als irgendwie sonst.« Ich nicht, denkt Sonja. »Das ist für den Wagen auch gar nicht gut, Schätzchen«, fügt die Frau hinzu, »ist ja schließlich ein Fahrzeug, kein Stehzeug.« Sie zwinkert mit einem Auge.

Der junge Mann wartet neben dem Fiat und hält ihr die Fahrertür auf. »Alles fertig«, sagt er, »und ich habe gleich noch Wasser nachgefüllt und die Digitaluhr vom Bordcomputer eingestellt. Bei Ihnen war's schon nach neun.« Er hat ein breites, freundliches Gesicht, Sonja mag seine Ohren, von denen das linke ein wenig mehr absteht als das rechte. Sie weiß nicht, ob sie ihm jetzt ein zweites Trinkgeld geben soll, sie hat schon im Büro den Rechnungsbetrag aufgerundet. »Danke«, sagt sie, und dann, weil sie noch irgendwas sagen will: »Wie heißen Sie denn?«

»Heino.«

»Was, wirklich, Heino?«

Das Lachen kommt plötzlich und verändert alles, lässt seine Augen fast so blau scheinen wie die Latzhose, der Körper spannt sich an, die Oberarme unter dem T-Shirt nicht muskelbepackt, aber breit und fest. »Nein«, sagt er, »ich heiße Heiko. Ich wollte nur mal sehen, wie Sie reagieren.«

Sie ist kurz beleidigt, bis sie begreift, dass er sich nicht über sie lustig macht. Als sie endlich selbst lachen muss, wird er rot und strahlt vor Freude.

Es hätte leicht sein, es hätte ihr jetzt von der Hand gehen können. Die Straße hätte nur frei sein müssen. Aber dann ist die Ausfahrt vor der Werkstatt links und rechts zugeparkt, die Autos stehen quer zum Gehweg, Sonja passt gerade so zwischen ihnen hindurch. Es herrscht deutlich mehr Verkehr als zuvor. Immer wenn sie sich Meter um Meter aus der Lücke herausschiebt, noch bevor sie das Lenkrad einschlagen kann, wird gehupt, sodass sie schnell wieder zurücksetzt. Mal kommen die Autos von links, mal von rechts, es scheint keine Pausen zu geben, keine Ampelphasen.

Sie versucht es. Sie versucht es wieder und wieder. Nein, sie versucht jetzt nichts mehr. Nein, jetzt hat sie genug. Sie will nicht länger. Das wird alles nicht besser, es reicht.

Und da, gerade als Sonja aussteigen und nach Hause gehen und sich nie wieder einen Millimeterbreit um dieses Auto kümmern möchte – sie möchte morgens in den Spiegel sehen, ohne sich mangelhaft zu fühlen, sie möchte nur noch Dinge tun, die sie selbstsicher und stark machen – da klopft jemand an die Scheibe. Sonja blinzelt. Es ist Heiko. Sie lässt das Fenster herunter. »Soll ich Ihnen«, fragt Heiko, »den Wagen rasch auf die Straße fahren?«

Es bricht aus ihr heraus. Zum Teufel mit allem, was richtig ist. Mit den Regeln, den Idealen, der neuen Freiheit, zum Teufel mit der Gesellschaft, mit Alice Schwarzer, mit den kritischen Blicken, dem eigenen kritischen Blick. »Ja«, sagt Sonja. »Ja, bitte fahr mir das Auto auf die Straße. Und bitte fahr mir das Auto auch gleich nach Hause und parke es vor meiner Tür. Und bitte fahr mich morgen mit dem Auto zur Arbeit, und könntest du das Auto am Abend in die Waschstraße bringen? Und bitte kümmere dich um den Ölstand und den TÜV, und bitte sag mir, dass dieses Auto zwar nur aus ein bisschen Metall und ein paar Schrauben besteht, aber sich trotzdem nicht in seine Einzelteile auflösen wird, sobald wir schneller als sechzig fahren. Bitte heirate mich und sag mir, dass ich in Ordnung bin und du weißt, dass Menschen unendlich viele Fehler haben, und bitte lass uns mit dem Auto nach Brandenburg an einen See fahren, und dann gibt es auch noch so ein seltsames Geräusch, wenn man vor den Ampeln abbremst und wieder startet, als würde etwas mit der Lenkung nicht stimmen.«

Er starrt ihr verblüfft ins Gesicht. Sekundenlang sind seine Augen so unbewegt, als hätte er sich hinter sie zurückgezogen. Doch dann rollt wieder dieses Lachen aus seinem Mund, das sie schon kennt – ein Lachen, das leise, wie weit entfernt, beginnt, aber sehr schnell laut wird. Sonja kann nicht anders, sie muss mitlachen. Er stützt die Hände auf die Autotür, schaut Sonja offen an und lacht und lacht, und dann läuft er ums Auto herum. Er läuft vorn herum, sodass sie ihn sehen kann; vielleicht will er ihr auf diese Weise zeigen, dass er nicht davonläuft. Heiko öffnet die Beifahrertür und schiebt sich auf den Sitz. So kann er aber nicht fahren, denkt Sonja. »Ich heiße Sonja«, sagt sie. Vom Lachen ist ihnen beiden das Lächeln geblieben. »Hallo Sonja«, sagt Heiko, ohne damit aufzuhören. Er sagt: »Heiraten ist eine prima Sache – aber wollen wir nicht vielleicht erst mal eine Cola trinken gehen?«

Fünf Jahre später steht Sonja am Fenster des Hauses, des kleinen Hinterhofhauses, in dem sie wohnt. Mit einer Hand schiebt sie die Gardine weiter an den Rand. Auf dem Hof spielt ihre Tochter mit einem Jungen, dem vierjährigen Sohn des Bäckers aus dem Vorderhaus. An der rechten Seite hat Sonja einen kleinen Garten angelegt, sie lässt Efeu an der

Hauswand hochranken, in den Kübeln Fetthenne und Kräuter, die Margeriten und die Hortensien blühen. Bambus vor dem Zaun zum Nachbargrundstück, ein Tisch und vier Stühle. Der Hof ist gepflastert, die Wurzeln einer alten Birke drücken die Steine zu Buckeln und Senken. Katie hat Schwierigkeiten, dieses Gebirge mit dem Bobby-Car zu bewältigen. Im Baum flirrt das Licht. Der kleine Junge läuft neben Katie her und greift immer wieder nach dem Lenkrad. »Nein«, ruft sie mit ihrer klaren Mädchenstimme, »nein, das ist meins, geh weg.« Ihre Beine in den Cordhosen arbeiten, Sonja sieht die runden, kräftigen Knie.

Als Heiko ins Zimmer kommt, dreht sich Sonja halb um, sagt: »Kaffee steht in der Küche, Frühstück mach ich gleich.« Er nickt, holt sich den Kaffee, und dann kommt er zu Sonja und stellt sich dicht hinter sie. Sie nimmt ihm die Tasse aus der Hand, trinkt einen Schluck, Filterkaffee, nicht zu stark, dafür sehr heiß, so mag er ihn. Heiko legt den Arm um Sonja und drückt sie an sich. »Glücklich«, flüstert er, lässt die Hand über ihre Brust bis zu ihrem Bauch gleiten, der sich schon wieder rundet.

Sie soll brennen

Mit der Tasche vom Volleyball über der Schulter nach Hause, aber vielleicht auch noch nicht nach Hause, weil dort nichts wartet, nur die übliche Langeweile aus Blumenkohl und liniertem Papier. Also am Spielplatz abbiegen, sich durch die Büsche schlagen, dahin, wo die Älteren manchmal rauchen, aber jetzt ist niemand da. Einbilden kann man sich, dass noch etwas vom Rauch in der Luft hängt, zwischen den vertrockneten Blättern aus dem letzten Jahr. Nichts Grünes, kein Frühling, es wäre auch zu zeitig dafür, nicht einmal die verlassenen Klettergerüste leuchten bunt, und die Sonne scheint nicht. Neulich sollen die Älteren hier einer Obdachlosen die Haare angezündet haben, davon erzählen sie in der Schule. Haare gehen angeblich mit einem Mal in Flammen auf. Aber am Ende ist das wieder nur ausgedacht, wahrscheinlich ist gar nichts passiert. Zweimal lange schaukeln, danach vom Spielplatz aus die Abkürzung über den Hinterhof der Bäckerei nehmen, die kennen alle. Dann die richtige Straße, dann das richtige Haus. Also zumindest das Haus, in dem man wohnt.

»Er ist hier«, flüstert die Mutter, die sie an der Tür abfängt. »Er sitzt im Wohnzimmer.«

Karoline nickt und stellt ihre Tasche vor die Garderobe. Zum Glück hat sie schon im Sportzentrum geduscht. Sie begreift sofort, worum es geht, es geht um alles. Sie war in den vergangenen Wochen, eigentlich war sie in den vergangenen Jahren die unfreiwillige Vertraute der Mutter. Abend für Abend spült die Mutter das Geschirr, und Karoline trocknet ab. Dann stehen sie nebeneinander, die Mutter redet über alles, was sie beschäftigt, Karoline muss immer nur *hm* sagen und *aha*. Deshalb weiß sie jetzt eine Menge über den Mann, der im Wohnzimmer sitzt. Endlich hat sich die Mutter neu verliebt. Karoline hat den Mann noch nie gesehen, aber sie kennt seinen Namen, Ullrich, und ihr ist klar, dass er oben auf dem Kopf keine Haare mehr hat, was die Mutter nur ein bisschen stört. Ullrich hat der Mutter Pralinen geschenkt, die Mutter hat sie mit Karoline geteilt, und ihr zuliebe hat Karoline so getan, als wären sie gut. Die Pralinen waren mit Trüffel gefüllt. Karoline fand, dass sie nach Erde schmeckten, und zwar nach Erde, in der etwas vermodert war, und man wollte lieber nicht wissen, was. Bei dem Gedanken musste sie lachen und konnte der Mutter dann nicht erklären, was so lustig gewesen war.

Sie hat also gedacht, dass sie eine Menge über diesen Mann weiß, aber etwas hat die Mutter offenbar vergessen zu erwähnen. Ja, Ullrich sitzt auf dem Sofa wie erwartet, sogar an der Stelle, an die Karoline ihn in ihrer Vorstellung gesetzt hat. Er hat auch wirklich keine Haare auf dem Kopf, und er trägt Hosen mit Falten am Bund. Davon hatte die Mutter zwar nichts gesagt, aber Karoline konnte es sich selbst denken – was Kleidung angeht, gibt sie den Bekanntenkreis der Mutter endgültig auf.

Die Überraschung ist der Junge, der neben Ullrich sitzt und sich an seinen rechten Oberschenkel drückt. Der Junge sieht ungefähr so alt aus wie der kleine Bruder ihrer Freundin Melly, das hieße, er ist sechs. Ullrich hat einen sechsjährigen Sohn. Karoline riskiert einen Blick zur Seite. Die Mutter, blass, redet ohne Pause und bietet dem Sohn Orangensaft an, obwohl sein Glas noch voll ist. Das Glas sieht nicht aus, als hätte der Junge es überhaupt schon angerührt. Nein, die Mutter hat nichts vergessen zu erwähnen. Sie hat das hier auch nicht gewusst, es hat sie genauso kalt erwischt wie Karoline.

»Hallo«, sagt der Mann, »ich bin Ullrich.« »Ich weiß.« Das war ungeschickt, und dann wird sie auch noch rot, sie spürt es genau. Sie weiß zu viel, die Mutter kann einfach nichts für sich behalten beim abendlichen Abwasch. Karoline weiß sogar, dass die beiden schon miteinander geschlafen haben, und Ullrich ahnt hoffentlich nicht, dass sie das weiß. Sie kann sich nicht vorstellen, dass es ihm recht wäre – und sie will ihn jetzt auch nicht nackt vor Augen haben. Ihre Ohren brennen. »Schön, dich kennenzulernen«, sagt Ullrich. Wie soll das denn weitergehen? Worüber können sie reden? Sie muss der Mutter helfen ... einen Ausweg finden ... sie wendet sich an den kleinen Jungen. »Und wer«, fragt sie, »bist du?«

Als der Junge von Ullrichs Oberschenkel aufschaut, sieht er Karoline zum ersten Mal richtig an. Ohne es zu wollen, ist sie gerührt. Er hat ein rundes Gesicht, ganz weich, viele kurze blonde Locken, dabei dunkle Augen. Mit seiner Oberlippe stimmt etwas nicht, sie ist hochgezogen, dadurch steht der Mund die ganze Zeit ein Stück offen. Oder vielleicht gibt es das bei Sechsjährigen öfter, vielleicht sehen die so aus.

Und dann scheint der Junge etwas zu spüren, eine Verbindung zwischen sich und ihr, von Kind zu Kind. Obwohl

Karoline findet, dass dafür der Altersunterschied zu groß ist, sie ist schließlich schon dreizehn. Aber der Junge mit den braunen Augen nimmt den Blick nicht mehr von ihr, und dann richtet er sich auf und lässt die Beine vom Sofa baumeln, und schließlich spricht er sogar. Er flüstert: »Hast du Schokolade?« Ja, hat sie. In ihrem Zimmer.

Das ist also das Jahr, in dem sie den Bruder bekommt. Er heißt Friedel. Ullrich und Friedel ziehen kurz darauf bei ihnen ein. Karoline hat nichts dagegen, endlich passiert mal was. Sie hofft, dass sie jetzt nicht mehr die beste Freundin der Mutter spielen muss. Dass sich deren Aufmerksamkeit nicht länger allein auf sie konzentrieren wird. Karoline will nicht mehr Abend für Abend über den blöden Verkaufsjob der Mutter in dem blöden Stoffladen reden müssen und darüber, dass die Mutter viel mehr könnte, für so etwas hat man schließlich nicht studiert. »Die da im Westen«, sagt die Mutter und zählt auf, was sich in den Jahren seit der Wende verändert hat. Das langweilt Karoline, für die es sowieso nur die Neunziger gibt, weil sie an alles davor kaum oder keine Erinnerungen hat. Ullrich und Friedel, denkt sie, werden die Mutter ordentlich ablenken.

Dann entwickelt sich alles ein wenig anders. Aber vielleicht, schreibt sie in ein Tagebuch, das sie Ende Mai beginnt und fast sofort wieder vergisst, vielleicht ist es so sogar besser. Ullrich arbeitet die Woche über in einer Stadt mit D, einer von denen, die nah beieinanderliegen, Dortmund, Düsseldorf, Duisburg. Weit weg. Karoline hat da drüben nie irgendwas unterscheiden können – und je wichtiger der Mutter ist, dass sie sich Ullrichs Arbeitsort merkt, desto mehr beharrt sie darauf, *diese Stadt mit D* zu sagen.

Jedenfalls ist Ullrich bloß am Wochenende bei ihnen, und wenn es freitags beim Kunden später wird, kann er sogar erst am Sonnabendmorgen losfahren. Dann verbringt er nur eine Nacht bei Karoline, Friedel und der Mutter, es ist, als wäre er zu Gast. Ullrich wird also nicht wichtig, zumindest nicht für Karoline. Keinesfalls wird ihr plötzlich ein Vater vorgesetzt. Und das ist gut, den würde sie auch nicht wollen, sie hatte nie einen Vater und hat sich nie einen gewünscht. Väter können ihr gestohlen bleiben, schreibt sie ins Tagebuch.

Gewünscht hat sie sich, solange sie denken kann, einen älteren Bruder. Einen, der auf dem Spielplatz steht, zwischen den Büschen im Kreis seiner Freunde, und der sie mit einer großzügigen Handbewegung in diesen Kreis hineinholt. Sie könnte anfangen zu rauchen, sie könnte mit dem Bruder ins Kino gehen.

Ullrich ist nie da, Friedel ist immer da. Und Karoline nimmt, was sie kriegen kann: in diesem Fall keinen älteren, aber immerhin einen jüngeren Bruder. Friedel ist klein, doch er macht es ihr leicht. Er kommt zu ihr, wenn sie über ihren Hausaufgaben sitzt, klettert auf ihren Schoß und hält dort ganz still, bis sie endlich den Stift aus der Hand legt und bereit ist für eine Runde Kampfkitzeln oder die nächste Kissenschlacht. Von Anfang an hat Friedel Vertrauen zu Karoline. Wenn etwas ist, erzählt er es ihr, nicht der Mutter. Sie kennt ihn auch besser. Die Mutter ist zwar froh darüber, endlich einen Mann gefunden zu haben – aber sie tut sich schwer damit, deshalb auch gleich für ein zweites Kind verantwortlich zu sein. Manchmal macht Friedel nachts ins Bett. Wird Karoline von den Geräuschen in der Wohnung wach und geht nachschauen, sieht sie die Mutter ratlos vor den nassen Laken stehen: Die Mutter hat geglaubt, dass diese Zeit in ihrem Leben ein für allemal vorbei wäre.

Die Grundschule und das Gymnasium liegen nebeneinander, und an einem Dienstagvormittag, in der ersten großen Pause, entdeckt Friedel Karoline und kommt an den Drahtzaun. »Line«, ruft er immer wieder mit seiner dünnen Stimme, »Line!« Kurz zögert sie, aber ihre Freundinnen sind schon aufmerksam geworden. »Wer ist denn das?« Statt zu antworten, geht sie hin, die anderen folgen ihr. Friedel streckt fordernd die Hand aus, die so klein ist, dass er sie mit Drücken und Drehen durch den Maschendraht bekommt. Karoline holt Luft. Als sie sich umdreht und sagt: »Das ist mein Bruder!«, merkt sie selbst, dass sie trotzig klingt. »Seit wann hast du einen Bruder?« »Oh, süß!« »Wie alt ist der denn?« Mellys Meinung ist Karoline am wichtigsten, und sie atmet auf, als ihre beste Freundin vortritt, Friedel eine Packung Gummifrösche hinhält und fragt: »Willst du was Grünes essen?« Friedel mag alles, was aus Zucker besteht, er greift sich eine ganze Handvoll, kann die geballte Faust aber nicht durch den Zaun zurückziehen. Die Mädchen lachen. Doch er weiß sich zu helfen, angelt mit den Fingern der anderen Hand und stopft sich die Gummifrösche Stück für Stück in den Mund. Dann, während am Gebäude schon die Klingel schrillt, wird doch noch einmal die Frage gestellt: »Seit wann hast du denn einen Bruder?« Karoline sagt: »Seit zwei Monaten.«

Ab da sind Friedel und Karoline so unzertrennlich, wie es eine Dreizehnjährige und ein Sechsjähriger sein können. Sie nimmt ihn nicht mit, wenn sie sich mit Freundinnen in der

Stadt trifft; und wenn sie abends noch vor die Tür geht, weil im Jugendzentrum Musik aufgelegt wird und ab und zu sogar jemand tanzt, will sie Friedel natürlich auch nicht dabeihaben. Aber er darf mit ihr ins Schwimmbad, sie bringt ihm am Reck auf dem Spielplatz alles bei, was sie selbst kann, und hin und wieder gehen sie zusammen zu Melly, dann spielen Friedel und Mellys kleiner Bruder mit der Autorennbahn von Mellys Vater. Abends kommt er noch in ihr Zimmer, oder er ruft nach ihr, will, dass sie sich zu ihm ins Bett legt. Dann werfen sie die Decke in die Höhe und lassen sie wieder sinken. Das Licht bleibt draußen und alles andere auch, die Decke reicht von den Zehenspitzen bis zum letzten Haar. Manchmal sagt Karoline in der Enge: »Ich weiß genau, dass du dir die Zähne nicht geputzt hast.« »Doch«, protestiert Friedel, spuckt Baumwollfussel aus, »doch!« »Dann würdest du nach Zahnpasta riechen.« »Du kannst meine Zahnbürste anfassen, die ist nass.« »Toll, sehr schlau, die hast du doch extra nass gemacht.« So geht das hin und her, und am Ende lässt Friedel sich überreden, die Zähne noch zu putzen, aber er macht es nur, wenn Karoline mitkommt. Irgendwann wird ihr klar, dass er es genau darauf anlegt, dass er die Zähne deshalb nicht freiwillig putzt: wegen dieser Minuten, die sie schließlich im Bad verbringen, er auf der Fußbank am Waschbecken stehend, sie mit ausgestreckten Beinen auf dem Wannenrand sitzend, ihm etwas erzählend. Dabei ist fast egal, wovon sie erzählt. Falls es eine ausgedachte Geschichte ist, soll sie möglichst eklig sein. Schleim ist gut, vor Schnecken hat Friedel Angst, oder Glibbersachen wie das Eisbein, das Ullrich ab und zu isst, das finden sie beide fürchterlich.

Dann, als gerade alles gut ist, kommt Sven dazu. Er ist ein Freund der Mutter. Auf jeden Fall schon seit zwei, drei Jahren. Aber bisher ist er Karoline nicht aufgefallen, sie hat ihn nicht öfter gesehen als irgendeinen dieser Männer mit Falten am Hosenbund und irgendeine dieser Frauen in geblümten Blusen. Sven zieht sich anders an, Sven trägt Jeans, Turnschuhe, aber es sind die falschen Jeans, viel zu hell, genau wie die billigen weißen Turnschuhe, die immer aussehen, als hätte er sie erst am Vortag gekauft. Sven ist jünger als die Mutter, Karoline weiß nicht, wie viel jünger. Wahrscheinlich möchte er noch jünger wirken, als er ist. Sie fragt nicht nach seinem Alter, er ist niemand, mit dem sie gern ein Gespräch anfangen würde.

Schief, so könnte sie ihn beschreiben. Dabei ist nichts an ihm wirklich unregelmäßig, gleich lange Beine, die Schultern liegen auf derselben Höhe, auch sein Gesicht ist symmetrisch. Höchstens das Lächeln hat etwas Schiefes, vielleicht zieht Sven einen Mundwinkel weiter nach außen, oder nein: Als sie sich darauf konzentriert, bemerkt sie, dass das Lächeln auf einer Seite nach unten zeigt statt nach oben. Nur ganz leicht, aber die Richtung ist eindeutig. Sven lächelt sein schiefes Lächeln sehr oft, das fällt ihr auch auf.

Selbstverständlich ist er nett. »Sven ist wirklich nett«, sagt die Mutter, manchmal sagt sie auch: »Sven ist echt der Beste.« Sven wird wichtig, weil Ullrich so selten da ist. Sven hat immer Zeit, er kann Waschmaschinen reparieren, er hat ein Auto, kauft im Auftrag der Mutter Regale und schraubt sie im Wohnzimmer stundenlang zusammen. »Ich tue das gern«, sagt er. Natürlich bleibt er danach zum Abendessen. Er kommt immer öfter zum Essen vorbei, denn für einen allein zu kochen, sagt Sven, mache überhaupt keinen Spaß. Er hilft der Mutter in der Küche, zum Beispiel hasst sie Zwiebelschneiden, ihm fällt es leicht, man hört die beiden lachen.

Einmal, an einem Samstag, streicht Sven das Badezimmer. Karoline hat lange geschlafen, jetzt möchte sie eigentlich da rein, duschen oder zumindest aufs Klo gehen. Sie wartet so lange, wie sie es aushalten kann, aber Sven macht keine Pause. Sie kann ihn schief pfeifen hören. Endlich steht sie doch auf, sie trägt Boxershorts und ein ausgeleiertes Trägershirt, ihre üblichen Sachen für die Nacht, normalerweise würde sie damit auch in der Wohnung herumlaufen. Aber mit Sven im Badezimmer … sie will nicht so vor ihm stehen. Deshalb zieht sie sich vollständig an, Jeans und Pullover, bevor sie hinübergeht. »Hallo, Karoline«, ruft er, als sie in der Tür steht, »musst du hier rein?« Sie wird rot und nickt.

»Wieso ist der immer da?«, fragt sie am Abend. »Ist doch schön, wenn ein bisschen Leben ins Haus kommt«, sagt die Mutter, »und Sven ist ziemlich allein, er hat nicht so viele Freunde, er tut mir leid.« Karoline verzieht den Mund: »Mir nicht.« Sie waschen wieder zusammen ab, Friedel schläft schon. Karoline reibt mit dem Geschirrtuch über die Teller, bis es keine feuchten Spuren mehr gibt und die weiße Glasur glänzt. Sie beugt den Kopf tief über die karierte Baumwolle, als sie fragt: »Hast du was mit dem?« Obwohl sie nicht hinschaut, weiß sie, dass die Mutter die Augenbrauen hochzieht: »Wie bist du denn drauf? Vergreif dich nicht im Ton, Fräulein. Du siehst mal wieder Gespenster.« Schweigend arbeiten sie weiter. Aber dann atmet die Mutter durch und antwortet doch noch normal: »Nein, natürlich will ich nichts von Sven. Mach dir keine Sorgen, bei mir und Ullrich ist alles in Ordnung.«

Im Laufe der Monate fängt Sven an, zur Familie zu gehören. Als Karoline mit Melly darüber spricht, sagt die: »Eure Familie ist ja gerade eine ziemlich bewegliche Angelegenheit.« So redet sie seit einiger Zeit, genauer: seit sie in einen aus der elften Klasse verliebt ist und ihn beeindrucken will.

Aber sie hat recht. Sven ist immer dabei. Beim Geburtstag der Mutter, beim Projekttag in Friedels Schule, beim Volleyballturnier, bei Karolines eigenem Geburtstag, bei Friedels. Friedel wird sieben und Sven geht mit ihnen in den Zoo, da war Karoline seit Jahren nicht, weil der Eintritt so teuer geworden ist, wie die Mutter sagt. Ein richtig schöner Tag, nur sehr kalt, sogar erster Schnee war angesagt, der aber nicht fällt. Trotzdem müssen sie sich zwischendurch ins Café setzen, um sich aufzuwärmen, Sven kauft ihnen, was sie wollen. »Cola«, sagt Karoline, Friedel wünscht sich Pommes. Und am Abend hat Karoline ein neues Lieblingstier. Tapire haben extrem coole Nasen, die beim Laufen hin- und herschlenkern.

Wahrscheinlich findet Ullrich es gut, dass Sven ihm ein bisschen den Rücken freihält. Jedenfalls scheint er kein Problem mit ihm zu haben. Und Sven ist schlau genug, sich am Wochenende zurückzuhalten und nur ganz selten mal aufzukreuzen. Freitag nach eins, denkt Karoline, macht jeder seins.

Ein nasser November, ein kalter Dezember, so viele Veränderungen in diesem Jahr, aber eins bleibt gleich: Karoline kann mit Kälte und Schnee nichts anfangen. Sie nimmt Friedel zur Seite, redet mit ihm, und gemeinsam liegen sie der Mutter damit in den Ohren, dass sie verreisen wollen.

»Wir haben noch nie«, sagt Karoline, »noch nie, nie, nie Urlaub gemacht. Andere Leute fliegen ständig in den Süden.

Nur ich weiß gar nicht, wie eine Palme überhaupt aussieht.« Die Mutter nimmt gerade T-Shirts vom Wäscheständer ab und faltet sie, danach rollt sie Ullrichs riesige Socken zusammen. Sie runzelt die Stirn. »Hilf mir mal«, sagt sie. Karoline greift nach ihrem Kuschelsweatshirt, zerrt es von der Leine. Aber als sie in die Kapuze fasst, schreit sie: »Iiih, noch nass!« Die Mutter herrscht sie an: »Jetzt hab dich nicht so, häng's halt kurz über einen Stuhl. Und du weißt, dass wir kaum Geld haben. Ullrich zahlt seine Schulden ab, der Rest geht fürs Fahren drauf, außerdem kann ich nicht so lange am Stück freinehmen und er erst recht nicht. Ende der Diskussion.«

Aber das lässt sich Karoline nicht sagen, hier ist gar nichts zu Ende. Was kann sie dafür, dass Ullrich Schulden hat? Gleich nach '89 ein Geschäft hochgezogen, wenn sie das richtig verstanden hat, und schon fünf Jahre später pleitegegangen. Abzahlen wird er noch im neuen Jahrtausend.

Mitte Dezember kauft sie sich Selbstbräuner. Sie zieht das jetzt durch, sie will der Mutter so lange ein schlechtes Gewissen machen, bis die doch einen Urlaub plant. Sie bringt Friedel dazu, Bilder von Stränden und Sonnenuntergängen zu zeichnen. Sogar eine Kokosnuss kriegt er so hin, dass man sie erkennt. Sven kommt in Friedels Zimmer, schaut sich die Bilder an und lässt Friedel erklären, was darauf zu sehen ist. Er runzelt die Stirn, dann grinst er, sagt: »Endlich mal ein richtiges Meer, nicht immer nur Ostsee, was?«

Den Heiligen Abend verbringen sie zu viert. Aber schon am ersten Feiertag, zur Gans, ist Sven wieder dabei, Karoline verdreht die Augen. Die Mutter strahlt, füllt die Teller mit Rotkraut, Klößen und Soße. »Kümmerst du dich ums Fleisch?«, fragt sie Ullrich. Er mustert skeptisch das große Messer, verzieht das Gesicht und hebt abwehrend beide Hände.

»Oh, das mache ich.« Sven springt auf. »Ich kann euch zeigen, wie man so einen Vogel tranchiert.« Er krempelt die Ärmel hoch, trägt zur Feier des Tages ein dünnes, weißes Hemd, man sieht, wo er schwitzt.

Die Gans ist ein bisschen zäh, was aber niemand zugeben will, Sven erzählt laute Geschichten, über die nur die Mutter lacht. Zum Nachtisch gibt es Vanillepudding mit Eischnee und Himbeermarmelade, das macht für Karoline alles wett. Ullrich hatte während des Essens die Serviette auf seinen Oberschenkeln liegen, jetzt nimmt er sie hoch und wischt sich den Mund ab, lehnt sich zurück, verschränkt die Hände über dem Bauch. »So«, fragt die Mutter, »alle glücklich und zufrieden? Noch irgendwelche Wünsche offen?«

»Urlaub«, sagt Karoline sofort, weil sie das immer sagt zur Zeit, egal, ob es gerade passt oder nicht. Sie hört, wie Sven einen Rülpser unterdrückt, sie denkt: Auch deshalb, wir müssen hier einfach mal weg. Unterm Tisch stößt sie Friedel an, und er begreift, steht auf, klettert seinem Vater auf den Schoß. »Ach ja«, ruft er, »ich will unbedingt ans richtige Meer!« Ullrich lacht, fragt: »Wohin möchtest du denn?« Friedel wirft Karoline einen unsicheren Blick zu, während er nach der Antwort sucht. »Nach ... Afrika?« Ullrich lacht noch lauter, und Karoline sagt schnell: »Nee, Quatsch, aber eine Woche Mittelmeer wäre toll.«

In diesem Moment klopft Sven mit den flachen Händen auf den Tisch, zweimal schnell nacheinander. »Ist es jetzt«, fragt er, »also Zeit für die Bescherung, ja?« Und dann wartet er die Antwort nicht ab, sondern redet einfach weiter, erklärt ihnen, wie er sich das gedacht hat. Urlaub in Spanien. Er wollte da sowieso hin. »Spanien? Ausgeschlossen«, sagt Ullrich, »ich bekomme keinen Urlaub.« Genau, und deshalb hat Sven die perfekte Lösung für alle: Er nimmt die Kinder mit. In der Wohnung in dem Appartement-Hotel, das er sich ausgesucht hat, gibt es zwei Schlafzimmer. »Kostet nichts extra«, sagt Sven. Sie können das in den Frühjahrsferien machen, Anfang März, dann hat er Zeit, dann steckt er gerade zwischen zwei Jobs – irgendwelche Computersachen für kleine Firmen, er hat mal davon erzählt. Es müssen nur die Flüge bezahlt werden, und die sind momentan günstig.

»Jaaa«, ruft Friedel, schwankt auf Ullrichs Schoß auf und ab, als säße er in einem Boot, »ich will mit Sven ans Meer!« Baden könne man natürlich noch nicht, sagt Sven. Aber mit etwas Glück werde es sonnig und warm, und ja, er sieht zu Karoline hin, er sei schon mal dort gewesen, am Strand stän-den Palmen.

Sie fühlt sich überrumpelt. Natürlich will sie in den Süden, unbedingt, sofort. Aber nicht mit Sven. Plötzlich mag sie den stillen Ullrich viel lieber, im Vergleich. Kann Sven nicht mit Freunden verreisen? Wahrscheinlich hat er keine. Fieberhaft überlegt sie: Vielleicht will er mit ihr in den Urlaub, weil er … wenn sie sich vorstellt, ihn am Strand zu sehen … sie schüttelt sich. Aber zum Baden ist es ja sowieso zu kalt. Schon wieder denkt sie zu viel, immer Schatten, immer Gespenster. Andererseits: Palmen! Sonne! Wenn Sven für sie zahlen will, soll er doch, sie wird sich schon gegen ihn wehren können. Sie hat ja noch Friedel dabei, immerhin hat sie jetzt einen Bruder.

»Überlegt es euch.« Sven grinst. »Frohe Weihnachten«, sagt er.

Es dauert einige Tage, bis sich Karoline sicher ist. Auch nicht zu lange, ein bisschen überlegen darf man ja wohl. Silvester ist noch nicht vorbei.

Sie sagt es der Mutter, als sie abends wieder zusammen abwaschen. Jetzt hat sie auch einmal etwas Wichtiges zu bereden, jetzt muss die Mutter einmal ihr zuhören, denkt Karoline. Auf dem Teller, den sie zum Abtrocknen in die Hand nimmt, sind noch Ölspuren, sie gibt ihn zurück ins Wasser. »Ich möchte nicht mit Sven verreisen«, sagt sie. Sie atmet auf, spürt sofort die Erleichterung, dass es raus ist.

Nur dass die Mutter anders reagiert, als Karoline es sich erhofft hat. »Wieso das denn nicht?«, fragt sie. Sie trocknet sich die Hände ab, um sie dann, als sie trocken sind, in die Hüften zu stemmen. »Wie stellst du dir das vor? Friedel freut sich schon total. Nein, Karoline, da kommst du nicht mehr raus. Du wolltest unbedingt weg, du hast es drauf angelegt, also sei jetzt nicht undankbar.« Und damit ist alles gesagt. Die Mutter steckt die Hände wieder ins Abwaschbecken. Karoline steckt fest. Sie hält die Luft an, mit vierzehn weint man nicht mehr.

*

Blauer Himmel, nicht weit entfernt zieht sich eine Linie brauner, staubiger Berge durchs Hinterland. Als Karoline aus dem Flughafengebäude tritt, reißt sie die Augen auf. Alles, einfach alles sieht anders aus als zu Hause. In ihrem Dufflecoat schwitzt sie sofort; das Erste, was sie macht – noch während sie auf den Mietwagen warten –, ist: Koffer auf, Jeansjacke raus, Dufflecoat rein, Koffer wieder zu. Wenn Melly sie jetzt sehen könnte!

Sie fahren eine Stunde an der Küste entlang. Sven hat den Kindersitz vorn installieren lassen. »So kann Friedel mehr sehen«, hat er gesagt. Wirklich bemerkt Karoline von hinten, dass Friedels Mund noch weiter offen steht als sonst. Sieht auch Sven anders aus als in Deutschland? Er wirkt gleichzeitig nervös und glücklich, fängt im Spiegel ihren Blick ein, nur kurz, danach hat sie das Gefühl, er weiche ihr aus. Er schwitzt im Gesicht, große Poren auf der Nase. Als er den Kopf dreht, entdeckt sie neben dem Nasenflügel einen winzigen Eiterpickel, und nachdem ihr der Pickel einmal aufgefallen ist, kann sie kaum noch woanders hinschauen.

Die Autobahn verläuft ein Stück vom Meer entfernt, aber manchmal, in einer lang gezogenen Kurve, sehen sie die glitzernde Wasserfläche. Aller schlechten Laune zum Trotz macht Karolines Herz einen Sprung. Schließlich erreichen sie den Ort, das Appartement-Hotel liegt außerhalb der Altstadt, dafür nah am Strand. Beim Einchecken legt Sven Friedel eine Hand auf die Schulter. Die Frau an der Rezeption braucht ewig, um ihnen auf Englisch zu erklären, wo sie den Frühstücksraum finden. Dabei warten da draußen das Wasser, die Sonne, der Ort ... Karoline will Eis essen, es ist warm genug, dass man sicher überall Eis bekommt. Zu Hause lag vor einer Woche noch Schnee.

Und da, in diesem Moment, beschließt sie, dass ihr egal ist, was Sven sich von diesem Urlaub erhofft. Sie wird ihn einfach so weit wie möglich ignorieren. Das ist jetzt ihre Reise, sie ist wirklich in Spanien! Überall stehen Palmen! Am Ende hat die Mutter noch recht gehabt ... Aber das wird Karoline für sich behalten, den Triumph gönnt sie ihr nicht. Sie sind im Streit auseinandergegangen.

Die Wohnung besteht aus zwei kleinen Schlafzimmern, jedes mit einem Doppelbett. Viel mehr ist nicht drin in den Zimmern, bloß ein Wandschrank und ein paar Hocker. Im dritten Raum gibt es neben einem Tisch mit vier Stühlen und einer winzigen Einbauküche ein durchgesessenes Sofa vor dem Fenster. Die Aussicht ist grandios, Friedel fragt schüchtern: »Ist das dort das Meer?«

Karoline und er nehmen das Schlafzimmer mit der blauen Bettwäsche, Sven das mit der grünen. Karoline räumt den Koffer aus und legt Friedels Sachen in ordentlichen Stapeln in den Schrank. Wie klein seine T-Shirts noch sind. Seltsamerweise friert er, sie gibt ihm einen Pullover, und weil er zu aufgeregt ist, um sich selbst anzuziehen, hilft sie ihm. Von drüben ruft Sven: »Seid ihr fertig? Wollen wir in den Supermarkt?« Als Karoline ins Bad geht, sieht sie, dass Sven Sandalen trägt statt der üblichen Turnschuhe, keine Socken. Sie schaut schnell wieder weg. Im Bad trägt sie Lipgloss auf, presst mehrmals die Lippen zusammen, um das Glänzen zu verteilen. Dann setzt sie ihre Sonnenbrille auf und ab, betrachtet prüfend ihr Gesicht und schiebt die Brille schließlich in die Haare hoch. Im Reiseführer hat sie sich spanische Wörter herausgesucht. »*Hola*«, flüstert sie, »*gracias, perdón, dónde están los servicios*?«

Endlich geht es nach draußen, in die Kleinstadt. Wer ein paarmal hindurchgelaufen ist, kennt sich schnell aus. Die mit Platanen bestandene Hauptstraße, die Sven *die Rambla* nennt, befindet sich in der Mitte, Teile der Gassen liegen im Schatten einer Festung. Auf den Plätzen spielen Kinder Fußball. Friedel geht fast die ganze Zeit an Svens Hand, obwohl er dafür, denkt Karoline, doch viel zu alt ist. Eigentlich müsste er losrennen, sich unter die spanischen Jungs mischen und wie sie nach dem Ball treten.

Am späten Nachmittag sind sie am Strand. Rechts liegen der Hafen und die Promenade, aber links reicht der Sand, soweit man blicken kann. Karoline reißt sich die Turnschuhe von den Füßen, der Wind treibt ihr die Haare ums Gesicht. Friedel friert immer noch, er bleibt mit Sven weiter hinten stehen, aber Karoline stürmt, die Schuhe in der Hand, durch das Licht aufs Wasser zu. Kalt schäumt es um ihre Füße und gleich auch die Schienbeine hinauf. Auf dem Rückweg in die Stadt ziehen ihre Jeans nach unten, der nasse, sandige Saum schleift über den Boden.

Im Badezimmerspiegel sieht sie, dass die Salzluft ihre Haare dick und steif macht. Karoline duscht, riegelt vorher sorgfältig die Tür ab, sie trödelt, geht zehn Minuten zu spät zum Essen hinunter. Sie entdeckt Sven und Friedel an einem Tisch in der hintersten Ecke, warum sitzen sie nicht am Fenster? Sven hat mehrere Teller gefüllt und erklärt etwas, Karoline hört, wie er *Fleischbällchen* sagt. Friedel lässt sich mit Happen füttern, die Sven auf seine Gabel spießt, reißt dabei wie ein Vierjähriger den Mund auf. Schnell holt Karoline ein paar Sachen vom Buffet und sagt, als sie sich zu den beiden setzt: »Friedel, du kannst doch allein essen, mit Besteck wie zu Hause, und sitz mal gerade!« Er wird rot und greift, wie sie es erwartet hat, sofort zu seiner Gabel.

Doch da sieht Sven auf, blitzartig streckt er die Hand aus, nimmt das Besteck aus Friedels Fingern. »Nein, so geht das nicht, Karoline!« Sie erschrickt über seinen scharfen Ton, so hat er noch nie mit ihr geredet, im Gegenteil: Er war immer übertrieben freundlich. »Lass Friedel in Ruhe«, sagt er jetzt.

»Wir haben hier Spaß, es schmeckt ihm, und er isst doch, oder nicht?« Karoline starrt auf ihren Teller. Das ist nicht der Punkt, will sie sagen. Aber hier geht es wohl kaum ums Rechthaben, hier heißt es nur: Haltung bewahren, die Leute gucken schon. Sie setzt ein hochmütiges Gesicht auf, zuckt die Achseln. Als sie nach ihrem eigenen Messer, der eigenen Gabel greift, zittern ihr die Hände, noch Minuten später klopft das Herz im Hals.

Es sind viele Deutsche im Hotel. Auch viele Engländer, aber wenn sie in deren Nähe kommt, schaut Karoline schnell zu Boden. Sie will nicht, dass jemand sie anspricht, ihr Englisch ist nicht so gut. Die Deutschen, die am Tisch links von ihnen sitzen, ein älteres Ehepaar, suchen das Gespräch mit Sven. Er ist jemand, der immer mit allen redet, das hat sie schon früher gemerkt; als sie im Zoo waren, hat er einen Tierpfleger aufgehalten und ausgefragt, bis es peinlich wurde.

Jetzt sprechen Sven und das Ehepaar über zwei Stuhllehnen und eine Kübelpflanze hinweg über Urlaubsorte, das Wetter in Deutschland, das Wetter in Spanien – in der vergangenen Woche regnerisch und kühl, jetzt soll es erst einmal freundlich bleiben. Die beiden fahren schon seit fünfzehn Jahren in diese Gegend. »Da durften Sie ja noch gar nicht reisen«, sagt der Mann. Die Frau sagt: »Urlaub mit Kindern ist so schön, darum beneide ich Sie. Wie alt ist Ihr Sohn?« Karoline lacht auf. Plötzlich ist sie satt, sogar ein bisschen schlecht ist ihr, vielleicht von der öligen Knoblauchmayonnaise. Sven reckt sich in den Schultern. Erst antwortet er gar nicht, fragt dann, als die Pause zu lang wird: »Entschuldigung, was haben Sie gesagt?« Die Frau spricht nun Friedel direkt an: »Na, wie alt magst du sein?« Friedel zeigt sieben Finger, Sven nickt und streicht ihm über die Haare.

»Die Familie«, sagt der Mann am Nachbartisch, »ist doch wirklich das Wichtigste, darüber geht nichts.« »Ja«, Sven nickt wieder, diesmal sofort und mit Nachdruck, »ja, da haben Sie recht.«

In der Stadt wird ein Fest vorbereitet. Auf Kreuzungen und Plätzen stellt man Figuren auf, immer mehrere, die am Ende wohl Szenen ergeben sollen. Die Einzelteile, selbst schon riesig, sind noch mit Folie umwickelt und werden erst nach und nach ausgepackt. Karoline sieht Clowns und comicartige Frauen mit großen Brüsten, aber auch einen gigantischen Kinderwagen samt Baby und eine seltsam gebogene bunte Laterne. Die Laterne wurde bereits von ihrer Hülle befreit, Karoline berührt sie: eine Art Pappmaschee, aber dick bemalt. Die Unruhe auf den Straßen macht sie selbst unruhig.

Mittags hat Sven so viel von dem Spielzeugmuseum erzählt, das es hier gibt, nun will Friedel unbedingt hin. »Och nö«, sagt Karoline, »Spielzeug!« Sie sitzen im Café, Sven ist gerade auf der Toilette. »Pferdewagen, hat Sven gesagt«, wiederholt Friedel leiernd, »Segelschiffe, hat Sven gesagt, Cowboys, hat Sven gesagt, und Indianer.« »Hat Sven gesagt, hat Sven gesagt«, äfft sie ihn nach. Sie wirft sich im Stuhl zurück, dass er ächzt, sie will nicht in irgendein verstaubtes Museumszimmer, während draußen die Sonne scheint. Auf den Bänken sitzen die alten Frauen und schwatzen, reißen dabei die Arme hoch wie im Streit, aber sie streiten nicht, reden nur mit den Händen. Friedel sieht aus, als würde er gleich anfangen zu weinen, Karoline war, seit sie sich kennen, nur selten gemein zu ihm. Er flüstert: »Ganz alte Fahrräder, hat Sven gesagt.« Zu Hause hat er immer nachgegeben und gemacht, was sie wollte. Sie streicht sich die Haare aus dem Gesicht, bindet den Zopf neu.

»Das ist doch kein Problem«, sagt Sven und lächelt sein schiefes Lächeln. Sein weißes Hemd, dasselbe, das er zu Weihnachten getragen hat: so weit aufgeknöpft, dass man sieht, er hat keine Haare auf der Brust. »Du kennst dich gut genug aus«, sagt er, »und Angst haben muss man hier nicht, oder hast du Angst, Karoline? Zum Hotel findest du immer zurück.« Das sagt er – und eine Sekunde später ist er mit Friedel schon zum Museum aufgebrochen. Karoline weiß gar nicht, wie ihr geschieht. Das hat sie jedenfalls nicht gewollt, aber sie kann den beiden ja nicht hinterherrennen. Es scheint wirklich, als würden sie vor ihr weglaufen, straffer Schritt, Hand in Hand. Trotzig bleibt sie im Café sitzen. Warum will Sven mit Friedel in dieses Museum? Er hat Kleingeld auf dem Tisch zurückgelassen, und sie überlegt, es einzusammeln, sie könnte Eis essen gehen. Aber dann kommt schon der Kellner.

Natürlich muss sie zuerst an den Strand, jetzt, wo sie frei ist, danach läuft sie stundenlang durch die Stadt. Macht ein Spiel daraus, will jede Ecke sehen, geht nach System, einmal linksrum, einmal rechtsrum, einmal linksrum ... Sie findet ein Geschäft, in dem ausschließlich Dinge verkauft werden, die rosa sind. Als sie beginnt, in die Läden hineinzugehen, fürchtet sie anfangs noch, auf Spanisch angesprochen zu werden. Aber sie merkt schnell, dass man sie in Ruhe lässt, probiert Sonnenbrillen an, Strandtaschen, kauft ein Paar Schuhe mit Bastsohlen, billig. Ihre Wangen brennen.

Am späten Nachmittag fällt ihr auf der Straße ein Junge auf, sie denkt: ein richtiger Spanier. Dunkle Haare, Sonnenbrille, etwas Lässiges im Gehen, und obwohl es nicht sehr warm ist, trägt der Junge bloß ein enges T-Shirt, keine Jacke. Er ist schon ein bisschen älter. Sie starrt ihm nach.

Ins Hotel kehrt sie erst zurück, als sie sehr, sehr dringend aufs Klo muss und kein öffentliches findet. In ihrem Appartement sitzt sie im Bad, starrt Friedels Kinderzahnbürste an und hat das Gefühl, dass sie nie mehr aufhören kann zu pinkeln. Es laufen zu lassen ist eine Wohltat, doch der Strahl wird und wird nicht schwächer.

Nach dem Abendessen ist Karoline so müde, dass sie zusammen mit Friedel ins Bett geht. Sie liegen mit offenen Augen nebeneinander, sehen an die Decke, es ist noch hell, und sie haben die Vorhänge nicht geschlossen. »Und«, fragt sie, »wie war es bei euch?« »Schön«, flüstert er. Sie stupst ihn mit dem Finger an. »Red doch mal.«

Er dreht sich auf die Seite, erst von ihr weg, dann wieder zu ihr hin. Karoline muss niesen, als er die dünne Decke bewegt, das Zimmer riecht gleichzeitig staubig und nach dem Putzmittel, mit dem hier alles gewischt wird, die gefliesten Wohnungen, auch die Gänge und die Toiletten. »Wir haben sieben Sorten Eis gegessen«, flüstert Friedel, »und wir waren in einem Haus, wo es lebende Tiere gibt – also die leben noch, aber man kann auf die zeigen und die dann essen.« »Sieben Sorten Eis?« Sie merkt, dass sie neidisch klingt. Weil Sven nur Friedel Eis kauft und ihr nicht? Weil Friedel lieber mit ihm zusammen ist als mit ihr? Er zieht die Nase hoch, spielt mit einem Plüschtier, das neu sein muss, sie sieht es an diesem Abend zum ersten Mal. Eine Krabbe, die über die Bettdecke hüpft – hüpft? Ist es das, was eine Krabbe tut? »Du wolltest ja allein gehen«, flüstert Friedel. Weil er flüstert, klingt es, als hätte er ein Geheimnis. »Sven hat gesagt, dass er mir den höchsten Berg zeigt, und er fährt mit mir in den Freizeitpark, wo es eine Wildwasserbahn gibt und eine Pyramide. Und Sven hat gesagt, dass ich auf einem Esel reiten darf.« »Du spinnst«, jetzt flüstert Karoline ebenfalls, Flüstern ist ansteckend, »ich bin schließlich auch noch da.« Darauf antwortet Friedel nichts mehr.

Und sie denkt an ihren Tag, an den Jungen, den sie gesehen hat – sie überlässt sich diesem Bild, den Gang des Jungen hat sie Bewegung für Bewegung vor Augen. Karoline dreht sich auf den Bauch, gähnt ins Kissen. Aber Friedels Schweigen nervt. Schließlich räuspert sie sich, streckt versöhnlich die Hand aus, tastet nach ihm. »Soll ich dir auch was erzählen?« Sie redet über eine Bar, an der sie vorbeigelaufen ist, vor der alte Männer um Tische saßen, auf denen viele kleine Teller standen. »Und weißt du was, da waren Schnecken drauf. Die Leute hier essen Schnecken! Glibberige, lange, grüne Popel … « Friedel sagt immer noch nichts, sodass sie zu ihm hinüberschaut. Er ist eingeschlafen. Mitten in ihrer besten Geschichte.

Später, schon im Grau zwischen Wachen und Träumen, hat sie das Gefühl, dass noch einmal die Tür geöffnet wird. Als wollte jemand, Sven, zu ihnen hineinsehen.

»Wir sollten das ändern«, sagt er nach dem Frühstück am nächsten Tag, sie sind gerade wieder nach oben gegangen. »Es stimmt ja, Karoline, und wir haben es gestern erlebt: Du bist in einem bestimmten Alter. Brauchst mehr Raum für dich.« Sven will, dass sie die Zimmer tauschen. Beziehungsweise nicht tauschen – er schlägt vor, dass Friedel bei ihm schläft, damit sie, Karoline, das Zimmer mit der blauen Bettwäsche für sich allein hat. In einem bestimmten Alter?

Ist man nicht immer in einem bestimmten Alter? »Dann hast du deine Ruhe und kannst dich richtig ausbreiten«, sagt Sven. Fehlte noch, dass er sagt: mit deinen Mädchensachen.

Was will er denn, will er mit Friedel allein sein? Andererseits ist sie dann ja auch allein, und die Zimmertür kann man nicht abschließen wie die Badtür ... »Nein«, sagt Karoline. Bevor sie einen ihrer Gedanken zu Ende verfolgt hat, sagt sie schon Nein. Aber da klettert Friedel vom Sofa hinunter, seine Stimme ist leise, entschieden. »Ich will zu Sven. Karoline schlägt nachts immer um sich, und außerdem schnarcht sie.« »Ich schnarche doch nicht!« Die Empörung macht sie hilflos. Sie erkennt ihn nicht wieder, erkennt ihren kleinen Bruder nicht wieder, und es liegt nicht daran, dass diese verfluchte Krabbe neu ist, die er kaum aus der Hand legt, von der immer ein Bein aus seiner Hosen- oder Jackentasche stakst.

Sven grinst. »Tja, Karoline, dann steht es zwei gegen eins. Es sei denn, du hast gute Gründe für dein Nein. Dann kannst du jetzt sagen, warum Friedel nicht bei mir schlafen soll. Ja? Ich höre nichts?« Plötzlich will sie ihn treten, oder etwas in ihr will auch einfach aus diesem Zimmer rennen, hinaus in die Stadt, das war gestern doch gut: allein sein. Was soll sie denn sagen? Klar, sie ist immer die, die Gespenster sieht. Bestimmt hat ihm die Mutter das so erzählt, sie redet ja über alles mit ihrem geliebten Sven.

Sollen sie doch. Sollen sie doch machen, was sie wollen. Friedel wird schon sehen, was er davon hat: Sven schnarcht nämlich wirklich, das hat sie sogar durch die Wand gehört. Sie möchte jetzt nicht mehr Sven, sie möchte Friedel treten. Gegens Schienbein, mindestens. Dem würde es wenigstens wehtun. Aber sie beherrscht sich. Wirft die Haare zurück, murmelt: »Soll mir egal sein.«

Er räumt selbst seine Sachen ins andere Zimmer. Die T-Shirts und die zweite Jeans, ein Blechauto, das Karoline ebenfalls noch nicht kennt, das genau wie die Krabbe neu sein muss. »Ich kann das allein«, hat er zu ihr gesagt. Sie sitzt mit übereinandergeschlagenen Beinen da, an die Wand gelehnt, und sieht ihm zu. Sie hat nichts zu tun, am liebsten würde sie sich die Fußnägel lackieren, um Friedel auf diese Weise zu zeigen, wie egal er ihr ist. Aber der Nagellack steht zu Hause im Kühlschrank. Friedel trägt fast jede Socke einzeln hinüber, Karoline hört ihn und Sven reden. Als sie es nicht mehr aushält, springt sie auf, geht hinüber, lehnt sich in den Türrahmen. »Du«, sagt sie zu Sven, »wir müssen auch mal die Eltern anrufen, damit die sich keine Sorgen machen.« Sie versucht, es drohend klingen zu lassen, vielleicht wird ihr die Mutter ja wider Erwarten glauben, dass etwas nicht in Ordnung ist. Aber Sven bleibt ganz ruhig, legt Friedels Sachen in die oberen Fächer, da kommt er doch, denkt Karoline, gar nicht dran. »Oh, das haben wir schon gemacht«, sagt Sven, »wir haben gestern mit deiner Mutter und auch mit Friedels Vater telefoniert, und Friedel hat selbst mit ihnen gesprochen, stimmt's, Friedel?« »Stimmt«, sagt Friedel. Sven setzt sich im Schneidersitz aufs Bett. Das ist Karoline unangenehm, sie muss auf seinen Schritt starren, auf die enge, zu helle Jeans, die Haltung kommt ihr gewollt locker vor. Andererseits: Wo soll er sich sonst hinsetzen in dem winzigen Raum, den Hocker hat er zum Nachttisch umfunktioniert. »Ach ja«, fährt Sven im selben Ton fort, »und wir fahren uns heute die Esel anschauen, das ist wahrscheinlich nichts für dich, Karoline.« Ist es nicht? Ist das eine Frage? Sie weiß nicht, was sie sagen soll. Weiß nicht mehr, was sie überhaupt will. Tatsächlich ist sie nicht scharf darauf, mit Sven irgendwelche Sachen anzuschauen, sondern froh, wenn er sie in Ruhe lässt. Und Friedel greift schon wieder nach seiner Hand. »Okay«, sagt Karoline schließlich, sie gibt sich geschlagen, »okay, ich wollte sowieso in den Pool.« Zum Hotel gehört ein kleines Schwimmbad, durch die Glasfront hat man fast, allerdings nur fast, Meerblick.

In der Stadt ertönen regelmäßig Böllerschüsse, aber nicht so regelmäßig, dass Karoline ein System erkennen könnte. Manchmal zur halben, manchmal zur ganzen Stunde, ein ohrenbetäubender Krach, ständig knattert und kracht es irgendwo. Wenn sie an die vermutete Stelle kommt, ist alles schon wieder vorbei.

Das Fest hat begonnen, die Pappmascheefiguren sind fertig aufgebaut. Karoline hat acht Plätze mit solchen knallbunten Ensembles ausgemacht, aber sie glaubt nicht, dass sie schon alle gefunden hat. Manchmal biegt sie um eine Ecke, die sie doch noch nicht kennt, und steht plötzlich auf einer gesperrten Kreuzung vor einem der haushohen Kunstwerke. Da gibt es Elefanten, Schachfiguren, Feen, Blumen, Seeräuber, Pilze. Die comicartige Frau mit den großen Brüsten thront nun auf einem gigantischen Harlekinsgesicht, sie hält Luftballons in der Hand und schwenkt einen Hut. All das ist aus Pappmaschee, glitzert und glänzt, und die Sonne scheint, als gäbe es nach diesem Morgen kein Morgen mehr. Die ganze Stadt ist auf den Beinen. Kleine Kinder werfen Knallerbsen auf die Straße, die größeren halten etwas in der Hand, das an eine Zigarette erinnert, und an diesem glimmenden Stängel zünden sie einen Böller nach dem anderen an. Jugendliche ziehen in Gruppen umher. Sie scheinen verschiedenen Vereinen anzugehören, in einer der Gruppen tragen alle, Jungen wie Mädchen, dünne Overalls, eine orangefarbene Uniform, auf die sie einander mit schwarzen Stiften ihre Namen geschrieben haben. Und bestimmt sonst noch dies und das, *alles Gute*, denkt Karoline, *xoxo* oder *te amo*.

Plötzlich macht ihr der Trubel keinen Spaß mehr, und um ihm zu entkommen, geht sie zurück ins Hotel. Das hatte sie ja sowieso geplant. Der Raum mit dem Pool ist leer, sie hat das Becken für sich – aber hier fühlt sie sich nicht einsam, im Bikini ist sie sowieso am liebsten allein. Karoline legt das dicke weiße Handtuch auf dem Beckenrand ab, fängt an, Runde um Runde zu drehen. Nach ein paar Minuten schwindet ihr sportlicher Ehrgeiz, sie dreht sich im Wasser auf den Rücken, lässt sich von den winzigen Wellen schaukeln und schließt die Augen. Sie öffnet sie erst wieder, als sie ein Platschen hört. Und dann ist sie kurz verwirrt, ob sie wirklich sieht, was sie sieht, oder ob sie das Bild nur herbeifantasiert hat.

Es ist der Junge, der ihr gestern in der Stadt aufgefallen ist. Schnell schwimmt Karoline an den Rand und klammert sich an der Überlaufrinne fest, das Chlor kribbelt in ihrer Nase. Der Junge steigt noch einmal die Leiter hoch und aus dem Wasser, um sofort erneut vom Beckenrand zu springen – genau unter dem Piktogramm, das das Springen verbietet. Dann krault er mit kräftigen Bewegungen zu Karoline hinüber, bis er neben ihr anschlägt.

»*Hola*«, sagt sie, sofort schüchtern. Wenn sie es sich hätte aussuchen können: Sie hätte ihn lieber nicht halb nackt wiedergetroffen und auch lieber nicht mit nassen Haaren. Sie hat keine Ahnung, wie sie aussieht. Er selbst sieht von Nahem anders aus als auf der Straße, ist noch älter als gedacht, bestimmt Mitte zwanzig. Etwas Spöttisches in seinen Augen, sie weiß nicht, wo sie hinschauen soll. An den Reiseführer denkend sagt sie: »*Que tal?*« Was macht er in ihrem Hotel, arbeitet er hier? Er lacht. »Nee, nee, red mal ruhig Deutsch mit mir. Ich bin aus Dortmund. Wir haben Urlaub.«

Sie verbringt eine Stunde mit Tom, so heißt er, Tom aus Dortmund, und wahrscheinlich ist Dortmund genau die Stadt drüben im Westen, in der Friedels Vater Ullrich arbeitet. Mit Friedel hat Karoline an diesem Tag kaum ein Wort gewechselt. Nach dem Abendessen denkt sie wieder an ihren Nagellack, der im Kühlschrank zu Hause steht, der Nagellack wird zu einer fixen Idee, sie kann sich plötzlich nicht vorstellen, Tom wiederzusehen, ohne dass ihre Finger- und Zehennägel lackiert sind. Also geht sie noch einmal los, jetzt ist egal, dass sie fast kein Geld mehr im Portemonnaie hat, sie muss sofort Nagellack kaufen. Keinen roten, zu rosa soll er auch nicht sein, lieber unauffällig.

In der Stadt haben alle Geschäfte geöffnet und das Leben findet auf der Straße statt. Die Spanier essen Stunden später zu Abend als Sven, Karoline und Friedel, sogar die kleinen Kinder sind noch wach, laufen zwischen den Beinen der Erwachsenen umher. Karoline findet genau den Nagellack, den sie gesucht hat. Sie setzt sich auf eine niedrige Mauer an einem Platz, bleibt sitzen, bis sie müde ist. Manche der Frauen tragen Kostüme, die mit dem Fest zu tun haben müssen, starre Kleider wie aus einem anderen Jahrhundert. Ihre Haare sind aufwendig zurechtgemacht, zu Schnecken gedreht, hinter denen goldene Scheiben stecken und die von goldenen Spangen gehalten werden.

Nachts sitzt sie auf dem gefliesten Boden im Badezimmer, auf einem noch feuchten Duschvorleger, lackiert sich die Nägel an den Händen und an den Füßen. Sven und Friedel haben bereits geschlafen, als sie zurückkam, zumindest waren sie in ihrem Zimmer, und durch den Spalt unter der Tür schien kein Licht. Karoline klemmt zusammengerolltes Klopapier zwischen die einzelnen Zehen. Später läuft sie wacklig und möglichst auf den Fersen durch das Appartement, versucht, auch mit den Fingern nirgendwo anzustoßen, damit der Lack gut trocknen kann. Sie denkt darüber nach, ob ihr Tom eigentlich gefällt. Er ist sportlich, schöne Schultern, denkt sie. Aber die Art, wie er redet, mag sie nicht. Und er kommt aus Dortmund ... Als Spanier fand sie ihn überzeugender. Wie kann jemand so aussehen und dann aus Dortmund sein, das fühlt sich an, als hätte er sie belogen.

Plötzlich überfällt sie der Gedanke, dass Sven und Friedel gar nicht da sind. Dass sie sie endgültig alleingelassen haben. Karoline horcht an der geschlossenen Tür, nichts. Eine Stille, die vielleicht größer ist, als sie sein dürfte. Mit abgespreizten Fingern drückt sie die Klinke hinunter, keilförmig fällt das Licht aufs Bett. Alles in Ordnung. Karoline atmet aus. Sven und Friedel liegen auf der linken Betthälfte, beide auf der Seite. In Ordnung? Friedel schmiegt sich an Sven, der ihn von hinten fest im Arm hält. Karoline tritt näher heran, offenbar hat Friedel geschwitzt und die Decke weggestrampelt, seine Haut schimmert feucht, die Haare kleben an der Stirn. Tagsüber in der Sonne friert er, aber nachts ist ihm heiß. Diese selbstverständliche Innigkeit der Umarmung, wie bei schlafenden Tieren, Karoline schwitzt jetzt selbst. Sie muss weiter hinsehen, immer länger, kann nicht damit aufhören – erst als Sven ein Bein bewegt, fährt sie zusammen, zieht sich zurück und schließt hastig die Tür. Sie bleibt noch kurz davor stehen, läuft dann aber in ihr Zimmer, um nur ja nicht erwischt zu werden.

Wann Sven und Friedel aufgehört haben, mit ihr zu reden, kann sie nicht genau sagen. Natürlich haben sie nicht komplett damit aufgehört. Bei den Mahlzeiten reicht ihr Sven nach wie vor die Butter, den Teller mit den Tomaten, und er sagt dazu auch ein paar Worte und lächelt schief. Aber abgesehen davon ist es, als hätten er und Friedel eine eigene Sprache gefunden, sie reden in Kurzformen, lachen über Halbsätze, die Karoline nicht versteht.

Sie hat schlecht geschlafen, immer wieder das Bild: Sven und Friedel im selben Bett, unter einer Decke. Nach dem Frühstück, beim Zähneputzen, passt sie Friedel ab. Sie denkt an die Abende zu Hause, die Minuten im Bad, die sie immer so gern miteinander verbracht haben. Doch natürlich bekommt er mit Zahnbürste im Mund erst recht kein Wort heraus. Karoline spuckt Pfefferminzgeschmack ins Waschbecken und versucht Friedel auszufragen; sie will wissen, was Sven mit ihm macht, wenn sie nur zu zweit sind, fragt: »Warum schläfst du in einem Bett mit dem?« »Weil mir kalt war«, nuschelt Friedel, Schaum läuft ihm übers Kinn, tropft aufs T-Shirt. Sie fragt immer weiter nach. Fragt endlich, ob Sven Friedel irgendwo anfasst. Dabei schließt sie kurz die Augen, von der Decke des Badezimmers schaut sie auf sich selbst hinunter, nicht einmal Melly würde ihr glauben, was sie da gerade zusammenspinnt, das darf ja einfach nicht sein. Und es stimmt auch nicht, natürlich nicht. Friedel wird nur unwirsch, begreift nicht, was sie von ihm will, wirft die Zahnbürste ins Waschbecken. »Sven ist einfach mein Freund«, sagt er, »und er hat mich lieb, mehr als du, du nervst nur.« Ohne sich den Mund auszuspülen, läuft er aus dem Bad.

Sie senkt den Kopf. Sven, sagt sie sich lautlos vor, sehnt sich auch nur nach einer Familie. Alle sehnen sich doch nach einer Familie.

Sie trifft Tom am frühen Abend im Hotelgarten, lässt dafür das Büfett sausen. Kieswege, blühende Zitronenbäume, an denen gleichzeitig Früchte hängen, und Büsche, die Karoline zuerst nicht einordnen kann. Dann erkennt sie die Blätter, die Mutter kocht damit: Lorbeer. Tom gefällt ihr jetzt wieder, und er gibt sich auch Mühe, holt von drinnen frisch gepressten Orangensaft, als sie Durst hat. »Mann«, sagt er, »habe ich ein Glück, hier war's vielleicht langweilig ohne dich.« Sie bemerkt, wie er sie ansieht, anders als die Jungs in ihrer Klasse, er bringt sie sogar zum Lachen, und sie berührt ihn verstohlen am Arm.

Kurz bevor sie ihren zweiten Saft ausgetrunken hat – gerade fragt sie sich, ob er ihr noch einen dritten holen würde –, fliegt ihr etwas ins Gesicht. Das Tier brummt und flattert, Karoline schreit auf, macht danach aber schnell den Mund zu, damit ihr nichts hineinfliegt. Tom lacht sie aus. »Eine Heuschrecke. Guck, da sitzt sie.« Er zieht sie zu einem der Lorbeersträucher, doch dann kann sie die Heuschrecke nicht finden, immer wieder muss er sagen: »Na, dort, dort drüben, auf dem Zweig da …« Endlich entdeckt sie das Tier, zuckt zurück, es ist riesig, länger und dicker als Toms Zeigefinger, sie hatte ja keine Ahnung. Einen Grashüpfer hat sie sich vorgestellt, klein und grün, das da hingegen ist braun, bewegt sich nicht und sieht aus, als wäre es schon uralt.

Und während es einen Moment lang nur Karoline und die

Heuschrecke gibt, Auge in Auge, überrumpelt Tom sie von hinten. Legt den Arm um sie – das findet sie zuerst schön –, berührt aber gleich mit der Hand ihre Brust. Er dreht Karoline zu sich herum, sieht sie mit einem tiefen Blick an und schiebt das Kinn vor, um sie zu küssen. Und da, erst da weiß sie schlagartig, dass sie nicht will.

Natürlich ist er derselbe wie vor ein paar Minuten, und vor ein paar Minuten hat sie sich diesen Kuss vorgestellt und die Vorstellung aufregend gefunden. Doch nun: Nein. Er ist so alt. Tom kommt ihr auf einmal uralt vor, alt wie die Heuschrecke, er hat Falten und einen kleinen Pickel am Kinn, wie den an Svens Nase.

Sie stößt ihn zurück. Mit Kraft, das merkt sie erst, als er stolpert, fast in den nächsten Lorbeerstrauch fällt. Doch er fängt sich, richtet sich auf und schaut Karoline ins Gesicht, zieht langsam die Augenbrauen hoch. Sie spürt, dass sie rot anläuft, will sich entschuldigen. Aber Tom überspielt die Situation, als wäre der halbe Kuss nie passiert. »Man muss die«, sagt er, deutet auf die Heuschrecke, »töten. Die fressen sonst alles auf. Der Hausmeister vom Hotel macht das mit der Gartenschere. Klemmt so ein Vieh mit der Schere ein, schneidet es in der Mitte durch.«

Sie hat sich so schnell von Tom verabschiedet, wie es ging, ohne dass alles noch schlimmer wurde. Plötzlich ist ihr die Richtung klar, und nun hat sie es eilig. Tom ist nicht wichtig. Karoline fährt mit dem Fahrstuhl in ihre Etage hinauf – aber sie sind nicht da, Sven nicht, Friedel nicht. Verdammt. Etwas Wärmeres anziehen, gleich wieder runter.

Erneut läuft sie durch die fremde Stadt. Doch diesmal hat sie ein Ziel. Es hilft nicht, die Mutter anzurufen, herauszuplatzen mit allem, was sie denkt. Bis es ankommt. Dass sie eben doch recht gehabt hat mit diesem Sven. Nein, die Mutter ist zu weit weg, Ullrich ist zu weit weg – diejenige, die etwas unternehmen muss, ist Karoline. Sie hat gedacht: Okay, dann lasst mich in Ruhe, dann kümmert sich eben jeder um sich. Aber das war ein Fehler. Friedel kann sich nicht um sich selbst kümmern. Und Friedel ist wichtig. Sie macht jetzt lieber etwas falsch, als dass sie gar nichts macht.

Gleichzeitig ist sie so wütend auf ihn. Sie ist wütender auf Friedel als auf Sven. Das hilft natürlich, weil sie in Wahrheit nicht weiß, was sie tun wird, wenn sie die beiden findet. Weil sie in Wahrheit Angst vor Sven hat. Aber Friedel … wie kann er so dumm sein. Seit Tagen macht es sie aggressiv, wie er da auf dem Kindersitz hängt – vorn im Auto, damit er besser sehen kann, jaja. Nach diesen Ausflügen, auf dem Hotelparkplatz, Friedel mit seinem offenen Mund, den müden Augen, der Blick verwischt von den Eindrücken, und immer ist diese elende, regenbogenbunte, formlose Krabbe dabei. Man kann überhaupt nichts mehr mit ihm anfangen.

Ein weiteres Mal streift sie um alle Ecken, links herum, rechts herum, links und rechts. Nirgends ein Zeichen von Sven und Friedel. Sie könnte aufgeben. Sie könnte … anfangen zu rauchen. Karoline könnte sich Zigaretten besorgen, sie zum Beispiel von einem Tisch im Straßencafé klauen. Sie könnte sich ans Meer setzen, in den Sand, der an manchen Stellen schmutzig ist, in dem Bierdosen stecken und Eisstiele. Würde sie hier in Spanien mit dem Rauchen anfangen, fiele das niemandem auf. Nach ihrer Rückkehr könnte sie sich auf dem Spielplatz zu den Älteren stellen und nach Feuer fragen.

Und dann, mitten in der Nacht, entsteht Bewegung um die haushohen Pappmascheefiguren. Karoline, am Rand eines Platzes voller Menschen, schiebt sich vorwärts, bis sie mit dem Bauch gegen die Absperrung stößt. Ein Polizist macht ihr Zeichen, auf keinen Fall näherzukommen, Feuerwehrleute rollen Schläuche aus. Jemand schüttet Benzin über die Figuren und schlägt mit einer Axt Löcher hinein, sie sollen schnell Feuer fangen, sie sollen brennen. Im obersten Stockwerk eines Hauses tritt eine alte Frau auf den Balkon, sie trägt nur ein weißes Nachthemd, schaut sich alles gründlich an, geht wieder hinein, lässt hinter sich die Außenjalousie herunter. Schließlich läuft ein kostümiertes Paar über den Platz nach vorn, um die Lunte anzuzünden. Die Frau sieht in ihrem Brokatkleid seltsam aus neben dem Mann, der wohl einen Fischer darstellt, im groben, gestreiften Hemd. Irgendwoher Musik, eine Kapelle spielt, die Menge jubelt, die Lunte zündet knatternde Böller, danach ein ganzes Feuerwerk: Raketen schießen in den Himmel, explodieren golden und grün – alles dröhnt, knallt, zischt, die Kapelle begleitet das untergehende Schiff. Schnell finden die Flammen Nahrung, schwarzer Qualm steigt auf, schon lodern große Teile der Pappmascheefiguren. Die Feuerwehrleute drehen zur Sicherheit das Wasser an, richten den Strahl auch auf die Jalousie, hinter der die alte Frau wohnt. Ob sie wieder ins Bett gegangen ist? Die Hitze schlägt Karoline ins Gesicht, sie zieht ihre Jeansjacke aus, Asche in der Luft, und die Stichflamme ist nun höher, als Karoline sich ein Feuer überhaupt hätte vorstellen können. Die Häuser werden mit Wasser abgespritzt, ein Kiosk scheint sich unter die Flammen zu ducken; alles, was nicht brennt, wirkt plötzlich sehr viel kleiner.

Sie sind nicht hier. Sven und Friedel sind nirgendwo zu

sehen. Also weiter, zum nächsten Platz, zum nächsten Feuer. Karoline überlässt sich dem Strom, der Menge, wieder schafft sie es in die erste Reihe, diesmal brennen die Figuren schon. Von der Comicfrau mit den Luftballons ist nur noch der Hut übrig, zwischen dem lodernden Orange werden Holzgerüste sichtbar. Ein größeres Stück bricht ab, brennende Fetzen, die durch die Luft wehen. Eine japanische Touristin weicht zu spät zurück – plötzlich hat ihr Kleid Feuer gefangen, die Frau kreischt, schüttelt sich, schlägt auf die Stelle ein. Der Qualm wird dicker. Die Japanerin weint, starrt fassungslos ihr versengtes Sommerkleid an.

In diesem Moment sieht Karoline Sven. Endlich. Er steht hinter Friedel, die Hände auf seinen Schultern. Aber sie stehen jenseits der Figuren, hinter der Absperrung auf der anderen Seite des Platzes. Karoline hat keine Möglichkeit, zu ihnen zu gelangen. Nur kurz überlegt sie, das gelbe Metallgitter zu überklettern, an den Feuerwehrleuten und Polizisten vorbei durch die Flammen zu rennen.

Ihr Bruder staunt mit offenem Mund das Feuer an. Sie ruft in den Krach hinein, in das Knattern und Knallen, winkt mit beiden Armen, um Friedel aufmerksam zu machen. Doch es ist Sven, der sie schließlich bemerkt. Selbst auf diese Entfernung kann sie erkennen, wie wenig begeistert er ist, ihr zu begegnen. Sie lässt die Arme sinken. Und dann … dreht Sven Friedel herum. Er dreht ihn herum, damit Friedel Karoline nicht doch noch entdeckt. Zärtlich beugt er sich zu ihm hinunter, zärtlich hebt er ihn hoch, Friedels Beine um Svens Taille, Svens Arme um Friedels Körper, als wäre Friedel jetzt selbst diese Krabbe, als hätte die Krabbe zwanzig Beine, als hätte Sven zwanzig Arme, und zärtlich beugt er den Kopf, wie um Friedel etwas ins Ohr zu flüstern. Friedel nickt.

Karoline ruft vergebens. Und Sven lässt sie nicht aus den Augen, während er sich rückwärts durch die Menge schiebt, Stück um Stück, den Platz verlässt. Zwischen Svens Grinsen und Karoline stehen nur der Qualm und das Feuer.

Ich danke dem Freistaat Sachsen, dem Aargauer Literaturhaus Lenzburg und der Max Kade Foundation für die Unterstützung meiner Arbeit.
Ich danke Matthias Teiting für unermüdliches Lektorieren, bahnbrechende Einfälle und seine alten Tagebucheinträge, die die Erzählung »Heim« lebendig gemacht haben.